ERIKA SOMMER

# Alpentroll

**BEDROHUNG IN DEN ALPEN** In einem Bergtal des Kantons Graubünden ist es vorbei mit der Ruhe. Der Ausbau der touristischen Infrastruktur und die geplante Errichtung eines Windparks erhitzen die Gemüter. Als auch noch Helgi Sigurðsson, ein isländischer Professor, der an Ausgrabungen beteiligt war, verunglückt, wächst die Verunsicherung. War es wirklich nur ein Unfall?

Fridolin Berger, Historiker mit Leidenschaft für die Wikinger, wird jäh aus seinem beschaulichen Rentnerleben gerissen. Sigurðsson hatte ihn kurz vor dem Absturz per E-Mail um Hilfe gebeten. Das schöne Bünder Bergtal sei bedroht, aber ein Troll könne die Profitgeier stoppen. Die rätselhafte Botschaft lässt Berger keine Ruhe und er begibt sich auf Spurensuche. Dabei erfährt er vielfältige Hilfe, etwa von einem struppigen Hund oder der einheimischen Luisa Capaul und ihrem Sohn Emil. Mit Neugierde und Hartnäckigkeit sucht Berger nach dem geheimnisvollen Troll und ahnt nicht, dass all seine Schritte genau beobachtet werden. Jemand will um jeden Preis verhindern, dass er das Geheimnis aufdeckt.

*Erika Sommer wurde 1957 in Affoltern am Albis (Schweiz) geboren. Sie studierte Ethnologie und Psychologie an der Universität Zürich und arbeitete als Deutschlehrerin, Sozialberaterin und Integrationsfachfrau. Seit ihrer Pensionierung verbringt sie viel Zeit in den Bergen, um zu wandern, zu schreiben und Vögel zu beobachten. Ihr Interesse für die Entwicklung des Alpenraums und die Klimadebatte hat sie in »Alpentroll« zu einem spannenden Krimi verarbeitet. Von ihr sind schon Krimihörspiele, ein Kinderbuch, ein Kriminalroman und Sachbücher zum Thema Integration erschienen. Wenn sie nicht unterwegs auf Entdeckungsreisen ist, lebt sie in Rüti im Zürcher Oberland.*

ERIKA SOMMER

# Alpentroll

KRIMINALROMAN

GMEINER

Immer informiert

NEWSLETTER

Spannung pur – mit unserem Newsletter informieren wir Sie regelmäßig über Wissenswertes aus unserer Bücherwelt.

Gefällt mir!

Facebook: @Gmeiner.Verlag
Instagram: @gmeinerverlag
Twitter: @GmeinerVerlag

MIX
Papier aus verantwortungsvollen Quellen
FSC® C014496
FSC www.fsc.org

Besuchen Sie uns im Internet:
www.gmeiner-verlag.de


Im Ehnried 5, 88605 Meßkirch
Telefon 07575/2095-0
info@gmeiner-verlag.de

1. Auflage 2022

Lektorat: Susanne Tachlinski
Herstellung: Mirjam Hecht
Umschlaggestaltung: U.O.R.G. Lutz Eberle, Stuttgart
unter Verwendung eines Fotos von: © Chris Rinckes / shutterstock
Druck: GGP Media GmbH, Leck
Printed in Germany
ISBN 978-3-8392-0098-8

Personen und Handlung sind frei erfunden.
Ähnlichkeiten mit lebenden oder toten Personen
sind rein zufällig und nicht beabsichtigt.

# KAPITEL 1

Wenn ich mich nicht dazu hätte überreden lassen, zu dieser Historiker-Tagung nach Hamburg zu fahren, hätte ich Helgi, Bolli, Luisa und all die anderen nie kennengelernt, wäre nie im Val Dulain gewandert …

Ich hätte mein ruhiges Leben als emeritierter Professor der Universität Basel geführt, am dritten Band meines Werkes »Die Wikinger – Krieger, Händler und Entdecker« geschrieben, Musik gehört, Spaziergänge gemacht und die Vögel auf dem alten Kirschbaum beobachtet. Ruhig und friedlich.

Welcher Teufel hatte mich nur geritten, nach Hamburg zu fahren? Wissenschaftliche Tagungen waren mir schon immer ein Gräuel, Menschenansammlungen meide ich, wo immer möglich, Apéros verbunden mit Small Talk verursachen mir Bauchweh, Flugzeuge besteige ich grundsätzlich nicht und lange Bahnfahrten sind für meinen Rücken die Hölle. Außerdem hasse ich es, in Hotelzimmern zu übernachten.

Es gab also keinen einzigen vernünftigen Grund, in diese Stadt zu fahren. Aber Thomas Geiger, mein ehemaliger Assistent, appellierte an meine Loyalität. Er war seit einem Jahr Juniorprofessor an der Universität Hamburg und organisierte diese Tagung mit dem vielsagenden Titel »Gesellschaftliche und politische Implikationen der mittelalterlichen landwirtschaftlichen Organisation«. Er bat mich inständig, ein Referat zu halten, denn es sei für ihn wichtig, dass das Programm interessant und fachlich auf höchstem Niveau sei. Dazu brauche er Koryphäen wie mich.

Ich gebe zu, dass die Anfrage mir ein wenig schmeichelte. Und ich weiß ja, wie hart die Konkurrenz unter den jungen Akademikern ist. Thomas brauchte für seine weitere Karriere Erfolge an der Uni und ich fühlte mich verpflichtet, ihn nicht im Stich zu lassen.

Zu Landwirtschaft im Mittelalter hatte ich jedoch nie geforscht und ich hatte weder Lust noch Zeit, mich in diese Thematik einzuarbeiten. Schließlich willigte ich ein, wenigstens die Moderation der Podiumsdiskussion zu übernehmen. Das brauchte nur wenig Vorbereitung.

Eine Diskussion zu leiten, erfordert einerseits Fachwissen, vor allem aber die Fähigkeit, Widersprüche aufzuspüren, Schwachstellen zu benennen, entscheidende Fragen zu formulieren. In meiner Berufslaufbahn habe ich so viele Podien und Seminare geleitet, dass ich mich absolut sattelfest fühle. Ja, es macht mir Freude, den Kollegen auf den Zahn zu fühlen und hin und wieder auch etwas fies nachzubohren. Aber meistens bin ich wohlwollend und friedlich. Nur die Schlauschwätzer und die eingebildeten Lackaffen reizen mich manchmal zu kleinen Gefechten. Einige fürchten mich.

Die Tagung fand in der Fakultät für Geisteswissenschaften, einem modernen, mehrstöckigen Bau aus Beton und Glas am Überseering 35, statt. Thomas hatte sich richtig ins Zeug gelegt und es tatsächlich geschafft, Referentinnen und Referenten zu gewinnen, die aktuelle und interessante Forschungen präsentierten. Ich war positiv überrascht und nickte nur beim Referat zu den

»Designativen Nachfolgeregelungen im toledanischen Westgotenreich im Spiegel der Münzprägung« kurz ein.

Auf den Vortrag von Helgi Sigurðsson freute ich mich. Ich war ihm noch nie persönlich begegnet, hatte aber einige seiner Publikationen mit Interesse gelesen. Sigurðsson war ein anerkannter Mittelalterhistoriker und galt als Koryphäe auf dem Gebiet der archäologischen Ausgrabungen. Diese hatten ihn weit in der Welt herumgeführt, unter anderem nach Bhutan und Syrien. Auch in der Schweiz hatte er an verschiedenen Projekten teilgenommen, vor allem in den Bergkantonen, was dazu geführt hatte, dass er jetzt für ein Jahr an der Universität Bern einen Lehrauftrag innehatte.

Ich sehe ihn noch vor mir, wie er beschwingt zum Rednerpult ging und das Publikum sofort in den Bann zog. Ein rundlicher, quicklebendiger Mann mit großen abstehenden Ohren und borstigem grauem Haar. Er hielt seinen Vortrag zu den Alpen als Migrationsraum im Mittelalter. Sogar ich, der sich nicht sonderlich für Archäologie interessiert, fand es faszinierend, wie er anhand von Funden die Entwicklung der Wirtschaftsverhältnisse im schweizerischen Alpenraum um 1500 darlegen konnte. In der anschließenden Fragerunde war er durch Humor und Schlagfertigkeit aufgefallen.

Ich glaube, es gelang mir gut, in der Podiumsdiskussion die Kernaussagen der Referate zusammenzufassen und offene Fragen anzusprechen. Wir überzogen die vorgegebene Zeit, weil eine angeregte Diskussion zum Thema Umweltschutz entstand. Schon im Mittelalter hatte es interessante Praktiken und Methoden gegeben, den Boden und die Ressourcen zu schonen. Die Menschen waren sich durchaus bewusst, dass Raubbau an der Natur sich rächen würde. Leider ist dieses Bewusstsein mit dem Beginn der Industrialisierung verloren gegangen. Jedenfalls war ich zufrieden mit meiner Moderation, nahm mir aber trotzdem vor, zukünftig solche Aufgaben nicht mehr zu übernehmen. Ich wollte meine Zeit für mein Buchprojekt und eigene Forschungen nutzen.

Den Apéro, der den Abschluss der Tagung bildete, verließ ich so schnell wie möglich. Ich gratulierte Thomas zur Organisation und sprach noch kurz mit einer alten Bekannten aus meiner Zeit an der Uni Marburg.

Das Nachtessen nahm ich in einem Restaurant ein, das gleich um die Ecke meines Hotels lag, ein einfaches türkisches Lokal. Ich hatte keinen großen Hunger und bestellte einen Auberginenauflauf, der erstaunlich gut schmeckte, allerdings im Öl schwamm.

Als ich danach ins Hotel zurückkehrte, es mag wohl gegen 21 Uhr gewesen sein, sah ich Sigurðsson an der Hotelbar stehen. Er war offenbar auch im Plaza einquartiert. Erstaunt bemerkte ich, dass er mich zu sich winkte. »Haben Sie Lust auf einen Schlummertrunk?« Zuerst zögerte ich, denn das ungewohnte Essen lag mir schwer im Bauch und ich war müde. Die Tagung, meine Moderation, die vielen Leute, die Stadt mit ihrer Hektik, das alles hatte an meinen Nerven und Kräften gezehrt und ich sehnte mich nach dem Bett und Ruhe. Doch ich wollte nicht unfreundlich erscheinen und ließ mich zu einem kurzen Bier überreden.

Ich weiß nicht mehr, wann ich endlich im Bett landete. Es muss gegen Morgen gewesen sein, und mit Sicherheit war ich dann nicht mehr ganz nüchtern. Helgi bot mir bereits beim ersten Bier das Du an und im Laufe der Nacht kamen einige norddeutsche Alkoholspezialitäten dazu: eisgekühlter Korn und Wodka. »Wenn wir schon in Hamburg sind, müssen wir uns an die hiesigen Sitten anpassen«, meinte er.

Er erwies sich als äußerst trinkfest. Und ich verlor irgendwann die Kontrolle und meine sonst meist so klare Zurückhaltung.

Der Abend war ausgesprochen unterhaltsam, anregend und fröhlich. Es lag nicht nur am Alkohol, nein, Helgi war ein sehr lebendiger Erzähler und vor allem auch ein guter Zuhörer. Die meisten Leute verstehen ein Gespräch vor allem als Möglichkeit, selber ausgiebig zu Wort zu kommen. Sie warten nur darauf, dass man ihnen ein Stichwort liefert und dann legen sie los. Vielleicht hätte ich Seelsorger oder Psychiater werden sollen. Die werden wenigstens für das Anhören bezahlt. Denn irgendwie scheine ich Menschen anzuziehen, die ein dringendes Mitteilungsbedürfnis haben. Sie plappern und plappern, erzählen mir alles, was ich gar nicht wissen will, und verabschieden sich schließlich mit der tiefsten Überzeugung, einen sehr interessanten Gedankenaustausch mit mir geführt zu haben.

Helgi war anders. Er hörte geduldig zu, stellte Fragen, lachte und schlug sich lebhaft auf die Schenkel, als ich ihm von einer geplatzten Intrige bei der Lehrstuhlbesetzung an der Uni Basel berichtete. Zuerst redeten wir viel über die Tagung, über Unipolitik und Forschungsprojekte, aber dann, zu meinem Erstaunen, wurde das Gespräch immer persönlicher. Ich erzählte ihm von meinem Umzug, meinen Kochversuchen, den Vogelbeobachtungen und von meiner Federsammlung. Die meisten Menschen finden es etwas skurril, dass man freiwillig frühmorgens im Wald oder am Flussufer steht und stundenlang mit klammen Fingern und steifem Nacken durchs Fernglas starrt. Helgi aber war begeistert. Ja, es stellte sich heraus, dass er selber vieles über Seevögel wusste. Kein Wunder, wenn man in Island aufgewachsen ist. Auch hatte er ausgezeichnete Kenntnisse von Fauna und Flora der Alpen. Ein Archäologe müsse sich auskennen mit Pflanzen und Lebewesen aller Art, beteuerte er. Bei den Ausgrabungen stoße man immer auch auf Spuren von Tieren: Knochen, Zähne, Exkremente. Daraus lasse sich viel über die Lebens- und Wirtschaftsweise der Menschen schließen. Nach dem fünften Wodka vertraute er mir an, dass er in einem Jahr pensioniert und dann nach Island zurückkehren werde. Er freue sich, weil er sich dann endlich seinem neuen Forschungsprojekt widmen könne. Eine Forschung zu Geistern und Fabelwesen. »Wir Isländer sind alle verrückt«, sagte er mit breitem Grinsen, »wir glauben an Feen und Trolle.« Seine abstehenden Ohren wackelten, als er laut loslachte. »All diese Fabelwesen werden heute gnadenlos kommerzialisiert in TV-Serien, Fantasyfilmen, kitschigem Spielzeugramsch. Mich interessiert aber nicht der heutige Aberglaube, nein, mich interessiert die Funktion von Magie und Zauberei auf Island im Mittelalter. Den Herrschenden war jedes Mittel recht, die Leute für dumm zu verkaufen und zu manipulieren.«

Er bestellte zwei weitere Bier und warf mir einen komplizenhaften Blick zu. »Ist ja immer noch so: Macht und Geld, ein Dauerbrenner! Profitgier und Lügen, auch bei euch in der schönen demokratischen Schweiz.« Versonnen blickte er in sein Glas. »Kennst du das Val Dulain? Du solltest dort unbedingt mal hin.« Plötzlich schlug er mir auf die Schulter. »Du bist doch Rentner, du hast Zeit. Am Sonntag fahre ich wieder hin, ich muss noch einige Aufnahmen machen und die Übergabe der letzten Arbeiten organisieren. Ich kann dir alles zeigen. Und Vögel hat es dort jede Menge.«

Ich schüttelte den Kopf. »Nächste Woche habe ich schon viele Termine, du weißt ja, wie das ist: Rentner haben nie Zeit.«

Er machte ein enttäuschtes Gesicht. »Schade. Aber vielleicht klappt es ein anderes Mal. Du wirst begeistert sein. Das Tal ist einmalig!« Nachdenklich stierte er vor sich hin. »Man muss ihm Sorge tragen, die Aasgeier kreisen unerbittlich.«

Ich runzelte die Stirn und wollte nachfragen, doch dann brachte der Kellner das Bier und Helgi begann von einem Vulkan auf Island zu erzählen, den er mit seinem Hund bestiegen hatte. Nachts bei Vollmond. Und da habe er die Elfen singen gehört. Tatsächlich begann Helgi nun eine Melodie zu summen. Verstohlen blickte ich mich um, aber niemand schien von uns Notiz zu nehmen. Schnell brachte ich das Gespräch zurück auf real existierende Dinge: »Du hast einen Hund?«

»Ja, Bolli. Er ist mir zugelaufen, saß eines Abends vor meiner Haustüre in Reykjavik, völlig abgemagert und verlaust. Nun ja, ich habe ihn dann aufgepäppelt und seither hängt er an mir wie eine Klette.« Helgi kratzte sich am Hinterkopf. »Wenn ich gewusst hätte, wie viel

Ärger ein Hund macht, hätte ich ihn dem Nachbarn vor die Türe gesetzt, aber nun ist es zu spät, wir sind quasi verheiratet.«

»Gab es keine Probleme, ihn in die Schweiz zu bringen?«

»Natürlich gab es viel Bürokratie und zuerst musste der arme Kerl in Quarantäne, er wäre fast draufgegangen. Aber nun ist er schon gut integriert und sein Bellen tönt manchmal wie Jodeln.«

»Und was machst du mit ihm, wenn du an der Uni bist?«

»Ich habe ihn natürlich ins Institut mitgenommen und er lag immer schön brav unter meinem Pult. Aber dann haben sich einige dieser hypersensiblen Professorinnen und Assistentinnen beschwert.« Er rollte mit den Augen und ich musste schmunzeln. »Die Damen bekommen sofort Allergien und Panikattacken, wenn sie einen Hund sehen. Aber zum Glück habe ich eine nette Nachbarin, die keine Hundephobie hat und die ihn nun hütet, wenn ich nicht zu Hause bin.« Vielsagend zwinkerte er mir zu. »Er ist ein ganz lieber, kluger Hund, du wirst ihn mögen.«

Zweifelnd hob ich die Augenbrauen, denn ich fand es schlichtweg abstoßend, Haustiere zu halten, es war ein Zeichen völliger Dekadenz. Wenn überhaupt, dann gehörten Hunde und Katzen auf einen Bauernhof.

Helgi bemerkte meine Skepsis nicht und fuhr unbeirrt fort: »Weißt du was, Fridolin? Ich besuche dich mit Bolli in Basel. Dann können wir zusammen angeln gehen. Ihr habt ja den Rhein, da gibt es bestimmt große Fische dank der chemischen Industrie.« Wieder brach er in Gelächter aus und sein Bauch wackelte dabei. Er werde zwei Angelruten besorgen und mir alles beibringen. Das sei gar kein Problem. Und im Übrigen sei es sowieso eine Schande, wenn ein Wikinger-Experte von Fischfang keine Ahnung habe.

Da irrte er sich gewaltig. Über den Fisch-Fernhandel der Wikinger hatte ich mehrere Fachartikel publiziert, praktische Kenntnisse brauchte es dazu glücklicherweise keineswegs. Allein die Vorstellung, einen Regenwurm auf einen Haken zu spießen, schreckte mich ab. Und nie im Leben hätte ich einen glitschigen, zappelnden Fisch in die Hand nehmen und erschlagen können. Es war mir aber völlig klar, dass keine Gefahr drohte, denn Helgi würde sich bereits am nächsten Morgen nicht mehr an dieses Gespräch erinnern.

Und doch muss ich gestehen, dass mir die Vorstellung, mit Helgi an einem friedlichen, lauschigen Plätzchen zu sitzen und auf den ruhig dahinziehenden Fluss zu schauen, nicht völlig unangenehm war. Wir würden uns austauschen über unsere Forschungen, über unsere Erfahrungen an der Universität mit Kollegen, Assistenten, Studenten. Ich würde ihm von meinen neuesten Erkenntnissen über die Wikinger berichten und er würde mir Geschichten aus den Isländersagas erzählen.

Natürlich war mir klar, dass aus solchen Absichtserklärungen meistens nichts wird. Man beteuert, sich bald zu melden, und dann wird irgendwann ein knappes E-Mail geschrieben: »Ich hoffe, es geht dir gut. Wie kommst du voran mit deinem Buch? Bin leider sehr im Stress, aber sobald ich Licht am Ende des Tunnels sehe, melde ich mich.«

Das Licht am Ende des Tunnels kommt erfahrungsgemäß nie. Helgi aber war ganz begeistert von seinen Plänen. »Ich möchte dich gerne nach Island einladen, dann können wir zusammen wandern, Vögel beobachten, in heißen Quellen baden, an den Westfjorden fischen, Elfen aufspüren und uns über Hinterhältigkeit, Arglist und Gemeinheit der Menschen unterhalten.«

Ich nickte und lächelte gequält. Eine Reise nach Island kam für mich sowieso nicht infrage. Es gibt dort keine Wälder, alles ist kahl und es regnet dauernd. »Jaja«, pflichtete ich bei, »die Menschen können ganz schön bösartig sein, und leider sind sie seit dem Mittelalter nicht besser geworden. Es scheint, dass wir aus der Geschichte nichts lernen.«

Helgi leerte sein Glas in einem Zug und beugte sich zu mir. »Fridolin«, flüsterte er, »Fridolin, wir Historiker können sehr wohl aus der Geschichte lernen. Wir sind verpflichtet, Bosheit, Dummheit und Habgier zu entlarven. Wir kennen die Tricks und Schliche der Mächtigen und können sie mit ihren eigenen Waffen schlagen.« Theatralisch klopfte er sich auf die Brust und rief mit seiner Bassstimme: »Wer, wenn nicht wir?« Dann rülpste er und tippte dem erschrocken blickenden Barkeeper auf die Schulter. »Noch zwei Wodka!« Es war höchste Zeit, das Bett aufzusuchen.

»Helgi«, sagte ich, »dir ist doch auch klar, dass wir keinen Einfluss auf den Lauf der Geschichte haben, wir können nur beobachten und analysieren.«

Betrübt schüttelte er den Kopf. »Oh nein, Fridolin, ich bin kein Historiker, der nur alte Knochen ausgräbt und darüber gelehrte Bücher schreibt.« Seine Alkoholfahne wehte mir entgegen. »Ihr Schweizer werdet staunen, was ein Isländer bei euch anrichtet!« Er kniff die Augen zusammen und schien für einen Moment den Faden verloren zu haben. Dann beugte er sich zu mir und flüsterte mir ins Ohr: »Wusstest du, dass es in den Alpen Trolle gibt?« Offenbar war er nun so betrunken, dass er nur noch baren Unsinn redete.

Ich zog ihn vom Stuhl hoch und schob ihn sachte Richtung Fahrstuhl. Wir fuhren mit dem Lift nach oben und ich begleitete Helgi bis zu seiner Zimmertür. Während er in all seinen Taschen herumkramte und den Schlüssel suchte, nuschelte er: »Fridolin, jetzt nehmen wir noch einen Schlummertrunk in meinem Zimmer und machen einen Schlachtplan.«

Ich tätschelte beruhigend seinen Arm. »Aber sicher, genau so machen wir es. Wir zwei alten Knacker retten die Welt. Aber zuerst schlafen wir. Gute Nacht, Helgi!«

Zum Abschied umarmten wir uns – ich kann es nur mit dem hohen Alkoholgehalt im Blut erklären – und ich ging leicht schwankend in mein Zimmer.

# KAPITEL 2

Mein Zug fuhr am nächsten Morgen um 8.03 Uhr. Im Frühstücksraum war ich um 6 Uhr der einzige Gast. Das Buffet war noch nicht gedeckt und ich erhielt nur einen Kaffee und ein eingepacktes, trockenes Sandwich für die Reise.

Ich beschloss, Helgi später ein E-Mail zu schicken und mich für den interessanten Abend zu bedanken. Obwohl er in Bern wohnte, nur eine knappe Stunde von Basel entfernt, glaubte ich nicht, dass wir uns wieder treffen würden. Seine Forschungsthemen lagen zu weit von meinem Spezialgebiet entfernt, und ich hatte eigentlich kein Bedürfnis nach einer Freundschaft. Seit der Emeritierung lebte ich zurückgezogen und widmete mich ganz meinen Wikingern. Dass ich keine Verpflichtungen mehr an der Universität hatte, abgesehen von zwei Doktoranden, die ich noch betreute, empfand ich als großes Privileg. Abgesehen vom viermal jährlich stattfindenden »Historiker-Stammtisch« vermied ich es, wenn immer möglich, mich mit ehemaligen Kollegen zu treffen, denn der ganze Uniklatsch über Reorganisationen, Berufungen, Intrigen und Machtspiele interessierte mich nicht mehr. Ich galt wohl als Eigenbrötler, aber das war mir egal. Den Abend mit Helgi würde ich in guter Erinnerung behalten, aber mehr wollte ich nicht.

Ich hatte einen Sitzplatz reserviert, war aber bereits um 7.30 Uhr am Bahnhof, denn ich mag es nicht, mich in letzter Minute mit dem Koffer durch die vielen Leute zu drängeln. Auf der Heimfahrt nach Basel blätterte ich noch einmal die Unterlagen der Tagung durch und machte mir einige Notizen zu Büchern und Aufsätzen, die ich allenfalls für mein Wikingerbuch verwenden konnte.

Mein Platz war in einem Sechserabteil am Fenster. Bis Göttingen war ich allein, dann aber stiegen vier weitere Personen ein. Mir gegenüber saß eine etwa 30-jährige Frau, die ihren Laptop installierte und nervös auf den Tasten herumhackte. Sie hatte eindeutig zu viel Parfüm benutzt und ich sehnte mich nach der guten alten Zeit, als man die Zugfenster noch öffnen konnte.

Ein Mann in grauem Anzug mit straff nach hinten gekämmtem Haar telefonierte von Frankfurt bis Karlsruhe und versuchte vergeblich, seinem Gesprächspartner ein bombensicheres Geschäft schmackhaft zu machen. Auf seiner Stirn sammelten sich Schweißtropfen und er hatte die unangenehme Angewohnheit, jeden Satz mit einem »na« zu beenden.

Glücklicherweise hatte ich damit gerechnet, dass auch in der ersten Klasse keine Ruhe zu erwarten war. Ich setzte mir die großen Kopfhörer auf, schloss die Augen und hörte das Klarinettenkonzert Nummer 7 von Carl Stamitz.

Kurz nach Karlsruhe schlief ich ein und hatte einen seltsamen Traum: Ich saß am Rhein auf einer Bank und wollte Vögel beobachten. Aber ich hatte mein Fernglas vergessen. Da sah ich ein Wikingerschiff, das sich langsam näherte. Ich erkannte sofort, dass es ein »halfþritugt skip« mit 25 Sitzen war, ein Langschiff, das wegen seiner Manövrierfähigkeit sehr beliebt war. Voller Freude stand ich auf und winkte. Da entdeckte ich plötzlich

Helgi, der ganz hinten im Bug stand, neben ihm ein großer schwarzer Hund. Als er mich sah, fuchtelte er aufgeregt mit den Armen und schrie etwas, das ich aber nicht verstehen konnte. Der Hund bellte wie verrückt. Plötzlich tauchte eine Frau mit wallenden Haaren hinter ihm auf. Sie lachte laut und stieß Helgi vom Boot. Er versank sofort. Ich rannte am Fluss entlang, konnte ihn aber nirgends entdecken. Das Gelächter klang noch immer schrill in meinen Ohren.

Voller Schrecken erwachte ich. Die parfümierte Frau warf mir einen misstrauischen Blick zu. Hatte ich im Traum geschrien? Oder mit offenem, sabberndem Mund geschlafen? Verlegen holte ich ein Buch aus meiner Tasche und vertiefte mich in die ausführliche Schilderung der Schlacht am Hafrsfjord.

Als der Zug kurz vor 15 Uhr endlich in Basel einfuhr, fühlte ich mich wie gerädert. In den Schläfen pochte es – verfluchter Wodka! –, mein Rücken war völlig verspannt und in meinen Knien knackte es verdächtig, als ich mühsam aufstand. Das war nun definitiv das letzte Mal, dass ich an einer Tagung teilnehmen würde, die weiter als zehn Kilometer von Basel entfernt stattfand. Ein alternder Herr wie ich brauchte seine Ruhe und die gewohnte Routine. Grimmig zog ich den kleinen Rollkoffer zur Tramhaltestelle, vorbei am Lärm der Pressluftbohrer der vielen Baustellen. Es wehte ein eisiger Wind.

Ein halbes Jahr nach meiner Emeritierung hatte ich das Elternhaus in Pratteln verkauft, meine Schwester Ruth ausbezahlt und mir eine kleinere Wohnung in der Stadt gesucht. Sie lag im zweiten Stock eines Blocks aus den 80er-Jahren mit Blick auf den Rhein. Die Lage war perfekt. Zum Historischen Seminar, wo ich noch ein Büro mit ebenfalls emeritierten Kollegen teilte, brauchte ich knapp 20 Minuten. Es war mir überhaupt nicht schwergefallen, von Pratteln wegzuziehen. Zuerst hatte ich ausgesucht, was ich behalten wollte, und nach dem Umzug eine Firma mit der Räumung beauftragt. Ich fühlte mich wortwörtlich erleichtert. Über all die Jahre hatte sich so viel Unnötiges angesammelt, und es war gut zu wissen, dass jetzt eine junge Familie mit zwei Kindern in dem Haus lebte.

Das größte Problem waren die vielen Bücher gewesen. Meine umfangreiche Bibliothek war einfach zu groß für eine Dreizimmerwohnung. Glücklicherweise hatte ein befreundeter Antiquar mir ein gutes Angebot gemacht und einen Großteil gekauft. Nun lebte ich mit den mir liebsten Büchern – immerhin noch etwa 1.000 Exemplare – in Basel.

Mein Leben verlief ruhig, aber keineswegs langweilig. Ich machte meine Ausflüge, um Vögel zu beobachten, besuchte manchmal eine Ausstellung oder ein Konzert, und hin und wieder hielt ich einen Vortrag an der Volkshochschule. Meistens jedoch saß ich zu Hause an meinem Schreibtisch und schrieb an meinem Buch. Es war schön, endlich so viel Zeit dafür zu haben. Keine Verpflichtungen mehr an der Uni, keine Sitzungen, keine Strategiepläne für Reorganisationen, keine Eingaben an den Nationalfonds, keine Bettelei für Forschungsgelder.

Ruth rief mich jede Woche an. Sie machte sich Sorgen um mein physisches und psychisches Wohlergehen.

»Isst du auch richtig? Hast du dir heute etwas gekocht? Denk daran, genügend zu trinken! Ältere Menschen haben weniger Durstgefühl. Nimmst du regelmäßig deine Blutdrucktabletten?« Sie ging mir auf die Nerven. Ich war pensioniert, aber weder hilflos noch vereinsamt.

Abends machte ich gerne einen Spaziergang am Rhein entlang und beobachtete die Möwen und die Kormorane. Auch sonst blieben mir genügend Kontakte, die im Laufe meiner Dienstzeit entstanden waren. Meinen Tageslauf hatte ich gut organisiert: aufstehen um 7 Uhr, frühstücken, Zeitung lesen, arbeiten von 9 bis 13 Uhr. Nach einem kleinen Mittagessen, das ich immer selber zubereitete, legte ich mich für eine halbe Stunde hin. Dann saß ich wieder an meinen Studien bis 19 Uhr. Nach dem abendlichen Spaziergang gönnte ich mir ein Glas Wein vor dem Fernseher oder mit einem guten, unterhaltsamen Buch. Gegen Mitternacht ging ich ins Bett und schlief meistens sofort ein. Den Einkauf für die ganze Woche besorgte ich in der Regel am Freitag, und am Samstagvormittag erledigte ich die notwendigen Putzarbeiten.

Die Woche nach dem Kongress in Hamburg hatte ich mir extra freigehalten, keine Treffen, keine Arzttermine, keine Verpflichtungen. Ich freute mich darauf, mich ganz intensiv wieder in meine Forschung zu vertiefen. Aber es kam anders.

# KAPITEL 3

Am Montag kam ein rätselhaftes Mail von Helgi: »Fridolin, ich habe einen Troll entdeckt. Er saß unter einem Stein, nackt und feucht. Frieden dem Val Dulain, Krieg den Profitgeiern! Brauche deine Hilfe, bin in Eile, nähere Infos folgen.« 15 Fotos waren beigefügt. Ich klickte alle durch, sie zeigten Landschaftsaufnahmen in den Bergen, einen schäumenden Bergbach, eine Föhre, Steine, Wurzeln, Moos, Blumen, Büsche, Kraut. Alles war bei schlechtem Wetter aufgenommen. Seltsam! Warum schickte er mir diese Fotos? Das Mail war am Sonntagabend um 23.40 Uhr abgeschickt worden. Hatte er es in nicht ganz nüchternem Zustand geschrieben? War Helgi vielleicht Alkoholiker? Ich beschloss, ihm erst später zu antworten, vielleicht würde er ja noch Erläuterungen nachreichen. Trotzdem fühlte ich mich etwas beunruhigt.

Es kam aber keine weitere Nachricht. Am Samstag setzte ich mich an den Computer und schrieb ihm: »Lieber Helgi, deine Mitteilung vom Troll hat mich erreicht, aber sie bleibt etwas rätselhaft. Vielleicht sollten wir telefonieren. Schreib mir doch, ab wann du wieder in Bern bist. Mit herzlichem Gruß, Fridolin.« Prompt kam eine automatische Antwort: »Besten Dank für Ihre Nachricht. Ich bin abwesend bis am 22. August. Freundliche Grüße, Prof. Dr. Helgi Sigurðsson.« Kurz und knapp. Ich blickte auf den Kalender an der Wand. Heute war der 1. September. Typisch Helgi. Er hatte vergessen, die automatische Antwort zu deaktivieren. Als dann aber auch in den nächsten Tagen keine Nachricht von ihm kam, beschloss ich, die Sache auf sich beruhen zu lassen. Helgi würde sich sicher melden, wenn es wichtig war.

Doch am Freitag erhielt ich ein Mail von Thomas. Er bedankte sich nochmals für meine Teilnahme an der Tagung und schickte mir den ausführlichen Tagungsbericht, den er für die Zeitschrift für Historische Forschung verfasst hatte. Ich hatte damit gerechnet, denn er hatte mich schon in Hamburg gefragt, ob er mir den Bericht zur Durchsicht schicken dürfe. So schnell hatte ich ihn allerdings nicht erwartet und es passte mir gar nicht, dass er mir einen sehr kurzfristigen Termin setzte. Als ich dann aber den Nachsatz in seinem Mail las, standen mir die Haare zu Berge. »Weißt du etwas Neues von Helgi Sigurðsson? Wir sind alle sehr erschüttert!«

Ich wählte sofort Thomas' Nummer, aber er war nicht in seinem Büro. Dann suchte ich die Telefonnummer vom Historischen Institut Bern heraus, ließ mich mehrmals verbinden und konnte endlich mit Sonja Kramer, Helgis Assistentin und engster Mitarbeiterin, sprechen. Ich hatte sie in Hamburg kennengelernt. Eine kleine, energische Person, mit wirren, hochgesteckten rötlichen Haaren und einem runden Gesicht.

»Herr Berger? Aber ja, natürlich erinnere ich mich an Sie. Sie haben in Hamburg die Diskussion moderiert!«

»Ich habe soeben ein rätselhaftes Mail von Thomas Geiger aus Hamburg erhalten. Was ist mit Professor Sigurðsson passiert?«

Sonja Kramer zögerte. »Wir dürfen eigentlich keine Auskunft geben.«

»Was ist denn los?«, rief ich. »Wo ist er?«

Ich hörte, wie sie tief durchatmete. Wut stieg in mir hoch. Was meinte diese dumme, eingebildete Ziege eigentlich? Keine Auskunft! Helgi hatte mit mir Bier und Schnaps getrunken und mir von seinen Träumen und Plänen erzählt. Und ich hatte ihm das Krächzen des Tannenhähers vorgemacht und mich ausführlich über die Seeschlacht von Svolder ausgelassen. Wer, wenn nicht ich, hatte Anspruch auf Auskunft?

»Dann verbinden Sie mich bitte mit Professor Brinkmeier!« Brinkmeier, so hatte ich auf der Website gesehen, war Geschäftsführender Direktor des Instituts.

Die Kramer seufzte und ich hörte, wie sie mit jemandem flüsterte. »Er ist verunfallt im Val Dulain. Die Polizei ermittelt noch«, sagte sie schließlich.

»Verunfallt? Polizei? Was genau ist denn geschehen?«

Wieder zauderte sie. »Er ist bei einer Wanderung abgestürzt, man hat ihn bewusstlos aufgefunden.«

Vor Schreck hätte ich beinahe den Hörer fallen lassen. »Wann war das?«

»Letzte Woche, am Mittwoch. Es war ein regnerischer Tag. Wir verstehen nicht, warum er bei diesem Wetter noch einmal bis zur Alp Muntlux hochging. Das Gelände dort ist steil und rutschig.«

»Warum ermittelt die Polizei?«

Plötzlich plapperte sie los wie ein Wasserfall: »Ein englisches Touristenpaar hat den Sturz zufällig beobachtet und ausgesagt, es sei noch eine weitere Person dort gewesen, die schnell weggerannt sei. Diese Person konnte aber nicht ausfindig gemacht werden.«

Ein beklemmendes Gefühl beschlich mich.

»Vielleicht war es nur ein dummer Unfall«, fuhr Sonja fort, »die Sicht ist bei solchem Wetter sehr schlecht, wahrscheinlich war da gar niemand und sie haben einen Baum oder einen Felsblock mit einem Menschen verwechselt. Das Ehepaar hat einen Hirten informiert, der dann sofort die Rettung alarmiert hat. Er wurde ins Kantonsspital Chur geflogen.«

»Wie geht es ihm? Ist er schwer verletzt?«

Nun schluchzte sie auf. »Wir sind alle sehr in Sorge. Er hat zahlreiche Verletzungen und Brüche, vor allem aber ein Schädel-Hirn-Trauma. Die Ärzte mussten ihn ins Koma versetzen.«

Erschüttert legte ich auf. Ich ging zum Fenster, öffnete es weit und lehnte mich hinaus. Kühle Luft strömte herein und ich hörte eine Elster nervös gackern. Ich sah Helgi vor mir, sein rundes Gesicht, seine abstehenden Ohren, das borstige Haar. Und ich hörte sein Lachen. Würde ich jetzt nie mit ihm am Rhein sitzen und fischen? Würde er mir nie von den Elfen auf Island erzählen? Plötzlich konnte ich mir nichts Wichtigeres und Schöneres vorstellen.

Wirre Gedanken gingen mir durch den Kopf. Was hatte es mit diesen Fotos auf sich? Warum hatte er geschrieben, er brauche meine Hilfe? Mit wem hatte er sich dort oben getroffen? War er gestoßen worden? Wer kümmerte sich um seine Wohnung, seine Post? War er verheiratet? Hatte er Kinder? Wen musste man benachrichtigen? Ich wusste überhaupt nichts über sein Privatleben.

Schnell griff ich wieder zum Telefon und wählte noch

einmal die Nummer des Historischen Instituts. »Hat er Familie, muss man jemanden in Island benachrichtigen?«, fragte ich atemlos, als die Sekretärin mich mit Sonja Kramer verbunden hatte.

»Er ist verheiratet, lebt allerdings, soviel ich weiß, schon längere Zeit getrennt. Ich stehe aber in Kontakt mit seiner Schwester. Sie lebt in Reykjavik, hat dort eine Zahnarztpraxis. Sie hat alle wichtigen Bezugspersonen benachrichtigt.«

Erleichtert legte ich auf. Helgi stand also nicht ganz alleine in der Welt. Und dann dachte ich an seinen Hund, diesen Bolli. Wo war er? Wer kümmerte sich um ihn?

## KAPITEL 4

Das Kantonsspital Graubünden ist ein riesiger, Furcht einflößender Gebäudekomplex. Als ich vor dem Hauptgebäude stand, fühlte ich mich völlig verloren und überwältigt. Drinnen schritt ich durch die große Eingangshalle zum Empfang, vorbei an eigenartigen Sofas aus eckigen farbigen Elementen. Alles wirkte supercool und modern. Spitäler sind mir sowieso nicht geheuer, aber hier fühlte ich mich versetzt in eine kalte, bedrohliche Welt. Glücklicherweise war ich nur Besucher. Wie mochte es den Patienten ergehen?

Ich hatte telefoniert und gefragt, ob man Helgi besuchen dürfe, denn ich wollte nicht vergebens nach Chur fahren. »Aber ja!«, hatte mir eine freundliche Dame am Telefon versichert, »Herr Sigurðsson hat bis jetzt nur wenige Besucher gehabt, und man vermutet ja, dass Komapatienten positiv auf Stimmen reagieren.«

Es gab also noch weitere Menschen, die ihn besuchten. Ich erinnerte mich an Krimis, in denen die Mörder, nachdem der erste Mordversuch nur teilweise gelungen war, als Arzt oder Pfleger ins Krankenzimmer schlichen und sämtliche Schläuche aus den Apparaten rissen. Bei Helgi aber konnte man einfach hineinspazieren. Offenbar ging die Bündner Polizei von keiner Gefährdung aus. Oder sie schaute keine solchen Krimis und war sich der Gefahr nicht bewusst, in der Helgi schwebte.

An der großen, geschwungenen Empfangstheke fragte ich nach seiner Zimmernummer und erhielt gleich einen Ausdruck mit Wegbeschreibung. Diese war auch nötig, sonst würde ich wohl heute noch in den endlosen Gängen umherirren. Es roch süßlich, wie nach parfümiertem Putzmittel. Vielleicht wollte man damit den berühmt-berüchtigten Spitalgeruch in diesem hypermodernen Gebäude gar nicht erst aufkommen lassen. Unangenehm war es trotzdem.

Helgi lag auf der Station D3 in einem Einzelzimmer. Als ich vor der grün gestrichenen Tür mit der Nummer D124 stand und überlegte, ob ich anklopfen sollte, kam überraschend eine Frau heraus. Sie war groß und schlank und hatte ihr dunkles Haar zu einem Pferdeschwanz gebunden. Ihre Augen waren gerötet. Erschrocken schaute sie mich an. War das vielleicht Helgis Schwester aus Island? Die Zahnärztin? Aber dann sah ich, dass sie dafür viel zu jung war. Ich schätzte sie auf höchstens 35. Sie blieb stehen und hielt noch immer die Türfalle in der Hand. »Wollen Sie zu Helgi?«, fragte sie in breitestem Berndeutsch. Ihre Stimme hatte einen tiefen, rauchigen Klang.

»Ja«, sagte ich, »das hatte ich vor.«

Unentschlossen blieb sie stehen. »Er ist nicht bei Bewusstsein.«

»Ich weiß, aber man hat mir gesagt, dass Besuche erlaubt sind.«

Noch immer verstellte sie mir den Weg und musterte mich misstrauisch. Vielleicht hatte auch sie daran gedacht, dass Helgi hier völlig schutzlos lag.

Ich setzte ein beruhigendes Lächeln auf. »Mein Name ist Berger. Ich habe Helgi an einer Konferenz in Hamburg kennengelernt«, erklärte ich, obwohl es sie eigentlich überhaupt nichts anging.

Ihr Gesicht entspannte sich und ihre blassen Wangen röteten sich leicht. »Ach so, an einer Konferenz. Dann haben Sie wohl auch etwas mit Archäologie zu tun.«

»Und Sie sind …?«, fragte ich.

»Entschuldigen Sie, ich habe mich gar nicht vorgestellt. Veronika Hunziker. Ich bin Bibliothekarin im Historischen Institut.«

Wir guckten uns an und wussten nicht recht, was wir

sagen sollten. Schließlich unterbrach sie das Schweigen: »Ich brauche jetzt einen Kaffee.«

Ich war nicht sicher, ob das eine Aufforderung war, sie zu begleiten. Aber es war vielleicht eine gute Möglichkeit, etwas mehr über Helgi zu erfahren. Also gingen wir ins Restaurant in der ersten Etage und holten uns an der Selbstbedienungstheke einen Kaffee.

Nun hatte ich Gelegenheit, sie näher zu betrachten. Sie hatte ein rundes Gesicht mit ausgeprägten Wangenknochen, grüne Augen und dichte schwarze Brauen. Ihren Mund hatte sie knallrot geschminkt. Sie war etwas mollig, was aber ihre Attraktivität keineswegs schmälerte.

»Sind Sie an Helgis Projekten beteiligt?«, fragte sie und spielte nervös mit dem Kaffeelöffel.

»Nein, ich habe ihn erst ein Mal gesehen, an dieser Tagung in Hamburg. Wir hatten einen sehr netten Abend zusammen im Hotel an der Bar.«

»Sie kennen ihn also gar nicht richtig, und trotzdem besuchen Sie ihn. Das ist sehr nett von Ihnen.« Ihr Mund lächelte, aber ihre Augen blickten argwöhnisch.

»Es hat mich sehr bewegt, als ich gehört habe, was ihm passiert ist.«

Mit ruckartigen Bewegungen schüttete sie Zucker in ihren Kaffee und starrte in die Tasse. »Es ist unfassbar«, flüsterte sie, »eine Katastrophe.« Ihre Nasenflügel bebten. »Helgi würde sich über Ihren Besuch bestimmt sehr freuen, wenn …« Tränen traten in ihre Augen und um ihren Mund zuckte es. »Aber er ist nicht ansprechbar.«

»Vielleicht hört er ja doch etwas, wenn man mit ihm redet.«

»Das hoffe ich auch.« Sie nickte und warf mir einen verlegenen Blick zu. »Ich habe ihn am Institut kennengelernt, als er nach Bern kam. Er war immer sehr freundlich und kein bisschen arrogant. Manchmal hat er am Morgen Gipfeli in die Bibliothek gebracht. Er ist bei allen sehr beliebt.«

Es war offensichtlich, dass sie nicht darüber reden wollte, in welcher Beziehung sie zu Helgi stand. Aber natürlich vermutete ich, dass es mehr war als ein Arbeitsverhältnis.

»Waren Sie einmal im Val Dulain? Haben Sie die Ausgrabungsstelle besucht?«, fragte ich weiter.

»Nein!« Ihre Antwort kam blitzschnell. »Ich war nie dort.« Dann blickte sie nervös auf ihre Uhr und sprang auf. »Entschuldigen Sie, ich muss gehen, mein Zug fährt in einer halben Stunde.« Hastig knöpfte sie sich den Mantel zu.

Ich schaute ihr nach, wie sie schnell den Gang hinunterlief. Ihre Schuhe klapperten auf dem Boden. Das Letzte, was ich von ihr sah, war der wippende Pferdeschwanz, bevor sie um die Ecke bog.

Helgi lag mit geschlossenen Augen im Bett. Fast hätte ich ihn nicht wiedererkannt. Um die Stirn trug er einen großen weißen Verband und aus Nase und Mund ragten Schläuche, die mit Hightech-Geräten verbunden waren. Sein linker Arm lag rechtwinklig eingegipst über der Bettdecke. Er sah furchterregend aus und mir wurde ganz flau im Magen. Mit schlotternden Knien zog ich einen Stuhl heran und setzte mich neben das Bett. Er atmete ruhig, offenbar war keine Atemmaschine notwendig. Ich hatte keine Ahnung, ob Komapatienten etwas hören, wenn man mit ihnen spricht, aber schaden konnte es sicher nicht. Vielleicht konnte Helgi mir ein Zeichen geben?

»Hallo Helgi, erinnerst du dich? Ich bin Fridolin. Wir zwei waren in Hamburg und haben an der Bar gesoffen. Ist noch nicht lange her.« Sein Gesicht blieb völlig unverändert, nicht das kleinste Flattern der Augenlider konnte ich bemerken. Irgendwie kam es mir lächerlich vor, hier zu sitzen und sinnloses Zeug zu reden. Genauso gut hätte ich ihm aus einem Buch vorlesen können, aber ich hatte keines dabei.

Beklommen schaute ich mich im Zimmer um. Auf einem Tischchen stand eine Vase mit einem Strauß gelber und violetter Dahlien. Hatte Veronika Hunziker sie gebracht? Es rührte mich. Helgi konnte sie ja nicht sehen, aber sie waren ein Symbol für Hoffnung. Hoffnung, dass er erwachen und sich daran freuen konnte.

»Weißt du, Helgi, eigentlich sollte ich jetzt an meinem Wikinger-Buch schreiben. Bevor dein Mail kam, habe ich das Kapitel ›Handel in den Küstenregionen von Nord- und Ostsee‹ begonnen. Dir ist sicher bekannt, dass Haithabu ein herausragender Umschlagplatz für Waren und Beute war. Erstmals 804 in den fränkischen Reichsannalen erwähnt, wurde die Stadt für rund 250 Jahre das größte Handels- und Logistikzentrum der Wikinger. Am Untergang Haithabus Mitte des 11. Jahrhunderts kann ich sehr schön aufzeigen, welche Faktoren für das Ende der Wikingerzeit entscheidend waren.«

Ich redete und redete, aber von Helgi kam weiterhin keine Reaktion. War ja auch blöd von mir, das zu erwarten. Mein Rücken schmerzte und ich begann im Zimmer auf und ab zu gehen, ohne den Redefluss zu unterbrechen.

»Ist Veronika deine Freundin? Warum hast du nichts von ihr erzählt? Sie scheint ganz nett zu sein. Und sie ist attraktiv. Allerdings ein wenig nervös.« Mein Mund wurde langsam trocken und ich fühlte mich erschöpft. Schon lange nicht mehr hatte ich so viel und so lange geredet.

»Warum hast du mir diese Fotos geschickt? Was wolltest du von mir? Und was ist auf diesem Berg passiert? Bist du ausgerutscht oder hat tatsächlich jemand nachgeholfen? Warum? Mensch, sag doch was, gib mir ein klitzekleines Zeichen!«

Natürlich kam nichts von ihm, nicht einmal ein Zucken des Mundwinkels. Ich plapperte weiter, völlig wirres Zeug von der Zugfahrt nach Chur, vom Wetter, von meinem Hausarzt, der mich immer wieder zu einer Knieoperation überreden wollte, von Ruth, die mir mit ihrer Fürsorge auf die Nerven ging, von einem Kochrezept für Polenta mit Steinpilzen, das ich ausprobiert hatte.

Helgi lag ruhig da. Ich beobachtete seine Brust, die sich hob und senkte. Nach einer Weile stand ich auf und verabschiedete mich. Ich berührte leicht seine Schulter. »Tschüss, Helgi, wach bald auf! Sonst wird das nichts mit dem gemeinsamen Fischen.«

Als ich das Spital durch den Haupteingang verließ, atmete ich tief durch. Sofort wurde mir schwindlig und ich wusste nicht, ob es die abgasgeschwängerte Luft der Loëstraße oder die Erleichterung war, dem Spital wieder entkommen zu sein.

# KAPITEL 5

Auch wenn Helgi nicht ansprechbar gewesen war, hatte mich der Besuch bei ihm doch irgendwie beruhigt. Er atmete selbstständig ohne eine Maschine und sein Gesicht hatte einen zufriedenen Ausdruck gehabt. Wer weiß, wo er in seinen Träumen weilte. Vielleicht saß er in Island an einem Fjord und hatte gerade einen dicken Fisch an der Angel oder er entdeckte bei Grabungen ein Skelett aus der Steinzeit, einen Bündner-Ötzi. Ich beschloss, der Sache mit diesem Troll nicht weiter nachzugehen, sondern mich wieder meinem Wikinger-Buch zu widmen. Wenn Helgi erwachte, würde sich alles aufklären.

Ich war zuversichtlich, dass ich bis Ende des Jahres den dritten Band meines Werkes fertigstellen konnte. Im letzten Teil wollte ich den Niedergang der Wikingerzeit beschreiben. Dieser war durch verschiedene Faktoren gekennzeichnet: Vor allem die Änderungen in der Kriegsführung hatten weitreichende Konsequenzen. Mit der Herausbildung von Reitertruppen verloren die Schiffe immer mehr an Bedeutung. Wer Krieger für die berittenen Truppen bereitstellte, wurde von der Steuer befreit, und somit bildete sich eine Aristokratie, die in Machtkämpfen eifrig mitmischte.

Eine entscheidende Rolle aber spielte die Kirche. Spätestens ab 1164 waren in ganz Skandinavien Reichs-Kirchen anzutreffen, die eng mit den Königen zusammenarbeiteten. Sie lieferten verwaltungstechnische Kenntnisse und die Ideologie, welche die Erbmonarchie legitimierte. Ich wollte mit der Krönung von König Magnus Erlingsson 1163 in Bergen, Norwegen, den Schlusspunkt setzen. Damit wurde die Allianz zwischen Kirche und Staat sichtbar und ritualisiert. Als die Skandinavier Untertanen von Königen und Diener der Kirche wurden, waren sie keine Wikinger mehr.

Zuerst hatte ich geplant, auch noch über die anschließende Periode zu schreiben, aber mich letztlich dagegen entschieden. Diese Zeit war gekennzeichnet durch große politische Wirren. Der Kampf um Macht mit Mord, Intrigen, Hinterlist und Familiendramen hörte nie auf. Jede moderne Fernseh-Soap ist ein Kinderspiel dagegen. Dies alles ausführlich mit dem nötigen Kontext aufzuzeichnen, würde sehr viel Archivrecherche und Arbeit bedeuten, und ich hatte ja nicht die Absicht, ein zehnbändiges Werk herauszugeben. Ja, Helgi hatte recht gehabt, Gewalt, Machenschaften, Lügen, Geldgier waren in der Geschichte der Menschheit ein Dauerbrenner. Was hatte er wohl konkret gemeint, als er gesagt hatte, dass dies auch in der schönen demokratischen Schweiz der Fall sei?

Am Dienstagnachmittag hatte ich einen Termin bei Matthias Gamper, meinem Hausarzt. Ich überlegte mir, ob ich absagen sollte, denn meine Rücken- und Kniebeschwerden waren weder besser noch schlechter geworden.

Jedes Mal, wenn ich eine Arztpraxis betrete, wird mir unbehaglich zumute. Man geht nichts ahnend hinein und kommt mit einer furchterregenden Diagnose heraus. Im Wartezimmer versuche ich mich jeweils abzulenken, indem ich in den Zeitschriften blättere und mich über Themen informiere, mit denen ich sonst überhaupt nichts am Hut habe: »Die schönsten Fincas auf Mallorca – Zehn Regeln für ein besseres Verhältnis zu Ihrer Schwiegermutter – Diät für Schwangere – Was man beim Hauskauf beachten muss – Gesichtsstraffung ohne Chirurgie« und weiterer Schwachsinn. Beim Lesen entwickle ich jeweils einen solchen Groll auf die Dummheit der Menschheit, dass mir meine Knieschmerzen oder die Nasennebenhöhlenentzündung nicht mehr so tragisch vorkommen. Konzentration auf das noch Üblere, nenne ich dieses Vorgehen.

Matthias Gamper kenne ich seit vielen Jahren. Er hatte einst eine meiner Vorlesungen an der Volkshochschule besucht, und wir waren ins Gespräch gekommen über die zahlreichen Krankheiten der Wikinger, die man aufgrund von Untersuchungen der Skelette und Exkremente feststellen konnte: Vor allem Arthrose bei den Frauen war stark verbreitet. Ein Zeichen, dass sie harte körperliche Arbeiten verrichteten.

Bei diesem Gespräch erwähnte ich auch meine ständigen Schmerzen im Rücken und in den Knien. Daraufhin bot er mir an, einen Gesundheitscheck durchzuführen. Hätte ich das nur nie gemacht! Die Liste der Diagnosen wurde erschreckend lang: Arthrose in den Knien, Bandscheibenverschleiß in der Lendenwirbelsäule, Hautveränderungen auf der Stirn, hoher Blutdruck. Gamper versuchte zwar, mich zu beruhigen, das seien vor allem altersbedingte Gebrechen, die könnten gut behandelt werden. Neben zahlreichen Tabletten verschrieb er mir zweimal wöchentlich Physiotherapie, die ich aber nur ein einziges Mal besuchte. Ich finde es lächerlich, in meinem Alter auf einem großen weichen Ball zu sitzen und die Hüften zu kreisen. Da gehe ich lieber mit meinem Fernglas in den Wald und beobachte Vögel.

Mit der Zeit bildete sich eine Art Freundschaft zwischen Matthias und mir, die allerdings nicht dazu führte, dass wir uns auch privat trafen.

Ich saß also wieder einmal in seinem Wartezimmer und las gerade einen Artikel über die Zunahme von Schluckbeschwerden bei Opernsängern, als ich endlich ins Behandlungszimmer gerufen wurde.

»Warum verblödest du die Menschheit mit diesem Unfug?«, fragte ich und wedelte mit einer Illustrierten vor seiner Nase herum. »Wer nicht schon krank ist, wird es von diesem Schund bestimmt.«

Matthias lächelte gequält. »Wenn ich Bücher von dir auflege, werden die Patienten wegbleiben, und das würde mich ruinieren. Außerdem sind sie zu teuer.«

Ich setzte mich auf den Stuhl und blickte ihn mürrisch an. »Ich gebe dir Rabatt!«

Matthias winkte ab. »Was führt dich denn heute zu mir? Wieder der nervöse Magen? Oder hast du immer noch Probleme beim Wasserlösen?«

Er weigerte sich, mein Knie zu röntgen. »Das Röntgenbild vom letzten Herbst genügt völlig. Du hast eine ganz normale, altersbedingte Arthrose. Da hilft nur Muskelaufbau. Aber da du nicht ins Fitnesscenter gehen willst und jegliche Physiotherapie verweigerst, musst du warten, bis der Schaden so groß ist, dass wir dir eine Knieprothese einsetzen müssen.«

Ich war zufrieden, denn ich hatte nichts anderes erwartet. Nichts tun und abwarten hatte sich bisher meistens gut bewährt. Nun konnte ich das Gespräch auf Helgi bringen. Ich erzählte ihm ausführlich von meiner Begegnung mit ihm in Hamburg, von seinem E-Mail, seinem Absturz und von meinem Spitalbesuch in Chur.

»Es lässt mir keine Ruhe, ich möchte herausfinden, was er mir mitteilen wollte.«

»Da hilft nichts, man muss abwarten. Bei Komapatienten ist alles möglich.«

»Sind dir ähnliche Fälle bekannt?«

»Es gibt keine ähnlichen Fälle bei Kopfverletzungen. Jeder ist einzigartig. Ich bin sicher, dass die Ärzte in Chur das Beste tun.«

»Wie sieht denn die Prognose aus bei einem Schädel-Hirn-Trauma?«

»Das kommt drauf an, wie sehr das Gehirn geschädigt ist. Es kann zu vollständiger Heilung kommen oder es bleiben Probleme mit der Motorik und dem Sprechen. Auch das Gedächtnis, die Konzentration und die Schnelligkeit des Denkens können in Mitleidenschaft gezogen werden. Hin und wieder wurden auch Persönlichkeitsveränderungen beobachtet.«

Ich schluckte leer. Es wäre eine Katastrophe, wenn bei Helgi Gedächtnis- und Konzentrationsstörungen zurückbleiben würden.

»Und wie lange dauert ein künstliches Koma?«

»Das kann von wenigen Tagen bis zu mehreren Wochen gehen, es kommt auf den Schweregrad der Verletzung an.« Neugierig schaute er mich an. »Warum engagierst du dich so sehr für diesen Isländer? Du kennst ihn doch kaum.«

Verlegen rutschte ich auf dem Stuhl herum. »Er hat mich um Hilfe gebeten. Und wir hatten einen lustigen Abend in Hamburg.« Und dann sagte ich etwas, das mich selber überraschte. Es kam mir einfach über die Lippen: »Vielleicht besuche ich dieses Bergtal, wo alles passiert ist. Ich möchte mir ein eigenes Bild machen.«

Matthias schaute mich missbilligend an. »Du verrennst dich da in etwas. Falls es tatsächlich ein Mordanschlag war, ist es Aufgabe der Polizei, alles zu untersuchen. Was willst du dort oben schon finden? Lass die Polizei ihren Job tun und widme dich deinen Forschungen. Es ist nicht gut, wenn du mit deinen Knien in den Bergen herumstolperst. Mach einfach das, was du gut kannst: lesen, nachdenken, schreiben.«

An seiner Stelle hätte ich genau das Gleiche gesagt. Ich war völlig einverstanden und verließ die Praxis mit einem Rezept für eine schmerzstillende Salbe. Trotzdem war ich ein bisschen enttäuscht. Ich hatte mir etwas anderes erhofft. So etwas wie Anteilnahme und Ermutigung. Nun ja, Matthias war trotzdem ein guter Arzt und ich nahm es ihm nicht übel.

Zu Hause setzte ich mich an den Schreibtisch und versuchte, mich voll auf die Bildung der drei Königreiche Dänemark, Norwegen und Schweden zu konzentrieren. Ich fasste die neuesten Forschungsergebnisse zusammen, aber irgendwie kam ich nicht in Fahrt. Meine Gedanken schweiften ab, immer wieder musste ich mich zwingen, mich dem komplizierten Prozess des Übergangs von den Häuptlingsherrschaften zum Königtum zu widmen. Gampers Worte hallten in mir nach: »Lass die Polizei ihren Job tun!«

Was hatte die Polizei eigentlich unternommen? Ging sie von Mordversuch aus? Gab es Untersuchungen? Wie konnte ich das herausfinden? Schließlich griff ich zum Telefon und wählte die Nummer von Sonja Kramer, aber sie war nicht da. Kein Wunder, es war kurz nach 19 Uhr. Ich suchte im Internet nach der Telefonnummer von Veronika Hunziker und fand tatsächlich einen Eintrag. Schon nach dem zweiten Klingeln meldete sie sich. Ich entschuldigte mich für die Störung und erklärte ihr mein Anliegen.

»Die Polizei? Ja, die haben die Absturzstelle untersucht und mehrere Leute befragt. Aber soviel ich weiß, ist nichts dabei herausgekommen.«

»Wissen Sie, wer zuständig ist?«

»Warten Sie!« Ich hörte, wie sie mit jemandem im Hintergrund flüsterte. »Nein, leider nicht. Aber versuchen Sie es bei der Kantonspolizei, man wird Sie sicher an die zuständige Stelle weiterleiten.«

Ich bedankte mich und wollte schon auflegen, als sie mit aufgeregter Stimme fragte: »Was wollen Sie eigentlich von der Polizei? Möchten Sie eine Aussage machen?« Diese Hunziker war wirklich eine neugierige Person.

»Nun ja«, sagte ich, »ich wollte mich einfach mal nach dem Stand der Untersuchungen erkundigen. Und ja, vielleicht kann ich etwas zur Aufklärung beitragen. Helgi hat mir kurz vor dem Absturz in einem E-Mail geschrieben, dass er etwas Wichtiges entdeckt habe.«

»Er hat etwas entdeckt?« Ihre Stimme klang erschrocken. »Was kann das sein?«

»Ich weiß es nicht, aber vielleicht kann die Polizei diesen Hinweis brauchen.« Ich bedankte mich für ihre Hilfe und legte schnell auf, bevor sie mich mit weiteren Fragen löchern konnte.

## KAPITEL 6

Das Telefongespräch mit der Bündner Kantonspolizei musste noch warten, denn für den nächsten Tag hatte ich mir vorgenommen, wieder einmal eine kleine Wanderung dem Doubs entlang zu machen. Es war herrliches Wetter und ich merkte, dass ich dringend etwas Abstand von allem finden musste. Manchmal hilft es, wenn man den Kopf in der Natur auslüften kann. Die Landschaft am Doubs ist dazu sehr geeignet. Der Fluss zieht ruhig zwischen Wiesen, Wäldern und Auen dahin und nur wenige Wanderer stören den Frieden. Außerdem erhoffte ich mir, den Eisvogel zu entdecken.

Ich nahm den Zug um 7.30 Uhr und war schon eine Stunde später in St. Ursanne. Vom Bahnhof aus muss man steil hinunter ins mittelalterliche Städtchen gehen. Doch diesmal machte ich keinen Abstecher in den Ort, sondern nahm den direkten Weg zur großen Brücke. Es war noch kühl, ich fröstelte in meiner dünnen Jacke. Zu dieser Zeit war noch niemand unterwegs, sodass ich die Ruhe und den Frieden dieser urtümlichen Landschaft in vollen Zügen genießen konnte. Der Himmel war von einem tiefen Blau, das Licht hell und klar. Über den Doubs zogen leichte Nebelschwaden und ich verspürte eine leise Wehmut in dieser frühherbstlichen Stimmung.

Bei Tariche saß ein Fischer am Ufer auf einem alten Campingstuhl. Ich sah ihm eine Weile zu und fragte mich, ob es mir gefallen würde, an einem See oder Fluss zu sitzen und stundenlang auf den Schwimmer der Angelrute zu starren. Die Antwort war definitiv Nein. Vögel waren viel interessanter. Außerdem blieb einem das eklige Ausnehmen der Fische erspart. Hatte Helgi nur einen Witz gemacht, als er mir vorgeschlagen hatte, am Rhein zu fischen? Ärgerlich schüttelte ich den Kopf. Schon wieder hatte er sich in meine Gedanken geschoben, dabei wollte ich doch meinen Kopf freikriegen. Ich ging weiter und setzte mich in einer breiten Auenlandschaft auf einen Baumstrunk. Wenn man lange ganz ruhig dasitzt, verlieren die Vögel ihre Angst und man kann sie sehr gut beobachten.

Während ich das Ufer nach dem Eisvogel absuchte, musste ich plötzlich an meinen Götti Werner denken. Er war ein Cousin meines Vaters und lebte in Sigriswil am Thunersee, hatte Buchdrucker gelernt und später –

als die Digitalisierung seinen Beruf überflüssig machte – umgesattelt auf Postautochauffeur. Als Kind hatte ich oft die Sommer- und Herbstferien bei ihm verbracht. Ich kann mich noch gut an das Häuschen mit den roten Klinkermauern, den Apfelbäumen und dem Gemüsegarten erinnern. Mein Götti war ein wortkarger Mann, groß, schwer, in all seinen Bewegungen langsam und bedächtig. Ich weiß nicht, ob seine Ehe glücklich war. Seine Frau Margrit war dünn, ja beinahe hager, hatte rotblondes, strähniges Haar und leicht vorstehende blaue Augen. Zu mir war sie freundlich, aber sie wirkte immer etwas distanziert und abwesend. Sie hatten zwei Söhne, die viel älter waren als ich. Aus ihrem Zimmer war stets laute Popmusik ertönt und in der Garage hatten sie an alten Töfflis herumgebastelt. Mich ließen sie nicht teilhaben an ihrer Welt, ich war klein und unwichtig.

Mein Götti Werner aber nahm mich mit auf Wanderungen zur Engstligenalp, zum Oeschinensee, aufs Stockhorn und auf viele andere Gipfel und Alpen. Er ging langsam und erklärte mir die Bäume, zeigte mir Blumen, Käfer, Moose, Pilze. Ich sehe ihn noch deutlich vor mir, wie er stehen blieb und mit dem Arm eine weit ausholende Bewegung machte, als wollte er sagen: Schau diese Landschaft, diese Welt! Von ihm lernte ich auch die Namen der Vögel. Lange standen wir in Waldlichtungen und lauschten auf das Gezwitscher der Mönchsgrasmücken, den schmetternden Ruf des Zaunkönigs und den repetitiven Gesang der Singdrossel. Auf den felsigen Höhen der Berge legten wir uns hinter Felsbrocken und beobachteten den Steinschmätzer, den Steinrötel und hielten Ausschau nach Steinböcken und Gämsen.

Wenn wir einen wilden Bergbach überqueren mussten oder eine steile Stufe in den Felsen erklommen, fasste er meine Hand. Ich war ein schüchternes Kind und in der Gegenwart von erwachsenen Personen befangen. Aber bei meinem Götti fühlte ich mich wohl, mit ihm war alles selbstverständlich und ungezwungen. Wenn ich mit ihm durch den Wald lief, dann spürte ich eine nie empfundene Ruhe und Geborgenheit. Er fragte mich nicht aus, drängte mich zu nichts. Er war es auch, der mir zur Konfirmation mein erstes Fernglas schenkte, ein Admiral 10×42.

Damals hatte ich mir keine Gedanken darüber gemacht, aber heute versuche ich mir zu erklären, was ihn für mich so besonders machte. Vielleicht war es seine Selbstgewissheit. Er wollte nichts darstellen, kümmerte sich nicht um die Meinung der anderen. Ganz anders als meine Eltern, die stets nach Höherem strebten und unbedingt wollten, dass ich es einmal »besser haben« sollte.

Wenn mein Götti und ich jeweils die Bergspitze oder eine Alphütte erreichten, holte er aus seinem Rucksack Brot und Käse und schnitt große Stücke davon ab. Wir saßen da, tranken Tee aus der Thermosflasche, suchten den Himmel ab, ob wir nicht einen Adler erspähen konnten. Dieses Gefühl von »Selbstverständlich in der Welt sein«, von »Dazugehören«, von »Nicht hinterfragt werden« hatte ich später im Leben nur noch selten.

Als ich größer wurde, verbrachte ich meine Ferien nicht mehr bei ihm. Der Kontakt wurde spärlich und brach irgendwann ganz ab. Einmal besuchte er mich noch in Basel, als ich studierte. Wir saßen in einem Restaurant hinter einer Stange Bier und ich erzählte ihm von meinen Studien. Aber die Nähe ließ sich nicht mehr herstellen. Als er starb, ging ich nicht zur Beerdigung. Erst später besuchte ich sein Grab auf dem Friedhof in Sigriswil und steckte die Feder eines Eichelhähers in die Erde. Mein Götti hatte keine Ahnung von den Wikingern. Aber er hatte mir beigebracht, wie sich Leidenschaft und Begeisterung anfühlen.

Anstrengende Bergwanderungen kann ich heute nicht mehr machen, meine Knie halten die Belastung eines steilen Auf- und Abstiegs nicht aus. Und Orte, die man mit der Seilbahn erreicht, meide ich. Der neumodische Alpenrummel mit Massen von Menschen, die in neonfarbenen Anzügen wie Heuschrecken über zurechtgestutzte Alplandschaften herfallen, ist mir ein Gräuel. Zum Glück gibt es noch ruhige Orte, die vom Tourismusrummel verschont bleiben wie eben die Flusslandschaft am Doubs.

Auch heute hatte ich wieder Glück. Den Eisvogel konnte ich zwar nur ganz kurz entdecken, als er wie ein Pfeil am anderen Flussufer vorbeisauste, aber dafür konnte ich lange einer Wasseramsel zuschauen, die auf einem Stein saß und ihre typischen Knickse und das Flügelzucken zeigte. Dann stürzte sie sich ins Wasser und tauchte kurz darauf einige Meter weiter unten wieder auf. Sie flog immer wieder zum gleichen Stein zurück, putzte sich, knickste, um dann den nächsten Tauchgang auszuführen. Manchmal hatte sie etwas im Schnabel, eine Larve oder ein Insekt.

Man sollte Tieren keine menschlichen Eigenschaften zuschreiben, trotzdem drängt sich beim Beobachten oft das Gefühl auf, dass sie Freude und Lust empfinden. Wenn Alpendohlen in der Luft herumsegeln, wenn ein Zaunkönig seinen schmetternden Frühlingsgesang erklingen lässt, wenn eine Amsel in den Sonnenuntergang hineinflötet, dann verspüre ich ein Glücksgefühl und meine, dass die Vögel das Gleiche empfinden. Auch dies ist ein Grund, weshalb das Angeln für mich überhaupt nicht infrage kommt. Man sieht den Fisch erst, wenn er am Haken zappelt, und dann strahlt er keine Lebensfreude aus, sondern Todesangst. Als wolle er meine Gedanken bestätigen, stieß ein Mäusebussard, der hoch über mir kreiste, schrille Rufe aus. Zufrieden wanderte ich bis Soubey und gönnte mir auf der schönen Terrasse des Restaurants Clairbief noch einen Wurstsalat und ein Bier, bevor mich das Postauto nach St. Ursanne zurückbrachte.

Nach einem Ausflugstag arbeite ich in der Regel nicht mehr, sondern ruhe mich aus. Im TV-Programm hatte ich gesehen, dass »Le deuxième souffle« mit Lino Ventura auf dem Programm stand, und ich freute mich auf einen entspannten Abend vor dem Fernseher mit einem Glas Wein. Aber es kam ganz anders.

# KAPITEL 7

Als ich vor meiner Wohnungstür im zweiten Stock stand, bemerkte ich, dass einmal mehr die Deckenlampe kaputt war und nur schwaches Licht vom oberen Stockwerk herunterleuchtete. Ich konnte das Schloss kaum erkennen und hatte Mühe, den Schlüssel hineinzustecken. Als ich dabei ungeschickt gegen die Tür stieß, sprang sie auf. Mir lief es eiskalt den Rücken hinunter. Hatte ich vergessen abzuschließen? Eigentlich versicherte ich mich immer zweimal, bevor ich das Haus verließ, dass der Herd abgestellt und die Wohnungstür abgeschlossen war. Bestimmt hatte ich das auch heute Morgen getan. Also konnte es nur eines bedeuten: Jemand war eingebrochen!

Leise betrat ich die Wohnung, ließ aber die Tür weit offen stehen, damit ich sofort einen Fluchtweg hätte. Ich konnte ja nicht wissen, ob eine dunkel verhüllte Gestalt, bewaffnet mit einem Hammer oder einer Pistole, hinter der nächsten Ecke lauerte. Die Türen zum Schlafzimmer und zum Wohnzimmer waren geschlossen. Ich spitzte die Ohren und tastete nach dem Lichtschalter im Flur. Sollte ich die Polizei rufen oder selber nachsehen, ob jemand in einem der Räume war? Schließlich gab ich mir einen Ruck und stieß die Wohnzimmertür auf. Von draußen drang schwaches Dämmerlicht herein.

Auf den ersten Blick schien alles wie immer. Kein Chaos, keine umgestürzten Büchergestelle, keine herausgerissenen Schubladen. Ich schaltete das Licht an und warf dann einen Blick in die Küche, ins Schlafzimmer und ins Bad. Vorsichtshalber schaute ich hinter jede Tür, hinter den Duschvorhang und kniete sogar nieder, um unter das Bett zu spähen. Dort lag aber nur eine Staubschicht. Kein Einbrecher lauerte mir auf. Schwer atmend setzte ich mich ins Wohnzimmer. Hatte ich mich getäuscht, vielleicht ausnahmsweise doch nicht abgeschlossen?

Aber dann fiel mein Blick auf die Vase mit den Vogelfedern, die neben meinem PC stand. Ich hatte eine große Federsammlung, und einige besonders schöne Exemplare hatte ich in einer Vase wie einen kleinen Strauß angeordnet. Es machte mir Freude, die Federn zu betrachten und mich zu erinnern, wo ich sie gefunden hatte. Die größte, braun-weiß gestreifte Handschwinge eines Mäusebussards überragte alle anderen, insgesamt mochten es etwa zehn Stück sein. Jemand hatte die Vase verschoben. Ich war ganz sicher, denn ich hatte sie extra so gestellt, dass das Licht auf die blau-schwarze Querstreifung der Eichelhäherfeder fiel. Erst vor drei Tagen hatte ich sie am Rheinufer gefunden und dem Strauß hinzugefügt. Nun stand die Vase um 90 Grad gedreht, die Steuerfeder des Kleibers zeigte zur Tischlampe und die Armschwinge des Grünspechts Richtung Fenster.

Jemand war an meinem Schreibtisch gewesen und ich glaubte nicht, dass er wegen meiner Federnsammlung gekommen war, nein, er hatte sich für den Computer interessiert. Ich Idiot hatte ihn nicht mit einem Passwort gesichert, weil nur ich selber daran arbeitete. Nicht im Traum hatte ich damit gerechnet, dass jemals jemand bei mir einbrechen würde. Es waren ja nur Bücher zu holen. Meine Daten sicherte ich zwar immer auf einem Stick, aber dies nur deshalb, weil ich vor einem Absturz meines Rechners Angst hatte.

Ich stellte den Computer an und klickte mich durch die Ordner und Dateien. Alles schien so zu sein wie immer. Dann öffnete ich die E-Mails. Auch hier konnte jedermann zugreifen, ich hatte nämlich – aus reiner Bequemlichkeit – das Passwort gespeichert, man musste nur auf den Login-Knopf klicken. Langsam scrollte ich durch die E-Mails. Vermutlich konnte man sehen, wann sie das letzte Mal geöffnet worden waren, aber ich wusste nicht, wo. Mit Informatik kenne ich mich nicht so gut aus. Helgis Mail mit den Anhängen war noch da. Was sollte ich tun? Die Polizei benachrichtigen?

Zuerst inspizierte ich die Wohnungstür, konnte aber keine verdächtigen Spuren entdecken. Als ich jedoch versuchte abzuschließen, klemmte das Schloss. Ich war völlig ratlos. Die Vorstellung, einem Polizisten alles erklären zu müssen, schreckte mich ab. Und soviel ich sah, war überhaupt nichts gestohlen worden: Fernseher, Stereoanlage, Computer, alles war da. Ich fühlte mich hilflos. Was war zu tun?

Schlussendlich griff ich zum Telefon und wählte die 117. Von dort wurde ich mit der Kantonspolizei verbunden. Ein Wachtmeister Petermann hörte mir geduldig zu. Aber auch er war etwas ratlos.

»Es ist nichts zerstört oder gestohlen worden? Nur das Türschloss? Und Sie sind sicher, dass jemand in der Wohnung war? Manchmal versuchen Diebe, ein Schloss zu knacken, und geben auf, weil sie gestört werden oder weil eine besondere Sicherung vorliegt.«

Ich versuchte, das mit den Federn zu erklären, aber merkte schon beim Erzählen, wie absurd es ihm erscheinen musste.

»Sie sagen also, dass die Eichelhäherfeder nicht mehr am gleichen Platz war wie vorher?« Er gab sich Mühe, aber mir schien, er nahm mich nicht ganz ernst. Vermutlich würde er nachher den Hörer auflegen und seinem Kollegen sagen, dass ein Verrückter angerufen habe, einer der Federn sammle und behaupte, es sei eingebrochen worden, obwohl überhaupt nichts gestohlen worden war, nicht einmal die Handschwinge des Mäusebussards.

Schließlich riet er mir, den Schlüsseldienst zu holen. »Sie können morgen vorbeikommen und eine Anzeige machen. Vielleicht zahlt dann die Versicherung das neue Schloss. Aber so wie die Beweislage aussieht, könnte es schwierig werden.«

Ich bedankte mich und legte auf. Dass ich vermutete, jemand habe meine E-Mails gelesen, hatte ich gar nicht erst gesagt. Es war zwecklos.

Während ich auf den Schlüsseldienst wartete, überlegte ich, was das alles bedeutete. Falls ich nicht völlig hysterisch war, dann war die Sachlage klar: Helgi hatte etwas entdeckt, das für irgendjemanden gefährlich war. Und dieser Jemand vermutete, dass Helgi mich eingeweiht hatte. Was hatte er auf meinem PC gesucht? Hatte er nun die Bestätigung, dass ich ein gefährlicher Mitwisser war? Dieser Schurke hatte womöglich nicht davor zurückgeschreckt, Helgi den Berg hinunterzustoßen. Und da er nicht wusste, wie viel ich selber schon vom

Geheimnis enträtselt hatte, würde er wohl auch nicht davor zurückschrecken, mich zum Schweigen zu bringen. Ich, Fridolin Berger, emeritierter Professor, war vielleicht auf der Abschussliste eines Killers.

Ich atmete tief durch. War ich nun tatsächlich übergeschnappt? Hatte ich zu viele schlechte Krimis gesehen? Hatte ich nicht vielleicht selber die Vase umgedreht, als ich das letzte Mal am Schreibtisch saß? Solche Dinge macht man ja völlig unbewusst. Unruhig ging ich in der Wohnung umher. Was sollte ich tun? Alles auf sich beruhen lassen? Warten, bis Helgi aus dem Koma erwachte? Noch einmal die Polizei anrufen und eine Spurensicherung verlangen? Es machte mich verrückt, dass ich keine Gewissheit hatte.

Ich mahnte mich selber zur Besonnenheit. Wichtig war es jetzt, ganz systematisch vorzugehen und alle Möglichkeiten durchzudenken. Wem hatte ich von Helgi erzählt? Wer wusste von seinem Mail oder den Fotos? Ich holte einen Notizblock und zeichnete in die Mitte eine Figur mit borstigem Haar und riesigen Ohren. Daneben zeichnete ich Strichmännchen, die ich mit Namen beschriftete. Es waren nur zwei: Matthias Gamper und Veronika Hunziker. Aber Helgi hatte vielleicht auch mit anderen Leuten über seine Entdeckung gesprochen. Mit wem war er in Kontakt gestanden? Hatte er Freunde? Ich kritzelte mehrere Figuren mit einem Fragezeichen hin. Es war klar: Der Personenkreis konzentrierte sich um das Historische Institut Bern. Veronika Hunziker hatte vielleicht getratscht. Vermutlich war sie eine Frau, die keine Geheimnisse für sich behalten konnte. Ich musste unbedingt mit Sonja Kramer sprechen. Und ich musste an Helgis Computer.

Der Mann vom Schlüsseldienst brauchte knapp 15 Minuten, um ein neues Schloss einzusetzen. Es kostete 250 Franken, ich musste sofort bar bezahlen. »Expresszulage inklusive«, meinte er trocken und drückte mir einen Prospekt in die Hand: »Schlüssel Koch – Ihr Schlüsselservice – schnell & günstig«. Auf der Rückseite stand fett gedruckt: »5 % ab dem 2. Auftrag, 10% ab Fr. 5.000,- Jahresumsatz«. Ich war empört. Für ein Referat an der Volkshochschule, wofür ich mindestens drei Tage Vorbereitungszeit brauchte, erhielt ich 150 Franken Honorar. Und dieser Kerl erhielt 250 Franken für zehn Minuten!

Kurz nach Mitternacht sank ich ins Bett, und als ich endlich nach einer Stunde unruhigen Herumwälzens einschlafen konnte, hatte ich einen grässlichen Albtraum: Ich stand in einem Fluss auf einem Stein und hatte eine sehr lange Angelrute in der Hand. Plötzlich merkte ich, dass ein Fisch angebissen hatte. Ich zog und zerrte an der Angelschnur, hatte aber zu wenig Kraft. Ein Schiff mit Ausflüglern fuhr vorbei. Sie standen alle an der Reling und guckten mit einem Fernglas zu mir. Als es mir endlich gelang, meinen Fang aus den Fluten zu ziehen, schrie ich laut auf: Anstelle eines Fisches hing Helgis Kopf am Haken. Seine Augen waren weit aufgerissen und er grinste dämonisch.

Schweißgebadet wachte ich auf. An Schlaf war nicht mehr zu denken. Trübe Gedanken fuhren mir durch den Kopf, ich war erschöpft und mutlos. Sollte ich nicht einfach alles aufgeben und mich nur noch um meine eigenen Angelegenheiten kümmern? Aber dann spürte ich, wie Trotz in mir aufstieg. Nein, ich ließ mich nicht einschüchtern. Helgi hatte mich um Hilfe gebeten und ich wollte und würde herausfinden, wer der feuchte, nackte Troll war und was es mit diesem Val Dulain und den Profitgeiern auf sich hatte.

Nach meinem wenig ermutigenden Telefongespräch mit Wachtmeister Petermann entschied ich mich, vorerst keine Verbindung mit der Kantonspolizei Graubünden aufzunehmen. Was hätte ich denn sagen können? »Professor Sigurðsson hat einen nackten Troll entdeckt und deshalb wollte ihn jemand ins Jenseits befördern. Er braucht dringend Polizeischutz!« Nein, ich wollte mich nicht schon wieder lächerlich machen. Ich musste der Sache alleine nachgehen.

## KAPITEL 8

Am nächsten Morgen rief mich Veronika Hunziker an. Zuerst erschrak ich, als sie ihren Namen nannte, weil ich fürchtete, sie habe schlechte Nachrichten von Helgi. Aber ihr Anruf hatte einen anderen Grund. »Es geht um Bolli«, sagte sie. »Er ist im Heim, und das ist keine gute Lösung für ihn.«

Ich stutzte. Bolli, das war doch Helgis Hund. Nach der ersten großen Aufregung hatte ich ihn vergessen, aber offenbar hatte die Hunziker sich um ihn gekümmert. Aber warum rief sie mich an? Was hatte ich mit diesem Hund zu schaffen?

»Bisher hat eine Nachbarin nach ihm geschaut, aber sie ist schon älter und es wurde für sie zu beschwerlich. Nun musste ich ihn ins Heim bringen.« Sie schwieg und ich ahnte Übles. Tatsächlich setzte sie dann fort: »Ich wollte Sie fragen, ob nicht vielleicht Sie den Hund zu sich nehmen könnten.«

Sofort standen mir die Haare zu Berge. Ich und ein Hund? Nein, das kam überhaupt nicht infrage!

»Leider habe ich überhaupt keine Erfahrung mit Hunden«, beteuerte ich. Außerdem fürchte ich mich vor ihnen, aber das behielt ich für mich.

»Er ist ganz lieb.« Sie insistierte und zählte mir alle guten Eigenschaften des Tieres auf: ruhig, sauber, pflegeleicht und sehr gut erzogen.

»Trotzdem geht es nicht. Ich wohne in einem Block, in dem Hundehaltung nicht erlaubt ist.« In Tat und Wahrheit hatte ich keine Ahnung, ob das stimmte. Ihr Anliegen empfand ich als Zumutung. Warum nahm sie den Köter nicht selber?

Als ob sie meine Gedanken erraten hätte, fuhr sie fort: »Ich würde ihn gerne zu mir holen, aber ich arbeite Vollzeit und es ist im Institut verboten, Hunde mitzunehmen.«

Innerlich stöhnte ich. Warum fragte sie ausgerechnet mich? Gab es denn in Bern keinen einzigen Menschen, der gerne Hunde hütete? »Dieses Hundeheim ist vermutlich eine gute Sache«, versuchte ich sie zu beschwichtigen, »da gibt es Fachleute, die sich um ihn kümmern.«

»Bolli ist sehr sensibel, er fühlt sich dort nicht wohl.« Das war mir ehrlich gesagt völlig egal. »Er frisst nicht mehr«, klagte sie verzweifelt. »Wenn er eingeht, wird Helgi mir das nie verzeihen.«

»So weit kommt es sicher nicht, wenn so ein Tier richtig Hunger hat, frisst es wieder.« Keinesfalls würde ich diesen Hund zu mir nehmen. Nur über meine Leiche!

»Wenn Helgi aus dem Spital kommt und Bolli nicht mehr lebt, hat das einen schlechten Einfluss auf seinen Heilungsprozess. Dieser Hund ist für ihn sehr wichtig.« Nun schluchzte sie auf. Diese Veronika Hunziker war ganz schön hartnäckig.

»Trotzdem, es tut mir leid, ich sehe keine Möglichkeit.«

»Schade«, sagte sie nun leise, »ich dachte, als Rentner hätten Sie vielleicht Zeit.«

Diese Aussage empörte mich. Als Rentner hatte ich überhaupt keine Zeit! Weniger als je zuvor.

»Und ich dachte, Sie seien Helgis Freund«, fügte sie noch leiser hinzu, »Sie haben ihn doch im Spital besucht. Er wäre sicher sehr beruhigt, wenn er den Hund bei Ihnen wüsste.«

Um 15 Uhr stand ich vor dem Hundeheim »Strubeli«. Innerlich grollte ich der ganzen Welt und am meisten mir selber. Veronika Hunziker hatte ins Heim telefoniert und angekündigt, dass der Hund abgeholt werde. Ein etwa 16-jähriges Mädchen in verwaschenen Jeans und Kapuzenpulli führte mich sofort zu einem Zwinger, aus dem mich drei Hunde ankläfften.

»Haben Sie Erfahrung mit Hunden?«, fragte sie, während sie den Schlüssel drehte.

Hätte ich ihr sagen sollen, dass ich Hunde hasse? Dass ich immer einen weiten Bogen um sie mache? Nun, da ich schon hier war, blieb mir nichts anderes übrig, als zu lügen: »Ja, Professor Sigurðsson und ich sind seit vielen Jahren befreundet. Immer wenn er in den Ferien war, habe ich Bolli zu mir genommen.«

»Das ist gut. Dann kennt er Sie bereits.« Sie öffnete die Tür und alle drei Hunde sprangen an mir hoch. Der Schweiß brach mir aus allen Poren und mein Herz raste. Ich atmete ganz tief und versuchte, mir die Panik nicht anmerken zu lassen. Welcher von den Hunden war dieser Bolli? Mühsam beherrscht tätschelte ich alle, murmelte beruhigende Worte und sagte laut und deutlich: »Hallo, Bolli!« Leider reagierten sie alle mit Gebell und wildem Wedeln darauf, und ich wusste nicht, was ich nun tun sollte. Schließlich erlöste mich die Tierpflegerin vom Gesabber und scheuchte zwei der Hunde zurück in den Zwinger. Sie übergab mir eine Leine und ließ mich ein Formular unterschreiben.

Bolli reichte mir knapp bis zu den Knien, hatte braunes, struppiges Fell, einen Schwanz mit schwarzer Spitze und eine rötliche Zunge, mit der er mich begeistert ableckte. Er sah überhaupt nicht vernachlässigt, schwermütig oder verhungert aus, sondern wirkte fröhlich und lebhaft. Voller Erbitterung dachte ich an Veronika Hunziker. Ich Idiot hatte mich von ihr unter Druck setzen lassen. Sie hatte auf die Tränendrüse gedrückt und gebettelt, bis ich endlich einwilligte. »Aber nur für wenige Tage!«, hatte ich gesagt, und sie hatte mir sofort versichert, dass sie nach einer anderen Lösung suchen werde.

Ich befestigte die Leine an Bollis Halsband und marschierte los, die Lorrainestraße hinunter Richtung Aare. Während der Hund aufgeregt an der Leine zog, fragte ich mich, ob er wohl Deutsch verstand oder ob Helgi nur Isländisch mit ihm gesprochen hatte. Jedenfalls reagierte er gar nicht, als ich »Platz!« rief. Ich hatte zwar während des Studiums Altisländisch gelernt, aber Wörter wie »Platz!«, »Komm!«, »Ruhig!«, »Sitz!« gehörten natürlich nicht zum wissenschaftlichen Wortschatz. Und das moderne Isländisch war sowieso ganz anders. Ich beschloss, die wichtigsten Befehle im Wörterbuch nachzuschlagen, einen Versuch war es wert.

Der Hund blieb bei jedem Pfosten und an jedem Gebüsch stehen, schnüffelte herum, hob sein Bein und pisste ungeniert an jede Ecke. Als auf der anderen Straßenseite ein Mann mit Hund sich näherte, begann er wie verrückt zu bellen und zerrte ungestüm an der Leine. Ich musste all meine Kraft aufwenden, um ihn zu halten, verlor aber das Gleichgewicht und stolperte über den Randstein. Ein scharfer Schmerz durchzuckte mein linkes Knie. Von wegen lieb und brav! Dieser Hund war ein Monster. Völlig konsterniert lehnte ich mich an eine Hauswand und versuchte, mich zu beruhigen. Es tat höllisch weh. Ausgerechnet das linke Knie, mit dem ich schon lange Probleme hatte. Gamper hatte mir mehrmals zu einer Operation geraten, aber bis jetzt hatte ich mich standhaft geweigert.

Bolli schaute mich mit seinen braunen Augen fragend an, kauerte sich dann mitten auf den Weg und erledigte in aller Ruhe sein großes Geschäft. Eine Frau mit Kinderwagen und grelloranger Regenjacke kam mir entgegen. Sie blickte missbilligend auf mich und den Hund. »Sie wissen schon, dass man Hundekot nicht liegen lassen darf!«, belehrte sie mich und zeigte auf die dicke braune Wurst.

Natürlich hatte ich kein Plastiksäcklein dabei. Ich tat so, als ob ich in meiner Aktentasche suchte, und hoffte, dass sie weggehen würde. Ich verfluchte Veronika Hunziker und ich verfluchte mich. Was tat ich hier? Was hatte ich mit diesem isländischen Köter zu schaffen? Was ging mich dieser Helgi an? Nur weil er mir dieses Mail geschickt hatte, stand ich jetzt hier und schob die Scheiße mit dem Schuh an den Straßenrand. Vielleicht war er ja damals gerade im Vollsuff gewesen. Verdammt! Ich kannte ihn ja kaum. Ich sollte im warmen Arbeitszimmer an meinem PC sitzen, mir zu Mittag einige Kartoffeln kochen und am Abend das Violinkonzert von Mendelssohn hören. Eines war klar: Diesen Hund musste ich so schnell wie möglich wieder loswerden.

Zuerst wollte ich aber Helgis Nachbarin, Frau Haubensack, besuchen. Ich hatte mit ihr telefoniert und gefragt, ob sie den Schlüssel zu Professor Sigurðssons Wohnung habe. Ich sei ein guter Freund von ihm und müsse einige

Dinge aus der Wohnung holen. Zum Beweis, dass sie mir vertrauen könne, erwähnte ich, dass ich Bolli zu mir genommen hätte.

Auf dem Stadtplan sah ich nach, wo die Hallerstraße war, und beschloss, zu Fuß zu gehen. Es war mir zu riskant, mit Bolli ins Tram zu steigen. Ich hatte ja keine Erfahrung mit Hunden und wusste nicht, ob er sich dort anständig aufführen würde. Bolli kannte den Weg und zerrte an der Leine, als wir vor dem Haus mit der Nummer 27 standen. Der vierstöckige Wohnblock lag in einem ruhigen Quartier nahe der Universität. Ich klingelte bei »Haubensack«, worauf sich im ersten Stock sofort ein Fenster öffnete und eine ältere Frau herausschaute. Sie hatte ein rundes, freundliches Gesicht und strahlte, als sie Bolli sah. »Sie sind also Herr Berger. Warten Sie!« Der Türsummer ertönte und ich ging mit Bolli in den ersten Stock. Es war offenkundig, dass er Frau Haubensack kannte. Er sprang an ihr hoch und bellte.

»Bolli, braver Hund. So, setz dich!« Sie führte mich ins Wohnzimmer und dabei sah ich, dass sie hinkte. Auf dem kleinen Sofatisch standen zwei Tassen und ein Teller mit Keksen bereit. Als ich den schön gedeckten Tisch sah, war mir sofort klar, dass sie den Wohnungsschlüssel nicht so schnell herausrücken würde. Sie brannte vor Neugierde. Mit zitternder Hand schenkte sie mir Kaffee aus einer Thermoskanne ein und holte für den Hund eine Schale mit Wasser.

Während er schlabberte und den Boden bespritzte, begann Frau Haubensack, wie ein Wasserfall zu plappern: »Ich habe den Hund oft für den Professor gehütet, denn er war ja so beschäftigt. Natürlich hätte ich ihn auch jetzt gerne bei mir behalten, aber ich bin nicht mehr so gut zu Fuß.« Sie deutete auf Krückstöcke, die an einem Sessel lehnten. »Man wird nicht jünger. Ich habe schon zwei Hüftoperationen hinter mir.« Bekümmert blickte sie auf den Hund. »Dem Professor habe ich schon lange gesagt, er müsse eine andere Lösung für Bolli suchen. Für mich ist er zu groß und zu stark, ich kann ihn kaum an der Leine zurückhalten, wenn er losstürmen will. Aber nun ist das Problem ja gelöst.« Wohlwollend lächelte sie mich an. »Schön, dass Sie sich nun um ihn kümmern. Sonst hätte er im Heim bleiben müssen, der arme Kerl.« Sie beugte sich vor und sah mich zufrieden an. »So ein Heim ist ja schrecklich teuer. Und Bolli hat es dort sicher nicht gefallen. Nun bin ich wirklich beruhigt.« Ihr rundes Kinn zitterte, als sie an einem Keks knabberte.

Doch dann verdüsterte sich ihr Gesicht. »Der arme Professor! Am Sonntagmorgen hat er mir Bolli gebracht und versichert, dass er spätestens am Samstag zurück sei.« Sie seufzte. »Wer weiß, wenn der Hund bei ihm gewesen wäre, wäre das alles vielleicht nicht passiert. Sonst hat er ihn meistens mitgenommen in dieses Bergtal, wo er alte Mauern ausgräbt. Aber ausgerechnet letztes Mal hat er ihn hiergelassen.« Der Hund schaute sie treuherzig an und sie streichelte ihn. »Nicht wahr, Bolli, du hättest aufgepasst auf den Professor!« Schwerfällig erhob sie sich und holte aus der Küche eine kleine Schüssel mit roten und grünen Keksen. Ich hob verneinend die Hand, aber die Dinger waren nicht für mich, sondern für den Hund. Er verschlang sie gierig, ohne zu kauen.

»Als er am Samstagabend nicht wie verabredet gekommen ist, habe ich in der Universität angerufen«, fuhr Frau Haubensack fort, »aber natürlich war niemand mehr dort. Am Montag habe ich dann erfahren, dass er einen schlimmen Unfall hatte. Abgestürzt in den Bergen. Wie schrecklich!« Erst nach drei Tassen Kaffee und unzähligen trockenen Nussplätzchen war sie bereit, mir den Schlüssel zu geben. Zuvor hatte ich mir ihre ausführlichen Berichte über einen Fahrradunfall ihrer Nichte und über Ferien, die sie früher mit ihrem Mann Hanspeter regelmäßig im Oberland verbracht hatte, anhören müssen. »Das alles ist jetzt vorbei«, sagte sie und blickte bekümmert auf ein Gemälde an der Wand, das einen spitzen Berg, vermutlich den Niesen, zeigte. »Aber so ist das Leben. Nun sind die Jüngeren dran.« Ich nickte mitfühlend. Vergeblich hatte ich versucht, etwas über Helgis Privatleben herauszufinden. Entweder war sie sehr diskret oder er hatte nichts erzählt.

Endlich kramte sie die Schlüssel aus einer Kommodenschublade im Flur. Sie habe immer das Hundefutter oben holen müssen, klärte sie mich auf, obwohl das Treppensteigen bis zur Dachwohnung für sie sehr mühsam sei. Trotzdem begleitete sie mich in den vierten Stock, um die Wohnung aufzuschließen. Meine Erklärung, ich müsse Wäsche und seine Toilettenartikel ins Spital bringen, für den Fall, dass er aus dem Koma erwache, akzeptierte sie zwar, aber es war klar, dass sie alles kontrollieren musste.

Die Wohnung war klein und abgeschrägt, sie hatte ein Wohnzimmer, eine Kochnische, ein Schlafzimmer und ein Bad. Auf einer dunklen Kommode im Flur stapelten sich Zeitschriften und Kuverts. »Ich leere jeweils seinen Briefkasten, wenn er abwesend ist«, beeilte sich Frau Haubensack zu sagen.

Im Wohnzimmer standen ein abgewetztes grünes Sofa, ein Schaukelstuhl, ein Büchergestell und ein riesiger Schreibtisch, der mit Büchern und Papieren übersät war. Ein Fernseher und eine Musikanlage befanden sich auf einem kleinen Metallgestell in der Ecke, aber einen Computer oder Laptop konnte ich nirgends entdecken. Unter dem Fenster war eine graue Wolldecke ausgebreitet und ein Plastik-Knochen lag daneben, offenbar Bollis Schlafplatz. Reproduktionen von Klee-Bildern hingen an der Wand, sie steckten in verschiedenfarbigen Rahmen. Auf mich wirkte alles wie die Bude eines Studenten, der kein Geld hatte.

Frau Haubensack öffnete das Schlafzimmer. »Hier ist der Kleiderschrank«, sagte sie und zeigte auf einen dunklen breiten Kasten, der neben einem riesigen Doppelbett stand. An der Wand hing ein großer Spiegel mit schwer vergoldetem Rahmen. Das Fenster lag nach Norden, links sah man den Gurten. »Die Wohnung wird möbliert vermietet, sie gehört einem Geschäftsmann, einem Österreicher, der fast nie hier ist«, erklärte Frau Haubensack, »ich habe ihn erst ein Mal gesehen.«

Helgi hatte sich keine große Mühe gegeben, der Wohnung einen persönlichen Anstrich zu verleihen. Es war offensichtlich, dass sie für ihn nur eine Bleibe auf Zeit war. Ich öffnete den Schrank und entnahm wahllos einige Wäschestücke. Was mich wirklich interessierte, war der Schreibtisch.

Frau Haubensack war ins Bad gegangen und suchte nach Rasierzeug und Seife. Dazu jammerte sie in einem fort: »Der arme Herr Professor! Hoffentlich erwacht er bald und hoffentlich hat er keine bleibenden Schäden. Man weiß ja bei solchen Kopfverletzungen nie, was das arme Gehirn alles mitmachen muss. Mein Schwager selig, der Ernst, hatte einmal eine schwere Gehirnerschütterung. Er ist vom Traktor gefallen und hatte nachher sein Leben lang Kopfschmerzen. Trotzdem hat die Invalidenversicherung ihm nichts bezahlen wollen. Er sei ein Simulant.«

Bolli schnüffelte an seinem leeren Napf herum. Futter!, durchfuhr es mich siedend heiß. Was fraß so ein Köter überhaupt? Ich öffnete den Küchenschrank, entdeckte eine große Packung Hundefutter und stopfte sie in die Tasche zu der Unterwäsche.

Dann setzte ich mich an den Schreibtisch und rief: »Frau Haubensack, wissen Sie, ob er hier einen Laptop hatte?«

Sofort kam sie herein. »Einen Laptop?«

»Ja, so einen kleinen tragbaren, aufklappbaren Computer.«

»Ich habe keinen gesehen. Er sagte mir, dass er an der Universität ein Büro habe und dort arbeite.« Sie schloss das Fenster. »Aber jetzt braucht er sicher vor allem Ruhe und keinen Computer.«

»Da haben Sie recht. Aber er hat mir von einem ganz wichtigen Dokument erzählt. Es handelt sich um ein Finanzierungsgesuch an den Schweizerischen Nationalfonds, das man bis nächsten Mittwoch einreichen muss. Wir dürfen die Frist nicht verpassen.« Ich warf ihr einen besorgten Blick zu. »Es geht um sehr viel Geld, der Professor wollte damit weitere Ausgrabungen finanzieren. Ich glaube, er wäre sehr enttäuscht, wenn er dieses Geld nicht bekäme, er hat sehr viel Zeit in dieses Gesuch gesteckt. Deshalb möchte ich es für ihn abschicken.«

Frau Haubensack schaute mich erschrocken an und rang die Hände. »Vielleicht hat diese junge Frau den Laptop genommen.«

»Welche junge Frau?«

»Na, diese Frau von der Uni, eine Kleine mit roten Haaren.«

»Ach so, Sie meinen Frau Kramer.«

»Ja, sie war auch hier und hat nach irgendwelchen Unterlagen gesucht.«

Alarmiert schaute ich auf. »Sie war hier? Wann war das?«

»So genau weiß ich das nicht mehr, letzte Woche am Mittwoch oder Donnerstag.«

Sonja Kramer hatte nichts davon gesagt, dass sie in Helgis Wohnung gewesen war. Was hatte sie hier gesucht?

Frau Haubensack nestelte nervös an ihren Blusenknöpfen herum.

»Dann werde ich Frau Kramer danach fragen. Aber zur Sicherheit schaue ich auch noch den Papierstapel durch. Es wäre wirklich schade, wenn wir die Frist verpassen. Der Professor würde uns das nie verzeihen.« Aufmunternd lächelte ich Frau Haubensack zu. »Den Schlüssel bringe ich Ihnen nachher, Sie brauchen nicht so lange zu warten.« Einen kurzen Moment zögerte sie, aber dann ging sie und ich war endlich allein.

Systematisch begann ich die Papiere durchzusehen, die auf dem Schreibtisch lagen. Es handelte sich um Vorlesungsnotizen, wissenschaftliche Aufsätze, Berichte, Rechnungen, Prospekte, alles in einem wirren Durcheinander. Entweder war Helgi kein ordnungsliebender Mensch oder Sonja hatte alles so hinterlassen. Vieles war in isländischer Sprache und ich verstand nicht, worum es überhaupt ging. Dann durchsuchte ich die drei Schubladen. Hier hatte er allerhand Krimskrams gelagert: Büromaterial, Briefmarken, ein Fernglas, Schnürsenkel, Glühbirnen. Nichts, aber auch gar nichts Besonderes fiel mir auf.

Ich ging zum Büchergestell und musste lächeln, als ich die Buchtitel durchsah: Volksmärchen, Sagen und Heldengeschichten, Fauna und Flora der Alpen, Bestimmungsbücher zu Reptilien, Kochbücher und Krimis. Zweifellos war Helgi sehr an Natur und der Volkskunde der Schweiz interessiert. Die historischen Fachbücher hatte er vermutlich alle im Institut, nur einige wenige standen auf dem Regal.

Unschlüssig stellte ich mich ans Fenster und blickte hinaus. Ich war keinen Schritt weitergekommen. Nichts in dieser Wohnung gab auch nur den kleinsten Hinweis auf das Geheimnis. Sogar im Badezimmerschrank schaute ich noch nach, aber natürlich fand ich dort nur Frottierwäsche, Duschgels und Shampoo. Enttäuscht löschte ich das Licht und rief den Hund. Er folgte mir brav. Nun blieb die Frage, wie ich ihn schnell wieder loswerden konnte.

Frau Haubensack hatte mich gehört und wartete bereits unter der Wohnungstür. »Haben Sie dieses Gesuch gefunden?«

»Nein, leider nicht. Aber ich werde heute Abend einen Brief an den Nationalfonds schreiben und um eine Fristverlängerung bitten. Die besonderen Umstände müssen berücksichtigt werden. Und wer weiß, vielleicht kann mir der Professor schon morgen erzählen, wo das Gesuch ist.«

Sie wackelte mit dem Kopf und schaute mich skeptisch an. Dann eilte sie in die Küche und rief: »Warten Sie, ich habe noch etwas für ihn.« Mit geröteten Wangen kam sie zurück und reichte mir eine Blechdose. »Bretzeli, selbst gebacken«, sagte sie, »er hat ja so gerne Süßigkeiten.«

»Da wird er sich sehr freuen«, erwiderte ich und stopfte sie zum Hundefutter.

»In der Dose bleiben sie lange frisch, falls er noch länger ...« sie stockte und blinzelte nervös mit den Augen, »... falls es noch etwas dauert.«

Ich nahm Bolli an die Leine und verabschiedete mich.

»Und grüßen Sie ihn!«, rief sie mir nach.

Schon im Zug von Bern nach Basel gab es Ärger. Natürlich hatte ich nicht daran gedacht, für den Hund ein Billett zu kaufen, und die resolute Kondukteurin verlangte doch tatsächlich einen Zuschlag von 90 Franken. Meine Erklärung, dass ich den Hund notfallmäßig für einen schwer verunglückten Freund geholt hatte, stieß auf taube Ohren.

»Die Billettpflicht vor Reiseantritt gilt auch für Hunde!«, belehrte sie mich schnippisch. Bolli wedelte freundlich mit dem Schwanz, aber es war offensichtlich, dass sie keine Hunde mochte. Das konnte ich gut verstehen. Zähneknirschend zahlte ich und beschloss, noch am gleichen Abend einen Beschwerdebrief an die SBB zu schreiben.

Vom Bahnhof Basel ging ich zu Fuß nach Hause, was etwa 30 Minuten dauerte. Matthias Gamper hätte seine Freude an mir gehabt. »Du solltest jeden Tag mindestens eine Stunde spazieren«, schärft er mir bei jeder meiner Konsultationen ein, »und zwar in flottem Schritt. Du musst den Puls hochjagen!« Ich verteidige mich jeweils damit, dass ich oft in die Natur fahre und Vögel beobachte. »Das zählt nicht. Da stehst du nur herum, und außerdem ist es schädlich für den Nacken, wenn du immer nach oben starrst.«

Matthias interessiert sich überhaupt nicht für Vögel. Vermutlich werden Ärzte durch das Medizinstudium völlig abgestumpft und haben gar keinen Sinn mehr für die Schönheiten der Natur. Dauernd sehen sie nur verschleimte Hälse, wuchernde Warzen, eiternde Wunden. Mein Herz schlägt durchaus höher, wenn ich einer Goldammer beim Gesang zuhöre. Doch das sage ich ihm nicht. Er ist ein Banause.

Vor meinem Haus sah ich mich vorsichtig um, ob nicht ein Nachbar hinter dem Vorhang hervorspähte und mich mit dem Hund beobachtete. Wie ein Verbrecher schlich ich in die Wohnung. Bolli schnüffelte überall herum und sprang auf mein Bett. Ich packte ihn am Halsband, riss ihn herunter und sperrte ihn ins Badezimmer, was die Sache aber nicht besser machte, er begann dort sofort zu jaulen. Ich war nahe an einem Nervenzusammenbruch und beschloss, sofort am nächsten Tag nach Bern zu fahren und ihn Veronika Hunziker zu übergeben. Sollte sie sich um ihn kümmern.

Zuerst schaute ich im Wörterbuch die wichtigsten isländischen Begriffe nach, die ich wohl oder übel für ihn brauchen würde. Und tatsächlich, als ich eine Wolldecke ausbreitete und »Bolli, komdu!« rief, kam er und setzte sich neben mich. Ich versuchte es noch mit »Vertu kyrr!«, »Góður hundur!« und einigen weiteren isländischen Wörtern. Offenbar beruhigten ihn diese vertrauten Laute. Er schnüffelte an der Decke herum und legte sich schließlich hin.

In der Küche holte ich das Hundefutter aus der Tasche und schüttete eine große Portion in einen Suppenteller. Als er das Rascheln hörte, kam Bolli sofort und schnüffelte am Futter, nahm aber keinen einzigen Bissen. Diesmal nützten meine isländischen Worte nichts. Ich versuchte es mit »Fá þér! Fínn fóður!«, aber der Hund reagierte nicht, sondern glotzte mich nur blöde an. Ich startete sogar meinen Computer und gab im Übersetzungsprogramm ganze Sätze ein. »Bolli, þetta er fínt fóður handa þér!« Es war nutzlos. Verzweifelt las ich auf der Packung nach, wie man dieses Flockengemisch zubereiten sollte. Womöglich musste man es zuerst kochen.

»Diese hochverdauliche und bekömmliche Premium-Vollnahrung eignet sich für besonders ernährungssensible Hunde und als Welpenbrei für Welpen ab der vierten Lebenswoche«, las ich dem Hund laut vor. »Ein Welpe bist du nicht mehr, aber offensichtlich ein Sensibelchen!« Die ausführliche Anleitung belehrte mich, dass man diese Super-Flocken mit lauwarmem Wasser zu einem Brei mischen musste, was ich sofort befolgte. Dann holte ich aus dem Kühlschrank den Lachs, den ich am Tag zuvor gekauft hatte, um mir damit ein Nudelgericht zu kochen. Ich zerschnitt ihn in kleine Stücke und mischte diese in den Brei.

»Hier«, sagte ich zu Bolli, »du bist Isländer und die fressen Fisch.« Fasziniert schaute ich zu, wie er sofort alles hinunterschlang und den Teller ausleckte. Meine Nudeln aß ich später mit etwas Butter und Käse. Ich wunderte mich über mich selber.

## KAPITEL 9

Am nächsten Tag fuhr ich wieder nach Bern. Ich hatte Sonja Kramer angerufen und ihr gesagt, ich müsse sie dringend treffen. Wenn ich herausfinden wollte, ob Helgi allenfalls in der Archäologen-Szene Feinde hatte, dann war sie die Einzige, die mir Auskunft geben konnte. Überhaupt wollte ich mehr über die Ausgrabungen und dieses Forschungsprojekt erfahren. Und natürlich konnte ich bei dieser Gelegenheit Veronika

Hunziker aufsuchen. Ich wollte Bolli loswerden. Diesmal löste ich ein Billett für ihn und war empört. Es kostete 20,50 Franken, genauso viel wie mein Halbpreis-Billett.

Das Institut war in einem Gebäude der ehemaligen Schokoladenfabrik Tobler an der Länggassstraße untergebracht. Sonja hatte vorgeschlagen, dass wir uns in einem Café treffen, aber ich wollte mir einen Eindruck von Helgis Arbeitsplatz verschaffen. Als ich das lang gestreckte weiße Gebäude erreichte, sah ich sie vor dem Eingang stehen und rauchen. Sie schmiss die halb gerauchte Zigarette in hohem Bogen weg und streckte mir die Hand entgegen. »Herr Professor Berger, willkommen in Bern!« Ich bat sie, den »Professor« doch wegzulassen. Sich mit akademischen Titeln anzusprechen, finde ich lächerlich. Mit dem Lift fuhren wir in den dritten Stock.

Helgi hatte kein eigenes Büro, sondern musste seinen Schreibtisch mit einem Kollegen teilen. Das Büro war klein und vollgestellt mit Möbeln. Neben dem Schreibtisch hatte man einen kleinen runden Tisch mit vier Stühlen in eine Ecke gezwängt, und an den Wänden standen Regale, die eng mit Ordnern und Büchern bestückt waren, kein Zentimeter blieb frei. An der Wand hing ein Kalender, es war aber nicht das Septemberbild, sondern noch immer das Augustbild – die Marienburg in Polen – aufgeschlagen. Sonja holte zwei Gläser und eine Flasche Wasser und wir setzten uns an den kleinen Tisch.

»Wissen Sie etwas Neues über Helgis Zustand?«, fragte ich.

»Keine Veränderung, aber immerhin auch keine Verschlechterung.« Sie lächelte schüchtern. Dann bückte sie sich zu Bolli und streichelte ihn. »Ich wusste gar nicht, dass Sie sich jetzt um den Hund kümmern. Das würde Helgi sicher sehr freuen.«

»Ich habe ihn im Tierheim abgeholt und war anschließend in Helgis Wohnung. Von Frau Haubensack habe ich erfahren, dass Sie auch schon da waren.« Ich beobachtete genau, wie sie auf diese Eröffnung reagieren würde, aber ich konnte kein Erschrecken, nicht einmal ein Erstaunen bei ihr feststellen.

»Ja, ich musste einige Unterlagen holen, die wir hier im Institut dringend brauchen«, sagte sie leichthin.

»Ich konnte weder Computer noch Laptop bei ihm finden«, insistierte ich.

Verdutzt schaute sie mich an, dann blitzte ein Verstehen in ihren Augen auf. »Ich habe seinen Laptop nicht! Was sollte ich damit? Helgi nimmt ihn immer mit, wenn er nach Binaglia fährt. Ist ja klar, er schleppt seine Daten und Forschungsresultate nicht ausgedruckt in dicken Ordnern dort hinauf.« Das leuchtete mir ein. Peinlich, dass ich nicht selber draufgekommen war. »Binaglia liegt im Val Dulain«, erklärte sie, »oberhalb des Dorfes befindet sich die Ausgrabungsstätte. Vermutlich sind seine Sachen noch dort oder die Polizei hat alles mitgenommen.« Sie warf mir einen prüfenden Blick zu. »Warum interessieren Sie sich für Helgis Laptop?«

Ich musste Sonja Kramer einweihen, auch wenn ich nicht sicher war, ob ich ihr vertrauen konnte. »Helgi hat mir zwei Tage vor seinem Absturz ein Mail geschickt und mich um Hilfe gebeten. Leider ist es mir bis heute ein Rätsel, was ich mit dieser merkwürdigen Nachricht anfangen soll.« Ich holte einen Ausdruck des Mails hervor und zeigte ihn ihr.

Sie las es und runzelte die Stirn. »Frieden dem Val Dulain, Krieg den Profitgeiern! Ein Troll?« Verwirrt schüttelte sie den Kopf. »Ich kapier überhaupt nichts.«

Nun legte ich den Ausdruck mit den Fotos auf den Tisch. »Diese Bilder hat er beigefügt, wahrscheinlich sind sie alle im Val Dulain aufgenommen. Aber ich verstehe einfach nicht, was er mir mitteilen wollte.« Ich lehnte mich zurück, während sie die Aufnahmen sorgfältig studierte.

»Ja, einige dieser Fotos sind mit Sicherheit bei Grunatsch aufgenommen worden, die Nahaufnahmen von den Blumen und Steinen könnten natürlich von irgendwo stammen, aber vermutlich hat er sie alle dort oben gemacht.« Nachdenklich rieb sie sich die Nase. »Aber ich kann mir beim besten Willen nicht erklären, was Helgi da Besonderes entdeckt haben will.«

»Ich vermute, dass er mit diesen Bildern eine Botschaft übermitteln wollte. Deshalb bin ich hier. Ich wollte Sie fragen, ob bei den Grabungen etwas Außergewöhnliches vorgefallen ist.«

Sie runzelte die Stirn und meinte dann entschieden: »Nein, es lief alles ganz normal ab, so wie immer.«

»Wer ist am Projekt beteiligt?«

»Die Ausgrabungen bei Grunatsch fanden im Rahmen des EU-Förderprogramms Horizon statt, mit dem Schwerpunkt ›Landschaftsarchäologische Untersuchung des zentralen Alpenraums‹. Verschiedene Institute und Organisationen sind beteiligt. Wir von der

Uni Bern haben den Fokus auf Fragen von transalpiner Mobilität und Kulturtransfer gelegt. Im Val Dulain gibt es zahlreiche Fundstellen von frühen Besiedlungen. Bei Grunatsch konnten wir Mauern einer Burg freilegen und einige wichtige Funde, die eine Besiedlung im Mittelalter nachweisen.«

»Was meinen Sie damit, dass es ›so wie immer‹ ablief? Gab es Konflikte? In Projekten, an denen sich verschiedene Organisationen beteiligen, kommt es ja häufig zu Kompetenzstreitigkeiten und Konkurrenz.«

»Nun ja, das Übliche halt, organisatorische Schlampereien, ungeregelte Zuständigkeit, fehlendes Material.« Sie machte ein düsteres Gesicht. »Und dann natürlich Geld! Wie immer kam es zu Budgetüberschreitungen, und das hat dann zu gegenseitigen Vorwürfen geführt. Aber das ist bei solchen Projekten nichts Ungewöhnliches.«

»Wer muss das Defizit übernehmen?«

»Der Kanton. Es handelt sich aber um eine lächerliche Summe. Helgi hat trotzdem versprochen, noch Sponsoren aufzutreiben, er will es sich mit dem Archäologischen Dienst des Kantons nicht verscherzen.« Sie stand auf und setzte sich auf das Fenstersims. »›Friede dem Val Dulain, Krieg den Profitgeiern!‹ Ist das nicht ein Zitat? Ich komme aber im Moment nicht drauf, wie es im Original heißt.«

»Friede den Hütten! Krieg den Palästen!«

»Ach ja, von Georg Büchner. Wir haben das in der Schule gelesen, aber ich erinnere mich nicht an den Inhalt.«

»Es war eine Streitschrift gegen die sozialen Missstände der Zeit.«

Sonja Kramer hatte mich mit ihrer Frage aufmerksam gemacht auf Helgis Formulierung. Bisher hatte ich nur über den Troll gerätselt und diesen kämpferischen Aufruf gar nicht beachtet.

»Was meint er mit ›Profitgeiern‹? Gibt es im Val Dulain soziale Spannungen?«

»Nicht mehr und nicht weniger als auch sonst in der Schweiz. Es ist keine heile Welt, aber ganz sicher kein Tal, in dem sich eine Revolution zusammenbraut. Ich glaube, die Mehrheit wählt die CVP. Helgi ist manchmal etwas verschroben und spricht gerne in Rätseln.« Spöttisch verzog sie den Mund. »Im Val Dulain gibt es keine Profitgeier, weil man gar keinen Profit machen kann. Es gibt da keine Bodenschätze, nur schroffe Berge, Wälder und einige alte Steine, die von mittelalterlicher Besiedlung zeugen. Und natürlich einige Kühe und Ziegen.«

Trotzdem blieb die Frage, warum er diese Formulierung gewählt hatte. Vielleicht gab es doch größere Konflikte im Tal, von denen Sonja Kramer gar nichts wusste.

Ich kam nun auf mein eigentliches Anliegen zu sprechen. »Ich brauche Ihre Hilfe. Es wäre aufschlussreich, wenn wir seine E-Mails und Daten im Computer durchsehen könnten. Vielleicht gibt es Dokumente oder Nachrichten, die das alles erklären. Ich möchte auch wissen, ob es Drohungen gegen ihn gab.«

Ein irritierter Ausdruck trat auf Sonja Kramers Gesicht. »Sie möchten an seinen Computer? Nein! Das geht auf keinen Fall. Dazu müssten wir sein Passwort kennen.«

Ich dachte an die vielen Krimis, in denen kluge junge Leute die Passwörter innert kürzester Zeit knackten, aber Sonja Kramer gehörte offenbar nicht zu ihnen.

»Und außerdem widerspricht es dem Datenschutz«, fuhr sie fort. »Ohne Helgis Einwilligung ist das ein absolutes No-Go!« Ihre Augen funkelten mich empört an.

Ich kratzte mich am Kopf und schaute zerknirscht drein. »Nun ja, war eine blöde Idee.« Sollte ich ihr vom Einbruch bei mir zu Hause erzählen, damit sie die Dringlichkeit der Angelegenheit verstand? Aber sie saß mit verschränkten Armen da und schaute so abweisend und feindlich, dass ich es sein ließ.

Eine Weile herrschte Schweigen. Dann brachte ich das Gespräch wieder auf sicheres Terrain zurück. »Wann wird die Dokumentation der Ausgrabungen vorliegen?«

»Das dauert natürlich. Die Auswertungen werden von zwei Doktoranden gemacht.«

»Und was ist eigentlich Ihre Rolle im ganzen Projekt?«

»Im Rahmen meiner Assistenz betreue ich Forschungsarbeiten von Studenten, und da ich mich im Val Dulain gut auskenne, war ich natürlich interessiert, das Projekt zu begleiten.« Sie lehnte sich zurück. »Ich bin in Binaglia aufgewachsen.«

Verblüfft schaute ich sie an. »Sie stammen von dort?«

»Ja, ich kenne dort jeden Stein und natürlich auch fast alle Bewohner. Das war sehr hilfreich, als wir Informationsveranstaltungen über das Projekt für die Einheimischen durchführten.«

»Gab es Widerstand in der Bevölkerung?«

»Nein. Die Bündner sind stolz auf ihre vielen Schlösser und Burgen.«

Es gab also überhaupt keinen Hinweis auf Ungereimtheiten oder dunkle Machenschaften. Aber Helgi hatte mir diese mysteriöse Nachricht geschickt.

Sonja warf mir einen mitleidigen Blick zu. »Es ist ja auch noch gar nicht sicher, ob ein Verbrechen vorliegt«, wandte sie ein. »Die Sichtverhältnisse waren an diesem Tag sehr schlecht. Womöglich hat sich dieses Ehepaar geirrt und es war einfach ein schrecklicher Unfall.«

»Das wäre die bessere Variante. Vielleicht kann Helgi es uns bald erzählen.«

»Ja, das hoffe ich sehr.« Sie stand auf und räumte die Gläser weg. Offensichtlich betrachtete sie das Gespräch als beendet.

»Was ist eigentlich Ihr Spezialgebiet?«, wollte ich aber noch von ihr wissen.

»Ich schreibe meine Dissertation zur ›Digitalen Archäologie, Wissenschaft und Multidisziplinarität‹. Sie steht kurz vor dem Abschluss.« Sie stieß einen Seufzer aus und blickte mich aus großen, verzweifelten Augen an. »Ich sitze wie auf Nadeln. Wenn Helgi nicht mehr erwacht oder wenn er bleibende Schäden hat, muss ich mir einen neuen Doktorvater suchen. Das wird schwierig und verzögert alles.«

Das war tatsächlich eine äußerst heikle Situation. Für dieses Thema würde sie wahrscheinlich nicht so schnell einen kompetenten Professor finden, der bereit war, die Arbeit zu begutachten.

Sie kramte in ihrer Tasche, holte eine Packung Papiertaschentücher heraus und schnäuzte sich ausgiebig. »Er hat mir eine Assistenz in Reykjavik in Aussicht gestellt. Für mich wäre das eine riesige Chance.« Resigniert zuckte sie die Schultern. »Daraus wird jetzt wohl nichts.«

»Wer weiß, manchmal können sich Dinge sehr schnell ändern«, versuchte ich sie zu trösten. »Schreiben Sie Ihre Arbeit fertig! Dann hat Helgi etwas zu tun, wenn er wieder aufwacht.«

Sie lächelte, aber ihre Augen blickten zweifelnd.

## KAPITEL 10

Nun wollte ich Veronika Hunziker aufsuchen und ihr den Hund übergeben. Sie hatte mich praktisch genötigt, ihn zu übernehmen, aber ich würde ihr klarmachen, dass ich als Hundehalter völlig ungeeignet war. Mit dem Lift fuhr ich zurück ins Erdgeschoss.

Auf dem Gang kam mir eine junge Frau entgegen. Sie stutzte, als sie Bolli erblickte. »Oh nein«, rief sie, »nicht schon wieder! Wir haben Sigurðsson verboten, dieses Vieh mitzubringen. Und kaum ist er weg, steht der Hund wieder da.« Missbilligend musterte sie mich. Sie trug einen schicken Hosenrock, hatte rotblonde Locken, die ihr auf die Schultern fielen, und auf ihrer Nasenspitze saß eine randlose Brille. Sie wirkte sportlich, wahrscheinlich joggte sie jeden Tag.

Normalerweise hätte ich mich Entschuldigungen murmelnd sofort wieder aus dem Staub gemacht. »Ich suche die Bibliothek«, sagte ich stattdessen entschieden.

»Hunde sind im ganzen Gebäude nicht erlaubt«, erwiderte sie, machte kehrt und stöckelte auf schwindelerregenden Absätzen davon.

»Wer war denn das?«, fragte ich Bolli, der genauso verdutzt dreinblickte wie ich. Offenbar war er es nicht gewohnt, dass man ihn nicht hätschelte.

»Das war Frau Dr. Anliker, der aufsteigende Stern hier am Institut«, ertönte eine sonore Stimme hinter mir. Ein großer schlanker Mann mit einer dunklen Hornbrille kam auf mich zu und grinste mich an. »Die Damen hier am Institut sind ziemlich empfindlich, vor allem wenn es sich um den Hund des geschätzten Kollegen Sigurðsson handelt.« Er bückte sich und streichelte Bolli. »Wo haben Sie ihn aufgetrieben? Ist er ausgebüxt?«

Ich stellte mich vor und erklärte, dass ich eigentlich die Bibliothek suchte oder besser gesagt die Bibliothekarin des Instituts.

»Ach, Sie sind Professor Berger! Es freut mich, endlich Ihre Bekanntschaft zu machen.« Er schüttelte mir die Hand und strahlte, als ob ich ihm soeben verkündet hätte, dass er der glückliche Gewinner der Landeslotterie sei.

Es stellte sich heraus, dass er der Geschäftsführende Direktor des Instituts war: Professor Damian Leander Brinkmeier. Von ihm hatte ich schon viel gehört, ihn aber bisher noch nicht persönlich kennengelernt. Brinkmeier galt als absoluter Star unter den Schweizer Historikern. Soviel ich wusste, hatte er zur Geschichte des Mittelalters doktoriert, sich später dann aber vor allem auf Neuzeit und Postkolonialismus spezialisiert. Er hatte einen guten Ruf, galt als seriös und engagiert. Seine Karriere war sehr steil verlaufen. Wenn ich mich recht erinnerte, war er die treibende Kraft gewesen bei der Gründung des Kompetenzzentrums »History of transnational research and knowledge«. Darüber hinaus war er Mitherausgeber mehrerer renommierter wissenschaftlicher Zeitschriften und aktiv in vielen Gremien, unter anderem als Präsident der Schweizerischen Gesellschaft für Wirtschafts- und Sozialgeschichte. Außerdem war er ständiger Gast in Talkshows und schrieb regelmäßig Kolumnen in der NZZ. Er scheute sich auch nicht, politisch Stellung zu beziehen, und nahm kein Blatt vor den Mund, wenn er vor nationalistischen Tendenzen in der Schweiz warnte.

Brinkmeier machte die Tür zu seinem Büro auf und bat mich einzutreten. »Da Sie Sigurðssons Hund haben, vermute ich, dass Sie Neuigkeiten über seinen Zustand mitbringen«, sagte er und bot mir einen Stuhl an. Das Büro sah aus wie nach einer verlorenen Schlacht. Überall lagen Bücher, Ordner, Stapel von Papieren und Kartonboxen herum. Ich konnte mir nicht vorstellen, wie man hier etwas finden sollte.

Brinkmeier bemerkte wohl meinen entgeisterten Blick. »Kreatives Chaos«, erklärte er lachend, »lassen

Sie sich nicht beunruhigen, ich muss das Büro räumen und bin gerade in der Ausmistphase.«

Ich musterte ihn genauer. War er schon so alt, dass er emeritiert wurde? Nein, er wirkte wesentlich jünger. Er hatte scharf geschnittene Gesichtszüge, ein kräftiges Kinn und ausgeprägte Zornesfalten. Seine Augen waren lebendig und sein Lächeln freundlich. Das dichte, leicht gewellte graue Haar hatte er nach hinten gekämmt. Er trug Jeans und ein hellblaues Hemd.

»Ich ziehe eine Etage tiefer«, kam er mir mit einer Erklärung zuvor, »Sparmaßnahmen! Wir müssen 30 Prozent der Büroflächen freigeben für die Islamwissenschaftler. Diese wiederum müssen ihr Institut verlassen für die Juristen. Sie sehen, in Bern ist einiges in Bewegung.« Er lehnte sich in seinem Stuhl zurück und verschränkte die Arme. »Für mich ist es aber gerade der richtige Zeitpunkt. Sie haben sicher gehört, dass ich Bern verlasse.«

Nein, das war mir neu. Fragend blickte ich ihn an.

»Ein Ruf nach Jena. Ich habe es mir nicht leicht gemacht mit der Entscheidung, vor allem weil die Kinder in einer kritischen Phase sind.« Nun runzelte er besorgt die Brauen. »Pubertät, Sie können sich ja vorstellen, was das heißt.«

Das konnte ich nicht, und ich wollte es mir auch gar nicht vorstellen. Hatte ich leicht angewidert meine Nase gerümpft? Jedenfalls begann er sich zu verteidigen: »Hier in Bern habe ich mich sehr für den Ausbau des Instituts starkgemacht, aber leider wirken sich die ständigen Budgetkürzungen negativ auf die Forschungsqualität aus.« Betrübt schaute er auf seine gefalteten Hände.

Ich beeilte mich, ihm zu versichern, dass ein Ruf nach Jena natürlich eine einmalige Chance war.

»Ich konnte ausgezeichnete Bedingungen stellen«, sagte er strahlend, »einen Forschungsetat, von dem man hier in Bern nur träumen kann, und zusätzliche Mitarbeiterstellen.« Das waren wirklich fantastische Voraussetzungen und selbst ich hätte eine solche Chance vermutlich nicht ausgeschlagen.

Brinkmeier sprang plötzlich vom Stuhl auf. »Entschuldigen Sie! Ich rede nur von mir, aber Sie sind ja wegen Helgi Sigurðsson hier.« Besorgt runzelte er die Stirn. »Wie geht es ihm? Ich hoffe, Sie bringen gute Nachrichten.«

Ich schüttelte den Kopf. »Leider muss ich Sie enttäuschen, sein Zustand ist – soviel ich weiß – unverändert. Aber ich bin auch gar nicht die Person, die man über eine Veränderung informieren würde. Ich glaube, Sonja Kramer ist die Kontaktperson. Helgis Schwester hat die Ärzte entsprechend instruiert.«

»Ich habe gehört, dass Sie ihn im Spital besucht haben. Sind Sie näher befreundet?« Veronika Hunziker hatte also schon geplaudert. Weiber!

»Wir haben uns in Hamburg an einer Tagung kennengelernt. Helgi war im gleichen Hotel wie ich untergebracht.«

»Ja, Helgi ist sehr kommunikativ und hat sich in der Schweiz innert kürzester Zeit ein Netz aufgebaut.« Er lächelte gewinnend und fügte hinzu: »Er ist ein ausgezeichneter Wissenschaftler. Bestimmt konnten Sie sich austauschen über neueste Forschungen zum Mittelalter.«

»Nun ja, er hat vor allem über die Ausgrabungen im Val Dulain erzählt.«

Brinkmeier zupfte ein Staubkorn von seinem Hemd und schaute mich zufrieden an. »Ich bin sehr froh, dass wir ihn für das Senior-Fellow-Programm gewinnen konnten. Seine Anstellung war nur möglich, weil die Schweiz einen großen Beitrag zum EU-Förderprogramm Horizon leistet. Ich bin immer wieder überrascht, welche Bezüge und Querverbindungen zu Forschungsresultaten aus dem nordischen Raum Sigurðsson herstellt. Er hat erst kürzlich einen sehr interessanten Artikel zu Totengedenken im österreichischen Alpenraum publiziert und konnte nachweisen, dass es einen Kulturtransfer via Handelsrouten aus dem Norden gab. Und das alles nur anhand von alten Scherben und Knochen!« Er lachte und zwinkerte mir komplizenhaft zu. »Hat er Ihnen davon erzählt? Er ist manchmal etwas schwatzhaft und auf der Suche nach Anerkennung.«

Ich mag es nicht, wenn man über Kollegen zu tratschen beginnt. Deshalb blieb ich kurz angebunden. »Wir hatten noch keine Gelegenheit, uns näher auszutauschen. Aber er hat mir vor seinem Absturz noch ein etwas rätselhaftes Mail geschickt. Deshalb bin ich hier.«

Ich habe keine Ahnung, warum ich das sagte, aber irgendwie reizte es mich, seine Neugierde anzustacheln. Wahrscheinlich, weil er so penetrant versuchte, mich auszufragen.

Interessiert beugte er sich vor. »Ein Mail?«

»Ja, er wollte meine Hilfe.«

»Worum handelt es sich denn? Vielleicht können wir vom Institut ihm auch behilflich sein.« Brinkmeiers Stimme klang plötzlich angespannt und er warf mir einen lauernden Blick zu. Offenbar wollte der Geschäftsführende Direktor über alles Bescheid wissen. Ich kannte diese Typen. Gegen außen wirkten sie freundlich, kollegial und jovial, aber eigentlich waren sie absolut autoritär und reagierten knallhart, wenn nicht alle nach ihrer Pfeife tanzten. In Basel hatte ich genügend entsprechende Erfahrung mit der Departementsleiterin gemacht. Deshalb wollte ich nun dieses Gespräch mit Brinkmeier schleunigst beenden.

»Ich kann noch nichts Genaueres sagen, muss zuerst noch recherchieren, aber vermutlich handelt es sich nur um eine Lappalie«, meinte ich leichthin und fügte dann schnell hinzu, dass ich mich nun auf den Weg machen müsse.

Brinkmeier blickte auf seine Uhr. »Ach du meine Güte, schon 17 Uhr vorbei! Ich muss zu einer Besprechung. Es hat mich sehr gefreut, Sie kennenzulernen. Nun hoffen wir, dass der Kollege Sigurðsson bald wieder unter uns weilt.«

Er zog ein graues Jackett an und griff nach seiner Aktentasche. »Ach, übrigens«, sagte er beim Hinausgehen, »ich bin immer erreichbar, trotz meines Terminkalenders. Falls Sie ein Anliegen haben oder falls Helgi etwas braucht: einfach ein Mail schreiben.« Aufmunternd lächelte er mir zu. »Man sollte immer zuerst das Gespräch suchen. Damit habe ich gute Erfahrungen gemacht.«

Ich schüttelte seine Hand und nickte zustimmend. Seine Unterstützung würde ich sicher nicht brauchen, es sei denn, er könnte mich vom Hund befreien.

Energischen Schrittes ging ich zur Bibliothek und stand vor verschlossener Tür. »Wegen interner Weiterbildung schließen wir heute ausnahmsweise bereits um 15 Uhr«, konnte ich einem Aushang entnehmen. Ärgerlich! Ich hätte zuerst im Internet nachsehen sollen. Und Brinkmeier hätte mich ruhig vorwarnen können. Ratlos schaute ich auf den Hund. Was nun? Schließlich wählte ich Veronika Hunzikers private Telefonnummer, aber es kam nur der automatische Beantworter. Ich hinterließ keine Nachricht. Es blieb mir nichts anderes übrig, als den Hund wieder im Tierheim abzuliefern.

Als ich vor das Institut trat, hingen dicke schwarze Wolken am Himmel. So schnell ich konnte, ging ich Richtung Hundeheim. Bolli war mühsam. An jeder Ecke und jedem Baum blieb er stehen, schnüffelte herum, hob träge sein Bein. Als ob er ahnte, was ich mit ihm vorhatte. Aber ich war unerbittlich. Kurz vor dem Bremgartenfriedhof setzte der Regen ein, zuerst nur leicht, aber dann goss es in Strömen. Unter dem Vordach eines Blumenladens, in dessen Schaufenster Gestecke und Kränze lieblos ausgelegt waren, suchte ich Schutz. Es war trostlos. Verdrossen starrte ich auf die lange graue Friedhofsmauer vor mir. Kein einziges Graffito schmückte sie. Hatten die Sprayer Angst vor den Toten? Oder wurde hier aus Pietätsgründen immer sofort gereinigt?

Ich gehe in Basel gelegentlich auf Friedhöfen spazieren. Man entdeckt immer wieder interessante Grabmale und außerdem ist es schön ruhig. An diesem Tag aber war mir nicht nach Friedhof zumute. Ganz abgesehen davon, dass es wohl nicht erlaubt war, einen Hund mitzunehmen. Kälte und Feuchtigkeit krochen mir die Glieder hoch und ich spürte ein Kratzen im Hals. Verdammt! Eine Erkältung war das Letzte, was ich jetzt brauchen konnte. Meistens begann es bei mir mit Halsschmerzen, stieg dann in die Nase und Stirnhöhle und endete mit Husten, dröhnendem Kopf, laufender Nase. An Arbeit war unter solchen Umständen nicht zu denken.

Mürrisch starrte ich auf den Hund, der ruhig neben mir saß und stoisch in den Regen schaute. Erst jetzt fiel mir auf, dass sein linkes Ohr verstümmelt war. Das Fell hatte bisher verdeckt, dass ein Stück davon fehlte. Es sah aus wie angefressen. »Na, Bolli«, sagte ich, »hast du dich in Island mit einem Troll herumgeschlagen?«

Man sollte Tiere nicht vermenschlichen. Sie sind primitive Wesen, die nur ans Fressen und an Fortpflanzung denken. Bolli schaute unter nassen, zerzausten Stirnfransen zu mir hoch. Und da ließ mich meine sonst nüchterne Betrachtungsweise im Stich. Vermutlich waren die letzten Tage für mich einfach zu anstrengend gewesen. Jedenfalls meinte ich in diesem Moment in Bollis Blick eine Traurigkeit und Verlassenheit zu sehen. Wie ein Häufchen Elend saß er vor mir. Es war nur Einbildung, völlig klar. Trotzdem strich ich ihm über den Kopf und trottete – sobald der Regen etwas nachgelassen hatte – zum Bahnhof. Zähneknirschend löste ich wieder ein Billett für ihn.

# KAPITEL 11

Ich hatte mich entschieden, einige Tage in den Bergen zu verbringen, eine kleine Auszeit würde mir guttun. Gamper hatte mir schon lange geraten, Ferien zu machen. »Diese Wikinger bringen dich noch ins Grab. Das stundenlange Sitzen am Schreibtisch ist nicht gut für dich. Mach eine Reise, bewege dich!«

Warum also nicht ins Val Dulain fahren? Dort hatte Helgi an den Ausgrabungen mitgewirkt, dort hatte er die Fotos gemacht, dort war er abgestürzt. Ich wollte mir ein Bild vor Ort machen. Zu Hause in Basel hatte ich zwar noch versucht, mich wieder in meinem Alltag einzurichten und an meinem Wikingerbuch zu schreiben, aber es fehlte mir an Konzentration. Außerdem war es mühsam mit dem Hund in dieser kleinen Wohnung. Meine Versuche, ihn wieder loszuwerden, waren kläglich gescheitert. Frau Haubensack war mit ihrer Schwester auf einer zweiwöchigen Kreuzschifffahrt. Sie hatte mir am Telefon lang und breit geschildert, an welchen Orten im Mittelmeer das Schiff anlegen würde und dass es sich um ein einmalig günstiges Angebot handle. Veronika Hunziker hatte zwar versprochen, nach einer Lösung zu suchen, aber es tat sich nichts. Vermutlich hatte sie ein schlechtes Gewissen, denn sie telefonierte fast täglich, um sich zu erkundigen, wie ich zurechtkam. Sie ging mir ganz schön auf die Nerven. Auch Sonja Kramer hatte sofort abgelehnt und mir geraten, ich solle Bolli einfach wieder ins Heim bringen. Natürlich hatte sie recht, aber als ich den Telefonhörer in der Hand hielt, um im »Strubeli« anzurufen, entschied ich mich anders.

Ich hatte mich nämlich schon ein wenig an ihn gewöhnt und fühlte mich in der Wohnung dank Bolli etwas sicherer. Seit dem Einbruch war ein flaues Gefühl zurückgeblieben. Irgendjemand war in meine Privatsphäre eingedrungen und ich wusste nicht, ob er zurückkehren würde. Wenn ich das Haus verließ, schaute ich mich jeweils sorgfältig nach allen Seiten um. Vielleicht lauerte jemand hinter einem Baum oder einer Hausecke. Ich mahnte mich selber zur Vernunft, musste aber zu meiner eigenen Verwunderung feststellen, dass ich nicht davor gefeit war, mich in abstruse Fantasien zu steigern. Jedenfalls beruhigte es mich ein wenig, dass Bolli bei mir war. Ich hatte keine Ahnung, ob er mir in der Not beistehen würde. Bei allen Leuten, die uns begegneten, wedelte er freudig und ließ sich sogar von Frau Käser, der Nachbarin aus dem dritten Stock, streicheln. Jeder normale Hund hätte die Käser angebellt und in die Waden gebissen, aber Bolli war zutraulich und arglos.

Die Fahrt nach Binaglia dauerte fast vier Stunden, ich musste zweimal umsteigen. Von Domins aus fährt das Postauto in knapp 20 Minuten bis zur Haltestelle »Binaglia Post«. Eine Post gibt es zwar nicht mehr, dafür einen kleinen Dorfladen, der direkt an der Straße liegt. Es war ein strahlend schöner Tag, der Himmel so tiefblau und klar, wie ich ihn schon lange nicht mehr gesehen hatte. Kaum waren wir ausgestiegen, entdeckte Bolli eine Katze, die sich auf einem Mäuerchen sonnte. Er rannte auf sie los, und sie sprang mit einem erschreckten Fauchen hinter die Mauer und verschwand. Bolli kläffte hinter ihr her.

Ich hatte ein Zimmer im Hotel Piz Cuschletta reserviert. Die Auswahl war mir nicht schwergefallen, denn es war das einzige Hotel im Ort. Ich hatte einige Erfahrungen mit der Hotellerie in den Schweizer Bergtälern und dementsprechend keine allzu großen Erwartungen: Matratzen aus dem letzten Jahrhundert, muffig riechende Spannteppiche, braune Kacheln im Badezimmer, ein wackeliges Tischchen und die Bibel in der Nachttischschublade.

Das Hotel lag 50 Meter von der Haltestelle entfernt und lockte mit einer großen Tafel: »Hier essen Sie gut und preiswert!« Das ließ ja einiges befürchten. An der Rezeption empfing mich eine junge Frau. Sie streckte mir die Hand entgegen und begrüßte mich mit den Worten: »Cordial beinvegni, herzlich willkommen in Binaglia! Ich bin Geschäftsführerin hier im Piz Cuschletta und heiße Adriana.« Es sei üblich, dass sich hier im Hotel alle per Du ansprechen, wenn mir dies jedoch unangenehm sei, sei das überhaupt kein Problem. Ich war verdutzt. War dies ein alternatives Hotel? Eines, in dem man sich morgens zuerst mit allen anderen Gästen im Kreis aufstellen und Mantras murmeln musste?

Adriana hatte ein ebenmäßiges, hübsches Gesicht und langes braunes Haar, das sie hochgesteckt hatte. Einige Strähnen hingen wirr herunter. Ihre Kleidung war sehr bunt: ein kurzer blauer Jupe, dunkelrote Strümpfe und eine hellgrüne Bluse mit rosa Punkten. Ich schätzte sie auf Anfang 30. Ich hatte nicht erwartet, in diesem abgelegenen Tal eine so junge Frau als Geschäftsführerin eines Hotels anzutreffen.

»Alles in Ordnung?«, fragte sie und spitzte spöttisch die Lippen. Hatte ich sie zu lange angestarrt? Hatte sie meine Gedanken erraten? Schnell beteuerte ich, dass es mir recht sei mit dem Du-Sagen. Sie lächelte mich an: »Dann wünsche ich dir einen guten Aufenthalt bei uns, Fridolin!«

Früher war es mir etwas peinlich, wenn ich meinen Vornamen nennen musste. In der Schule wurde ich deswegen gehänselt. Natürlich habe ich mich nach der Herkunft des Namens erkundigt. Er stammt aus dem Althochdeutschen und bedeutet »der Friedensreiche«. Es handelt sich auch um eine Verkleinerungsform von Friedrich. Der berühmteste Namensträger ist Fridolin von Säckingen, ein Missionar und Heiliger aus dem 6. Jahrhundert. Er gründete das Koster Säckingen und findet sich deshalb auf der Fahne und dem Wappen von Glarus. Das Glarnerland gehörte damals diesem Kloster. Interessanterweise gilt er heute im Kanton Glarus als Schutzpatron vor Erbschleicherei. Außerdem gibt es eine Fridolinshütte des Schweizer Alpen-Clubs, die natürlich auch im Kanton Glarus liegt. Ich hatte aber nie das Bedürfnis gehabt, dorthin zu gehen. Natürlich habe ich meine Eltern gefragt, warum sie mir diesen Namen gegeben haben. Aber sie hatten keine Erklärung. Sie waren nicht katholisch, hatten keine Beziehung zum Glarnerland und auch keinen Vorfahren namens Fridolin.

Adriana schob mir den Anmeldeschein zu. »Falls du heute Abend hier im Hotel essen möchtest, empfehle ich dir, einen Tisch zu reservieren. Am Freitag sind wir sehr gut besucht.«

Ich schöpfte Hoffnung, vielleicht war das Essen besser, als ich zuerst vermutet hatte. Man sollte nicht ständig Vorurteile haben.

Dann kam sie hinter dem Tresen hervor und streichelte den Hund. Erstaunt blickte sie mich an. »Ist das nicht Bolli, der Hund von Helgi Sigurðsson?«

»Ja«, bekräftigte ich, »ich kümmere mich vorläufig um ihn.«

Adriana strahlte. »Du kennst Helgi? Das freut mich!« Bolli wedelte und sprang die Treppe hoch. »Er kennt den Weg. Komm, ich zeige dir das Zimmer, es liegt im zweiten Stock. Lift haben wir nicht.« Beschwingt ging sie vor mir die Treppe hoch und ich keuchte mit dem Rucksack hinter ihr her.

Das Zimmer war hell und geschmackvoll möbliert mit einem Doppelbett, das mit weißer Wäsche bezogen war, einem Schrank und einer schönen Kommode. Es roch nach Arvenholz. Ein großes Schwarz-Weiß-Foto zeigte eine historische Aufnahme des Dorfes. Das Fenster und die Balkontür gaben den Blick frei auf das Dorf und das Bergpanorama.

»Der Dominser Architekt Andri Wettstein hat das Hotel umgebaut. Wir haben Wert gelegt auf natürliche Materialien. Holz und Stein stammen aus der Region, und der Umbau wurde von einheimischen Handwerkern gemacht«, erklärte Adriana stolz.

»Kommst du aus diesem Tal?«, fragte ich, denn ihr Dialekt klang für mich nicht bündnerisch.

»Nein, ich komme aus Zürich, lebe aber schon zwei Jahre hier.«

»Und du sprichst bereits Rätoromanisch?«, wollte ich wissen, denn sie hatte mich ja mit »cordial beinvegni« begrüßt.

»Ich habe zwar einen Kurs besucht, aber leider bin ich nicht sehr sprachbegabt. Mehr als einige Sätze bringe ich nicht zustande.«

Für Bolli lag eine Wolldecke am Boden und ein Fressnapf stand daneben. Ich hatte mich telefonisch erkundigt, ob Hunde im Hotel willkommen seien. Es war kein Problem, nur im Speisesaal waren sie nicht geduldet.

Gut gelaunt packte ich meine wenigen Habseligkeiten aus und trat auf den kleinen Balkon. Der Blick ging nach Westen Richtung Dorf. Ich konnte den Kirchturm sehen und einige Steinhäuser, die sich dicht aneinanderdrängten. Im Hintergrund erhoben sich bewaldete Hügel und schroffe Abhänge. Tief atmete ich durch. Es war lange her, dass ich Ferien in den Bergen gemacht hatte. Zu lange. Ich war aufgeregt und nervös. Und gleichzeitig war mir leicht und froh ums Herz.

Ich beschloss, einen kleinen Spaziergang zu machen und mir das Dorf anzusehen. Beim Hinausgehen warf ich einen Blick ins Restaurant. Auch hier wurde ich positiv überrascht: schlichte, helle Holztische, keine karierten Wachstücher, keine Hirschgeweihe an der Wand, stattdessen schöne Schwarz-Weiß-Fotografien, die das Dorf, einzelne Häuser und Naturaufnahmen zeigten.

Adriana stand an der Kaffeemaschine und unterhielt sich mit einem Gast. Als sie mich sah, winkte sie mich herbei. »Ist alles in Ordnung? Gefällt dir das Zimmer?«

Ich bestätigte, dass ich vollkommen zufrieden sei, und

bestellte gleich einen Tisch für 19 Uhr. »Ich mach dann mal einen kleinen Spaziergang durchs Dorf.«

»Warte, ich kann dir eine Broschüre mitgeben!« Neben der Rezeption in einem Gestell hingen diverse Prospekte, Wander- und Ansichtskarten. Sie zeigten teilweise die gleichen Sujets wie die Bilder, die in meinem Zimmer hingen.

»Ihr habt einen guten Fotografen hier im Dorf«, sagte ich und wies auf die Abbildungen.

»Ja, er hat auch die Bilder für diese Broschüre gemacht. Wenn du Fragen hast, kannst du dich an ihn wenden. Er kennt das Tal hier wie seine Westentasche.«

»Weiß er auch Bescheid über die Ausgrabungen?«

»Aber sicher. Als Gemeindepräsident muss er das wohl.«

»Wunderbar. Ich werde mich mit ihm in Verbindung setzen.« Binaglia hatte also einen begnadeten Fotografen als Gemeindepräsidenten. Das war bemerkenswert.

Mit Bolli an der Leine ging ich zuerst ins Dorf, das auf der anderen Straßenseite lag. Natürlich hatte ich mich schon zu Hause via Internet über das Tal informiert.

Binaglia gehörte zur Gemeinde Dulain, die das Gebiet vom Tal bei Domins bis zur Passhöhe umfasste. Das Tal gehörte zum rätoromanischen Sprachgebiet. Gegenüber dem früher vorherrschenden Surselvisch – rätoromanisch Sursilvan – hatte sich allerdings Deutsch als Umgangssprache mehrheitlich durchgesetzt.

Mit rund 350 Einwohnern war Binaglia das größte Dorf. Die Kirche bildete das Zentrum. Sie war wuchtig gebaut und dominierte den ganzen Ort.

Nun ja, das war vielleicht auch die Botschaft, die damals mit dem Kirchenbau vermittelt werden sollte. Das Innere war für eine katholische Kirche eher nüchtern, an den Wänden hingen nur wenige Bilder mit Darstellungen verschiedener Heiliger. Es erstaunte mich, wie groß die Orgel war. Irgendwie passte alles nicht zusammen. Einen Altar, bei dem man eine Kerze hätte anzünden können, gab es nicht. Schade, das hätte ich gerne getan für Helgi. Vor einem Bild, das die heilige Dorothea zeigte, blieb ich kurz stehen. Sie trug einen Blumenkranz auf dem Kopf und hielt einen Korb mit Früchten. Ich wusste nichts über die heilige Dorothea, bat sie aber trotzdem um Hilfe. Ich bin zwar überhaupt nicht gläubig, doch nicht gefeit vor der Sehnsucht nach guten Wesen und Kräften, die einem beistehen. Als Historiker weiss ich natürlich, dass das alles Unsinn ist. Die Dorothea schien das aber nicht zu kümmern, sie lächelte keck.

Das Dorf selber war durch die Passstraße zweigeteilt. Der alte Dorfkern lag unterhalb der Kirche und bestand aus etwa 15 Häusern. Sie waren in eher jämmerlichem Zustand, die Mauern hatten Risse, der Verputz blätterte ab. An mehreren Gebäuden hing ein Schild: »Zu verkaufen«. Dazwischen aber standen auch sehr schön renovierte Häuser. Der Dachstock bestand meist aus Holz, der Unterbau aus verputzten Mauern. Einige hatten Balkone, die längs der ganzen Fassade verliefen. Zwischen den Häusern lagen enge Gassen.

Zwei moderne Bauten mitten im Dorfkern stachen heraus: Betonklötze mit Furcht einflößenden Glasfassaden. Vor dem einen lag ein Steingarten, das andere war umrandet von einem knallgrünen sterilen Rasen. Keine Blume, keine Hecke, kein Busch. Ich wunderte mich. Wie war es möglich, dass man in einem Bergdorf leben wollte und jegliche Natur vor dem Haus verbannte? Und vor allem: Warum hatten die Behörden diese scheußlichen Bauten bewilligt?

Direkt am Hauptplatz entdeckte ich die Metzgerei Plozza. Es erstaunte mich, dass dieses kleine Dorf noch eine Metzgerei hatte. Im Schaufenster lagen schön angerichtet Fleisch- und Wurstwaren und auf einem Schild war zu lesen: »Qualität steht vor Quantität – Seit bald 30 Jahren werden bei uns in der hauseigenen Metzgerei und Fleischtrocknerei hochwertige Spezialitäten für Sie verarbeitet«.

»Na, Bolli«, wandte ich mich an den Hund, »das tönt doch schon einmal vielversprechend. Du bekommst heute endlich etwas richtig Gutes zwischen die Zähne!«

Im unteren Dorfteil auf der anderen Straßenseite hatte sich das neue Binaglia ausgebreitet: Einfamilienhäuser in allen möglichen und unmöglichen Baustilen, dazwischen protzige Villen mit abgeschirmten Vorgärten, riesigen Einfahrten und mächtigen Garagentoren. Vor dem alten Schulhaus, das heute als Gemeindehaus diente, spielten Kinder. Sie hatten mit Kreide auf den Boden das Spiel »Himmel und Hölle« gemalt.

Binaglia vermittelte einen zwiespältigen Eindruck. Vieles war noch gut erhalten, die Häuser strahlten eine gewisse Ruhe und Großzügigkeit aus, die Gärten waren gepflegt, die Gassen im oberen Dorfteil mit Kopfsteinpflaster belegt. Dadurch entstand ein Eindruck von

Urtümlichkeit und Idylle, der noch verstärkt wurde durch das Glockengebimmel der Kühe und Ziegen, die oberhalb des Dorfes weideten.

Doch die Passstraße zerschnitt das Dorf und riss eine große Wunde in die Landschaft. Wenn man im Dorfkern stand, war man zwar einigermaßen vor dem Lärm geschützt, aber etwas außerhalb war es mit der Ruhe vorbei. Mir war klar, dass diese Straße eine wichtige Verbindung zum Kanton Tessin herstellte. Bereits im Mittelalter war hier eine Handelsroute durchgegangen. Dass heute vor allem Lastwagen Richtung Italien brausten und unzählige Freizeit-Motorradfahrer in Lederkluft durch das Dorf rasten, hatte einfach mit der Entwicklung und Modernisierung zu tun.

Als Historiker hüte ich mich, von der »guten alten Zeit« zu träumen. Aber wie schon erwähnt: Manchmal werde ich sentimental und sehne mich nach einer heilen Welt, nach Idylle, Frieden und Beständigkeit. Für Bolli schien die Welt völlig in Ordnung zu sein. Er schnüffelte an jedem Stein und Pfosten und war ganz aufgeregt, als wir an einem Gehege vorbeikamen, in dem vier Schweine faul in der Abendsonne lagen. Wir waren auf unserem Spaziergang nur den Kindern vor dem Gemeindehaus begegnet. Sonst war kein Mensch zu sehen. Wo waren die 350 Einwohnerinnen und Einwohner? Ich fragte mich, wie es Adriana in dieses Kaff verschlagen hatte. Ob sie akzeptiert war im Dorf? Eine Fremde als Wirtin?

Kurz vor sechs kehrte ich ins Hotel zurück und legte mich vor dem Abendessen noch eine Weile hin. Die lange Anreise, die vielen Eindrücke und die frische Luft hatten mich müde gemacht.

# KAPITEL 12

Das Restaurant war tatsächlich nahezu voll besetzt. Ich erhielt einen Tisch ganz zuhinterst an der Wand und hatte einen guten Überblick über die Gaststube, die sehr sorgfältig restauriert worden war. Offensichtlich hatte man sich Mühe gegeben, die alte Bausubstanz zu erhalten. Die Wände waren aus Holztäfer, das abgeschliffen worden war und deshalb hell und frisch wirkte. Der Boden bestand aus alten dunklen Holzbrettern. Einem der Speisekarte beigefügten Informationsblatt konnte ich entnehmen, dass dieser Holzboden schon im ursprünglichen Hotel Piz Cuschletta eingebaut, also älter als 100 Jahre war. Ich schätze es, wenn man alte Gegenstände mit Liebe und Sorgfalt bewahrt und pflegt. Die Tische waren mit weißen Tüchern bedeckt und einfache Holzstühle verstärkten den Eindruck von schlichtem, gepflegtem Stil.

Ein junger Mann nahm die Bestellung auf. Er war groß, hager und trug eine lange rote Kellnerschürze. Sein Haar war so kurz geschnitten, dass er beinahe kahlköpfig wirkte. Im linken Ohr trug er einen Goldring. Er stellte sich als Curdin vor und reichte mir die Speisekarte. Dabei erklärte er, dass sie möglichst nur regionale Produkte verwendeten: Fleisch aus der Dorfmetzgerei, Kuhmilchkäse, Ziegenkäse und Eier von lokalen Bauern. Ich entschied mich für eine lokale Spezialität: Hackbraten aus Gitzifleisch aus dem Tal mit Kartoffelstock. Auf der Weinkarte war zuerst ein Spruch von

Plutarch zu lesen: »Wein ist unter den Getränken das natürlichste, unter den Arzneien die schmackhafteste, unter den Nahrungsmitteln das angenehmste.« Ich entschied mich für einen »Fläscher Pinot Noir«.

Während ich auf das Essen wartete, konnte ich in Ruhe die anderen Gäste beobachten. Es waren vor allem Paare im Rentenalter. Ein älterer Herr saß alleine hinter einem Glas Wein und schaute neugierig zu mir rüber. Am großen runden Tisch machte sich eine Familie breit. Die vier Kinder stopften Spaghetti an Tomatensoße in sich hinein und ein blond gelocktes Mädchen schaukelte so heftig auf dem Stuhl, dass mir angst und bange wurde. Die Eltern ließen sich aber dadurch nicht aus der Ruhe bringen und widmeten sich geflissentlich ihren Schnitzeln. Plötzlich kippte der Stuhl um und markerschütterndes Geschrei gellte durch das Restaurant. Curdin eilte sofort hin, hob das Kind auf und tröstete es. Er versprach ihm ein großes Schokoladenglacé, was natürlich die spaghettiverschlingende Bande sofort dazu animierte, ebenfalls lauthals nach Glacé zu schreien. Die Eltern lächelten und blickten stolz in die Runde. So ist das heute mit den Erziehungsmethoden. Ich lehnte mich zurück und war zufrieden, keine eigenen Kinder und Enkel zu haben. Das bedeutete nur Ärger. Ich hatte jetzt einen Hund, das genügte vollauf.

Meine Befürchtung, dass das Essen in Bergrestaurants grundsätzlich ungenießbar sei, war tatsächlich unbegründet. Der Hackbraten schmeckte vorzüglich. Helgi liebte dieses Tal vermutlich auch deshalb, weil er hier gut essen und ausgezeichneten Wein genießen konnte. Beim Gedanken an Helgi wurde mir das Herz schwer.

Wie ging es ihm? Eigentlich war ich zuversichtlich, dass er aus dem Koma erwachen würde, aber ich machte mir Sorgen, dass er bleibende Schäden davontragen könnte. Das wäre verheerend, gerade jetzt, kurz vor der Emeritierung. Er wollte doch noch forschen über die Sagenwelt Islands. Sonja Kramer hatte mir versprochen, mich zu benachrichtigen, falls es eine Veränderung in seinem Zustand gebe, aber auf meinem Handy war keine Mitteilung von ihr eingetroffen. Nur meine Schwester hatte mehrmals vergeblich versucht, mich zu erreichen. Ich hatte vergessen, ihr von meiner Reise zu erzählen. Als sie per SMS drohte, mich in der Wohnung aufzusuchen, um nachzusehen, ob ich noch lebte, schrieb ich ihr, dass ich für mindestens zwei Wochen in den Ferien sei. Natürlich würde sie beleidigt sein, aber ihre Fürsorge ging mir schon lange auf die Nerven. Ich war zwar Rentner, aber weder hilflos noch debil.

Als ich mich satt und zufrieden zurücklehnte, kam Curdin und räumte den Teller weg. »Kann ich dir noch etwas bringen? Wir haben heute ein ausgezeichnetes Zwetschgenmousse.«

Ich zeigte auf meinen Bauch: »Leider ist kein Platz mehr da. Das Essen war ausgezeichnet, vielen Dank!« Abends trinke ich nie Kaffee und Dessert mag ich nicht.

Curdin blieb an meinem Tisch stehen. »Ich habe gehört, dass du dich für die Ausgrabungen oben am Grunatsch interessierst.«

»Ja, ich möchte mir das Gelände morgen ansehen.«

»Du bist doch dieser Wikinger-Professor, der Freund von Helgi?«

Ich schluckte leer. Helgi hatte von mir erzählt und mich als seinen Freund bezeichnet. »Er hat mir von den Ausgrabungen erzählt und dabei erwähnt, dass das Tal sehr schön sei. Es ist eine gute Gelegenheit, einmal eine neue Ecke der Schweiz kennenzulernen.«

Curdin blickte plötzlich ganz bekümmert. »Helgi ist meistens hier an diesem Platz gesessen. Er wollte wiederkommen und für die Dorfbevölkerung ein Referat halten über die spätrömischen Besiedlungen vom 3. bis zum 5. Jahrhundert im Val Dulain. Und nun ist dieses schreckliche Unglück passiert. Ausgerechnet hier im Tal, das er so liebte. Wie geht es ihm?«

»Dazu kann ich leider nichts sagen. Als ich ihn im Spital besucht habe, war er nicht ansprechbar.«

»Helgi war hier schon beinahe Stammgast. Wir sind alle sehr erschüttert.«

Ich warf ihm einen aufmunternden Blick zu. »Hoffen wir das Beste, die Ärzte sind optimistisch.« Warum ich das sagte, weiß ich nicht, ich wollte einfach den Abend nicht mit düsteren Gedanken verderben.

»Wenn du willst, kann ich dir die Dokumentation über die Ausgrabungen zeigen.« Offenbar kannte sich dieser junge Kellner nicht nur mit Hackbraten und Wein aus.

»Das wäre natürlich wunderbar. Hast du bei den Grabungen etwa mitgewirkt?«

»Nein, nein, ich bin hier in Binaglia zwar eine Art Mädchen für alles, doch für solche Grabungen braucht es Fachleute. Aber als Gemeindepräsident bin ich natürlich über alles informiert, was hier läuft.«

Verblüfft riss ich die Augen auf. »Du bist der Gemeindepräsident von Binaglia?«

»Aber ja. Wusstest du das nicht?«

»Nein, ich bin ja erst heute angereist. Und im Übrigen bin ich es auch nicht gewohnt, dass mir ein Gemeindepräsident das Abendessen serviert. Du scheinst tatsächlich ein Multitalent zu sein, deine Fotos habe ich bereits bewundert.«

Curdin lächelte schüchtern. »Hier oben ist eben alles etwas anders.«

Er holte eine Flasche Mirabellenschnaps und zwei Gläser. »Ich werde dir einiges über dieses Tal und unsere Interessengemeinschaft erzählen.«

Es wurde ein langer Abend.

Curdin war im weiter oben gelegenen Weiler Gadanna aufgewachsen, sein Vater betrieb eine Sägerei. Nach der Lehre als Schreiner holte er die Matura nach und studierte in Zürich Umweltnaturwissenschaften mit der Vertiefung Wald- und Landschaftsmanagement. Er war freier Mitarbeiter in einem Beratungsbüro und hatte vor zwei Jahren die Interessengemeinschaft Pro Val Dulain gegründet, die das Piz Cuschletta übernommen hatte. »Wir haben uns das lange überlegt, aber eine solche Chance bietet sich wohl nur einmal im Leben. Der vorherige Besitzer hat uns das Hotel zu einem Freundschaftspreis überlassen. Adriana war sowieso auf der Suche nach einem Job und hat die Geschäftsführung der Interessengemeinschaft und des Hotels übernommen.«

»Hat sie eine Ausbildung im Gastgewerbe?«

»Nein, sie hat Volkswirtschaft studiert, aber wir beide haben Kurse bei Gastro Suisse besucht. Außerdem hat uns der vorherige Besitzer sehr gut eingeführt.«

Ich blickte wohl etwas skeptisch. Ein Umweltwissenschaftler und eine Wirtschafts-Fachfrau führten ein Hotel in diesem abgelegenen Tal? Hatte das eine Zukunft?

Als hätte er meine Gedanken erraten, begann Curdin, von seinen Ideen und Projekten zu erzählen. »Ich liebe dieses Tal und es tut mir weh, mitansehen zu müssen, wie die Einwohnerzahl ständig abnimmt. Vor 60 Jahren lebten hier noch 900 Menschen, heute sind es noch knapp 350. Das Schulhaus mussten wir letzten Herbst schließen, in Binaglia leben gerade noch sieben Kinder. Manche Einheimische haben den Glauben daran verloren, dass ihre Kinder und Enkel hier oben eine Zukunft finden.« Er stand auf und holte aus dem Büro eine Mappe. Stolz zeigte er mir eine Broschüre mit der Überschrift »Aufbruch im Val Dulain – für eine nachhaltige Regionalentwicklung – Ein Tal, wo alte Traditionen und moderne Ideen zu etwas Neuem verschmelzen«.

»Die Interessengemeinschaft hat schon manches bewirkt«, sagte er eifrig, »einige Leute sind zugezogen und haben Bauernhöfe übernommen, die keine Nachfolger mehr fanden. Wir haben eine Käserei eröffnet, in der Kuh- und Geißenmilch aus dem Tal verarbeitet wird, und wir konnten den alten Dorfladen neu eröffnen.«

Ich war wirklich beeindruckt. »Und wie reagieren die Einheimischen auf all diese Erneuerungen?«

Curdin runzelte die Stirn. »Das ist natürlich nicht so einfach. Einige sind der Meinung, dass touristische Großprojekte der Region eine bessere Zukunft ermöglichen könnten. Ich denke jedoch, dass diese unserem Tal nicht viel bringen würden. Wir wollen einen nachhaltigen Tourismus. Es kommen immer mehr Menschen zu uns ins Hotel, die den üblichen Alpenrummel satthaben. Sie suchen Naturerlebnisse, Ruhe und eine ursprüngliche Landschaft.« Dem konnte ich nur zustimmen.

»In der Interessengemeinschaft sind bisher vor allem Auswärtige organisiert«, fuhr er fort, »es braucht noch viel Überzeugungsarbeit, damit auch die Einheimischen sich engagieren. Aber ich bin sicher, dass sie mit der Zeit ihre Skepsis ablegen. Die Projekte kommen ja auch ihnen zugute.«

Die letzten Gäste hatten unterdessen das Restaurant verlassen und nun setzte sich auch Adriana zu uns an den Tisch. Sie sah sehr schick aus mit ihrem hochgesteckten braunen Haar und der lavendelblauen Bluse. Aber ich bemerkte auch, dass sie dunkle Augenringe und einen müden Zug um den Mund hatte. Curdin legte seinen Arm um ihre Schultern. Die zwei waren also ein Paar. Nun wusste ich, warum Adriana nach Binaglia gezogen war.

»Helgi war sehr an unseren Plänen interessiert«, sagte sie, »er meinte, wir könnten in der alten Mühle ein Dorfmuseum einrichten mit einer Dauerausstellung zu den Ausgrabungen und allenfalls einem historischen Lehrpfad. Ich hoffe so sehr, dass er wieder ganz gesund wird!«

»Wir haben für dieses Jahr noch weitere Projekte«, nahm Curdin den Faden wieder auf, »an erster Stelle steht, neuen Wohnraum zu schaffen. Viele der Häuser stehen leer und sind renovationsbedürftig. Außerdem muss die Fleischtrocknerei der Metzgerei vergrößert werden und wir wollen eine Vermarktungsplattform für regionale Produkte aufbauen.«

»Und wie könnt ihr das alles finanzieren?«

Curdin blickte Adriana an. »Du bist unsere Säckelmeisterin.«

Sie zuckte lässig mit den Schultern. »Wir haben einige Sponsoren und außerdem gibt es diverse Stiftungen, die uns unterstützen. Natürlich erhalten wir auch vom Kanton Subventionen, aber du kannst dir ja denken, wie aufwendig das alles ist. Ich verbringe einen Großteil meiner Zeit mit Finanzierungsgesuchen und dem Verfassen von Rechenschaftsberichten. Die Bürokratie zerrt an meinen Nerven.«

Mitternacht war schon vorbei und mir fiel mit Schrecken ein, dass Bolli noch nichts zu fressen bekommen hatte.

»Ich habe ganz vergessen, für den Hund etwas einzukaufen.« Das war mir furchtbar peinlich. Ich taugte einfach nicht als Hundehalter.

»Hol ihn runter! Jetzt sind ja keine Gäste mehr hier.« Curdin vermischte in der Küche eine undefinierbare Masse aus verschiedenen Lebensmitteln und Bolli verschlang alles gierig. Als ich dafür bezahlen wollte, winkte Curdin ab. »Helgis Hund ist bei uns Ehrengast.«

Wie schön wäre es gewesen, jetzt ins Bett zu sinken. Aber der Hund musste pinkeln. Also zog ich meine Jacke an und ging mit ihm hinaus. In den Bergen wird es im Herbst nachts sehr kalt. Schlotternd stand ich an der Postautohaltestelle und sah im Schein der Laterne, wie Bolli den Pfosten des Parkverbotsschildes markierte.

Das Dorf lag in völliger Dunkelheit. An der Hauptstraße brannten einige Laternen, sobald man aber die kleinen Gassen im Ort betrat, war es stockdunkel. Schon lange hatte ich keine solche Finsternis mehr erlebt.

Wir gingen den Weg hinter der Kirche hoch, am Bach entlang bis zur alten Sägerei. Ganz langsam gewöhnten sich meine Augen an die Dunkelheit. Der Himmel war klar, und als ich nach oben schaute, erblickte ich ein riesiges Sternenmeer. So etwas hatte ich noch nie gesehen. Mir wurde ganz feierlich zumute. Die Erdkugel war ein kleines Staubkorn in einer Unendlichkeit und ich, Fridolin Berger, war auf dieser Welt nur ein kleiner Wurm. Dieser Gedanke tröstete mich. Alle Sorgen und die Alltagsprobleme wurden angesichts dieser Dimensionen nichtig. Es gab nur diesen weiten Himmel über mir, die dunklen Berge, die sich schwarz abhoben, das leise Rauschen in den Bäumen, die frische, kalte Luft auf meinen Wangen. Still und klein stand ich neben einem alten Schuppen und horchte in die Dunkelheit hinein.

Eine große Ruhe überkam mich und ich spürte Zuversicht, dass sich alles zum Guten wenden werde. Helgi würde aufwachen und ganz gesund werden, niemand trachtete ihm nach dem Leben, niemand führte Böses im Schilde. Aus dem Wald ertönte der Ruf eines Kauzes. Er klang geheimnisvoll und schauerlich.

# KAPITEL 13

Am nächsten Morgen nach dem Frühstück besuchte ich Curdin in seinem Büro, das sich in der ehemaligen Lehrerwohnung im ersten Stock des alten Schulhauses befand. Er wollte mir Unterlagen zu den Ausgrabungen zeigen. Ich fragte ihn, wie es dazu gekommen sei, dass Binaglia einen so jungen Gemeindepräsidenten habe. Er lachte und sagte, dass er immerhin schon 36 Jahre alt sei. Es ist mir schon öfter aufgefallen, dass man – je älter man wird – das Alter junger Menschen nicht mehr richtig beurteilen kann. Ich hatte ihn wesentlich jünger geschätzt.

»Als der ehemalige Präsident gesundheitshalber zurücktrat, fand sich im Dorf niemand, der das Amt übernehmen wollte, es drohte die Fusion mit Domins, also hat sich ein Komitee gebildet und mich überredet zu kandidieren.« Er zuckte die Schultern. »Entweder Gemeindefusion oder Curdin Cantieni als Präsident. Ich war wohl das kleinere Übel.« Über sein Gesicht huschte ein gewitztes Lächeln. »Für mich war es natürlich auch eine Chance. Durch dieses Amt komme ich in Kontakt mit Behördenvertretern auf allen Stufen und kann gegenüber Repräsentanten von Organisationen, Verbänden und Vereinigungen ganz anders auftreten. Für unsere Interessengemeinschaft ist das enorm wichtig. Es gibt noch so viel zu tun!«

Ich war beeindruckt von seinem Elan und Willen, die Zukunft dieses Tales mitzugestalten. »Bestimmt gibt es auch viel Widerstand.«

»Oh ja, die älteren Leute trauern den sogenannten guten alten Zeiten nach. Sie haben Angst vor allen Veränderungen. Es ist uns aber sehr wichtig, sie ins Boot zu holen. Wir wollen nicht gegen die Bevölkerung arbeiten. Es braucht sehr viel Geduld und Überzeugungsarbeit.«

»Und die Ausgrabungen? Gab es da auch Opposition?«

Er schüttelte entschieden den Kopf. »Nein, die Menschen hier sind sehr traditionsbewusst und stolz, dass ihr Tal einst eine Burg hatte. Selbst wenn davon nur noch Mauerreste vorhanden sind. Helgi hat es sehr gut verstanden, mit den Leuten in Kontakt zu treten und ihnen zu erklären, was sie da oben auf dem Areal der Ruine Grunatsch überhaupt machten. Er hat bei uns im Hotel eine Informationsveranstaltung für die Dorfbevölkerung durchgeführt und so enthusiastisch vom mittelalterlichen Leben hier im Tal berichtet, dass alle völlig begeistert waren.«

Nachdenklich blickte Curdin aus dem Fenster. »Natürlich gab es bei den ersten Sondierungen auch Proteste, aber die kamen nicht von der Dorfbevölkerung, sondern von der Windlobby.«

Ich stutzte. »Was hat denn die Windlobby mit den Ausgrabungen bei einer alten Burgruine zu tun?«

Curdin ging zur Wand, an der eine große Landkarte hing. »Schau, hier oben liegt Grunatsch und hier, noch weiter oben auf diesem Hügelzug, waren vier Windkraftanlagen geplant.« Er zeigte mir auf der Karte, wo sich dieses Gebiet befand. »Aber die Windlobby hat nicht mit dem Archäologischen Dienst Graubünden gerechnet. Man vermutet nämlich, dass sich noch weitere Spuren von Siedlungsbauten genau hier befinden. Und nun ist vorläufig alles auf Eis gelegt.«

»Heißt das, dass noch weitere Grabungen erfolgen werden?«

»Ich weiß es nicht. Soviel ich gehört habe, fehlt es noch an der Finanzierung.«

»Ich bin erstaunt, dass es Pläne gibt, Windkraftwerke in dieser einmalig schönen Landschaft zu bauen.«

Curdin kniff die Augen zusammen. »Ach, das ist eine komplexe Geschichte. Die Schweiz muss ihre Klimaziele erfüllen und es gibt Unternehmen, die Subventionen bekommen, wenn sie diese Dinger bauen. Egal wo, und schnurzegal, ob es Sinn macht oder nicht. Die Windkraftbranche stößt jedoch fast überall auf den Widerstand von Bürgerinitiativen. Die Unternehmen, Dienstleister, Firmen und die ganze Beraterclique suchen deshalb verzweifelt nach geeigneten Stellen, wo sie bauen können. Unterstützt werden sie von Banken, die sich hohe Gewinne mit Kreditvergaben versprechen. Pläne für Windparks werden im Kanton Graubünden schon lange gewälzt. Bisher wurde aber erst eine Anlage gebaut, die Calandawind in Haldenstein. Sie wurde im Jahr 2013 eingeweiht. 2019 versuchten sie es mit einem Projekt im Lugnez, das aber von der Bevölkerung bei einer Abstimmung verworfen wurde. Die wollten 18 große Windanlagen auf einer Höhe zwischen 2.000 und 2.500 Metern über Meer bauen. Und nun haben sie das Val Dulain entdeckt. Wir haben tatsächlich viel Wind.« Er schien sich in dieser Sache gut auszukennen.

»Was spricht dagegen, hier Windkraftanlagen zu bauen?«

Überrascht blickte er mich an. »Der Naturschutz, die Schönheit der Landschaft, der Lärm, die gesundheitlichen Schäden für die Anwohner. Es gibt viele Gründe.«

Ich hatte mich noch nie vertieft mit der Thematik befasst, war aber wie wohl die meisten Leute davon ausgegangen, dass Windkraft eine saubere Energie sei und angesichts der Klimaveränderungen gefördert werden sollte. Einen Augenblick herrschte Schweigen.

»Außerdem ist erwiesen, dass Windkraft nicht nachhaltig ist«, fuhr Curdin fort, »allein die Energie, die es braucht, diese Dinger herzustellen und zu transportieren. Nach 20 Jahren müssen sie abgebaut werden und bis heute gibt es keine Möglichkeit, die Materialien sachgerecht zu entsorgen. Darüber spricht kein Mensch.«

»Dann ist es ja ein Glück, dass es hier Burgen und mittelalterliche Besiedlungen gab.«

Curdin runzelte die Stirn und seufzte. »Sie lassen trotzdem nicht locker. Weiter oben auf der Nurinahöhe wollen sie einen Windpark mit zwölf Anlagen hinstellen. Die Bewilligungen liegen bereits vor.« Er zeigte mir auf der Karte, wo diese Höhe lag.

»Aber das ist ja eine Hochebene, umgeben von Wald!«, rief ich aus.

»Ja, aber leider ist es kein Schutzwald und kein Naturschutzgebiet und dummerweise sind dort auch keine alten Knochen, Steine oder Scherben gefunden worden.«

»Gab es denn keinen Protest dagegen?«

»Oh doch, wir haben uns mit allen Mitteln dagegen gewehrt, leider erfolglos. Es fehlte uns eben auch an Geld. Die Windkraftlobby zahlt gut für ihre Rechtsanwälte.« Er runzelte die Stirn. »Ich weiß nicht, wie attraktiv der historische Lehrpfad noch sein wird, wenn man dauernd diese Dinger vor Augen hat. Am nächsten Samstag gibt es eine Infoveranstaltung in Domins. Da kannst du dir ein Bild machen.«

Er blickte auf die Uhr. »Ich muss zurück ins Hotel. Schau, hier in diesen Ordnern ist die Dokumentation über die Ausgrabungen. Schließ einfach ab, wenn du hinausgehst.« Er übergab mir den Schlüssel, zog seine blaue Jacke an und verschwand. Nachdenklich beugte ich mich über die Papiere.

Curdin hatte alle Unterlagen zur Ausgrabung, die die Gemeinde betrafen, schön chronologisch in Ordnern abgeheftet. Ich blätterte mich etwas ratlos durch: Protokolle der Gemeindeversammlungen, Medienmitteilungen, Zeitungsberichte, Liste der beteiligten Stellen, Parkplatzverordnungen, Belege über Finanzzuschüsse, Ausgleichszahlungen für einzelne Landbesitzer, Lohnabrechnungen für Hilfspersonal. Es gab nichts, das mich aufmerken ließ. Etwas Außergewöhnliches war nie vorgefallen, zumindest war nichts protokolliert, oder ich realisierte es nicht, weil mir das Hintergrundwissen fehlte.

Dennoch hatten wohl einige Leute Helgi dafür verantwortlich gemacht, dass auf Grunatsch keine Windkraftanlagen gebaut werden konnten. Was natürlich Unsinn war. Die Antragsteller hatten vermutlich viel Zeit und Geld in die Pläne gesteckt. Und jetzt war wegen ein paar alten Steinen das Vorhaben gescheitert. Ich konnte mir gut vorstellen, wie in diesen Kreisen gelästert worden war. Aber es gab für solche Gelände klare Gesetze. Dass es überhaupt jemals einen Plan gegeben hatte, in diesem Gebiet bei Grunatsch Windkraftanlagen zu bauen, zeugte von absoluter Ignoranz. Und vom großen Druck, den Curdin erwähnt hatte. Helgi hatte mit dem Scheitern überhaupt nichts zu tun, aber er war öffentlich aufgetreten und somit zum Symbol oder gar Anstifter der Bau-Verhinderung geworden.

»Dieser Ausländer soll doch in Island herumbuddeln, dort gibt es bestimmt auch einige alte Knochen und Steine!« War das ein Motiv? War ein Windkraftbefürworter ihm nachgestiegen und hatte ihn runtergestoßen? Ein Fanatiker, der wütend war? Ich hatte die Debatten um den Bau eines Windparks auf dem Schleifenberg bei Liestal mitverfolgt und wusste, dass die Windkraft in der angeheizten Klimadebatte für manche Leute fast ein Heilsversprechen war. Die Welt musste gerettet werden und da war es absolut lächerlich, wegen einiger uralter Scherben und Knochen zu verhindern, dass Windkraftanlagen – die Lösung aller Probleme – gebaut wurden. Helgi hatte sich hier im Tal also nicht nur Freunde gemacht. Das war jetzt klar und ich musste diese Spur unbedingt weiterverfolgen.

Am Nachmittag ging ich zum Dorfladen, um Hundefutter für Bolli zu kaufen. Der Broschüre hatte ich entnommen, dass das Geschäft erst vor einem Jahr wiedereröffnet worden war. Eine Rumänin, die mit einem einheimischen Bauern verheiratet war, hatte die Initiative ergriffen und mit Unterstützung der IG Pro Val Dulain eine Genossenschaft gegründet. Das war mutig, denn mit dem Auto war man in zehn Minuten im nahen

Domins, wo es die Geschäfte der bekannten Großverteiler gab. Preislich konnte der Dorfladen gewiss nicht mit diesen konkurrieren.

Der Laden war hell und sehr schön eingerichtet. Es gab viel Platz zwischen den Gestellen und alles wurde sorgfältig und ansprechend präsentiert. Es gab ein reichhaltiges Angebot des täglichen Bedarfs, Gemüse und Früchte, Milch- und Fleischprodukte sowie Haushaltsartikel. Vor allem aber wurden einheimische Produkte verkauft: Konfitüre, Sirup, Käse, Würste, Honig, Tee aus Alpenkräutern, Liköre, Schnäpse – alles vor Ort produziert. Dazu gab es Zeitungen, Zeitschriften und für die Touristen Wander- und Ansichtskarten. Der Laden diente auch als Postagentur und in einer Ecke konnte man an einem kleinen runden Tisch Kaffee trinken.

Hundefutter fand ich keines. Vermutlich fraßen die Hunde hier oben nicht diesen ekligen, künstlichen Matsch, sondern wurden mit den Resten aus der Küche versorgt. Adriana konnte mir sicher weiterhelfen. Helgi hatte den Hund ja auch irgendwie durchfüttern müssen. Da ich den Laden nicht ohne etwas zu kaufen verlassen wollte, entschied ich mich für ein Paar Trockenwürste und ein Glas Blütenhonig.

An der Kasse war eine heftige Diskussion im Gang. Eine Kundin mit eng anliegenden Jeans und einer langen gelben Strickjacke ereiferte sich: »Das können sie mit uns nicht machen. Wir haben schon über 500 Unterschriften gesammelt. In diesem schönen Tal darf es keine Windräder geben!«

Die Kassierin lächelte unverbindlich und tippte eifrig die Preise in die Kasse. Die Kundin blickte mich auffordernd an, als wollte sie, dass ich in das Empörungsgezeter einstimmte. Nun, ich hatte andere Sorgen und wollte mich nicht einmischen. Aber ein Mann in Arbeitskleidung hinter mir brummelte etwas Unverständliches vor sich hin. Kaum war die Frau weg, sagte er zur Kassierin: »Die kann gut reden, wohnt ja nur in den Ferien und an den Wochenenden hier und hat keine Ahnung von den wirtschaftlichen Problemen, die wir haben. Diese Auswärtigen sollen sich gefälligst um ihre eigenen Angelegenheiten kümmern und uns verschonen. Man sollte verbieten, dass sie sich einmischen!« Energisch schob er seine Bierflaschen auf das Band.

»Sie haben eben Angst, dass ihre Häuser an Wert verlieren könnten«, meinte sie achselzuckend.

Der Mann lachte höhnisch: »Diese hässlichen Klötze würde sowieso niemand kaufen.« Obwohl niemand mich nach meiner Meinung gefragt hatte, nickte ich zustimmend.

# KAPITEL 14

Auch am Donnerstagabend war das Restaurant gut besucht. Diesmal entschied ich mich für hausgemachte Pizokels. Sie waren mit würzigem Bergkäse überbacken und wurden mit Apfelmus serviert. Als ich zum Abschluss einen Birnenschnaps bestellte, trat ein großer älterer Mann neben meinen Tisch. »Entschuldigen Sie, dass ich Sie hier einfach anspreche. Ich habe gehört, dass Sie mit Helgi Sigurðsson befreundet sind.« Erstaunt blickte ich ihn an. »Wenn Sie erlauben, möchte ich kurz mit Ihnen sprechen.« Und schon holte er einen Stuhl vom Nebentisch und setzte sich mir gegenüber. »Sie sind doch Professor Berger.« Er streckte mir seine Hand entgegen: »Von Muhleren, Herbert von Muhleren.« Dieser Name sagte mir gar nichts. Ich kramte in meinem Gedächtnis, ob er allenfalls einst Hörer in einer meiner Vorlesungen gewesen war, konnte mich aber nicht an ihn erinnern.

»Ich betreibe mit Leidenschaft Familienforschung!« Stolz grinste er mich an und zeigte dabei seine großen gelben Zähne.

Was sollte ich sagen? Ich ahnte Schlimmes und sah mich hilfesuchend nach Curdin um, aber der war in der Küche beschäftigt. Von Muhleren blinzelte mich aus listigen kleinen Augen an. »Bestimmt wundern Sie sich, warum ich hier bin und mit Ihnen sprechen möchte, ich werde es Ihnen gerne erläutern.«

Ich wunderte mich allerdings, aber was hätte ich tun

sollen, ich konnte ihn ja nicht rausschmeißen. Also wartete ich ab.

Er setzte eine wichtige Miene auf und sagte: »Ich bin ein guter Bekannter von Professor Sigurðsson und ich habe gehört, dass Sie Nachforschungen anstellen.«

Völlig verblüfft starrte ich ihn an. »Nachforschungen? Da haben Sie etwas falsch verstanden.«

Aber er ließ sich nicht beirren. »Ich habe mehrere Vorlesungen und Seminare bei Professor Sigurðsson besucht, ich schreibe nämlich neben meiner Familiengeschichte auch eine Dorfchronik.« Vor Schreck biss ich mir auf die Zunge und mein schmerzverzerrtes Gesicht ließ ihn zögern. »Sind Sie nicht der bekannte Wikinger-Historiker?«

»Ja, aber was hat das mit Herrn Sigurðsson zu tun? Und was mit der Dorfchronik?«

Er beugte sich vor und seine Stimme wurde leise, als wollte er mir ein wertvolles Geheimnis anvertrauen: »Von Muhleren ist ein Stadtberner Ratsherrengeschlecht des 14. und 15. Jahrhunderts, das wahrscheinlich aus Nieder- oder Obermuhlern stammt. Bei den Steuererhebungen 1448 und 1458 gehörten die Muhleren zu den reichsten Bürgern der Stadt.« Triumphierend schaute er mich an.

»Aha«, erwiderte ich trocken, »das freut mich zu hören, aber sagen Sie doch bitte, was ich für Sie tun kann.«

Er schielte auf meinen Schnaps. Seine Nase und die Wangen waren von roten Äderchen durchzogen, ein deutliches Zeichen, dass Herr von Muhleren dem Alkohol nicht abgeneigt war. Als er Curdin erblickte, hob er die Hand und bestellte zwei Schnäpse.

»Wir müssen herausfinden, wer dem Professor aufgelauert hat und vor allem, warum.« Ich schaute ihn verblüfft an und hob abwehrend die Hände. Aber es war zu spät. Er saß an meinem Tisch, trank Schnaps und nichts hätte ihn aufhalten können.

»Ich habe mich schon immer für Geschichte interessiert, ganz speziell natürlich für die Geschichte der Ländereien meiner Vorfahren.« Eines seiner Augenlider flatterte aufgeregt. »In aller Bescheidenheit darf ich sagen, dass ich mir ein großes Wissen angeeignet habe, ja dass ich sozusagen ein Experte bin für die frühe Besiedelung des Längenbergs.«

Unruhig rutschte ich auf meinem Stuhl herum. Wenn das so weiterging, würden wir morgen früh noch hier sitzen. »Herr von Muhleren, das ist sicher sehr interessant, aber ich weiß immer noch nicht, was das alles mit Herrn Sigurðsson zu tun hat.«

Er warf mir einen gekränkten Blick zu. »Wie gesagt, ich bin gut bekannt mit dem Professor. Wir haben uns öfter über historische Themen ausgetauscht. Er ist ein ausgezeichneter Kenner der Burganlagen im Kanton Graubünden und ich wollte ihn überzeugen, in meiner Heimat auf dem Längenberg aktiv zu werden.« In einem Zug leerte er sein Glas. »Mit größter Wahrscheinlichkeit werden sich Spuren von mittelalterlichen Siedlungen finden.« Er runzelte die Stirn und warf mir einen wehleidigen Blick zu. »Ich habe verschiedentliche Vorstöße gemacht beim Archäologischen Dienst des Kantons Bern, Archäologie Schweiz, Nationalfonds, beim Bundesamt für Kultur, ja sogar bei der UNESCO, aber leider hatte ich bisher keinen Erfolg. Deshalb habe ich so große Hoffnungen auf den werten Professor Sigurðsson gesetzt. Die Attacke auf ihn hat bestimmt einen Zusammenhang mit meinen eigenen Forschungen. Jemand will verhindern, dass auf dem Längenberg archäologische Ausgrabungen durchgeführt werden. Ich vermute ...« Von Muhleren stockte, schaute sich vorsichtig um und senkte dann seine Stimme: »... dass ein feindlicher Geheimdienst dahintersteckt. Sigurðsson wollte mich unterstützen und deshalb haben sie ihn außer Gefecht gesetzt.«

Ich wand mich innerlich. Wie nur konnte ich diesen Spinner loswerden?

Unbeirrt fuhr er fort: »Ist es nicht traurig, dass ein Ausländer sich um die verborgenen Schätze der Schweiz kümmern muss?« Vorwurfsvoll schaute er mich an. »Die Propheten im eigenen Lande gelten nichts, das habe ich am eigenen Leib erfahren. Da muss zuerst ein Isländer kommen.« Er blinzelte und lächelte schief. »Überhaupt war er eine sehr kultivierte und hilfsbereite Persönlichkeit. Ich habe nicht nur seine Vorlesungen besucht, nein, ich habe auch an den Ausgrabungen hier im Val Dulain teilgenommen. Schauen Sie!« Er zückte ein Handy und begann, wild darauf herumzutippen. Endlich fand er den gewünschten Ordner und streckte mir das Handy triumphierend hin. »Hier, sehen Sie, ich habe alles dokumentiert.«

Tatsächlich erkannte ich auf den Bildern den Hügel von Grunatsch, die Markierungen und einzelne Mauerreste. Auf einigen Fotos sah man Studenten bei der Arbeit. Es gab auch ein Gruppenfoto, darauf war Helgi deutlich zu sehen, wie er in die Kamera blinzelte. Er trug eine rote Schildmütze und eine hellgelbe Jacke. Neben ihm stand Sonja und hinter ihm, halb verdeckt, erkannte ich Curdin.

Von Muhleren war also tatsächlich dort gewesen. Dieser verrückte alte Kerl hatte ihn nicht nur in Bern belästigt, sondern war ihm bis ins Val Dulain gefolgt. Ein Stalker. Ich hatte in meiner Berufszeit als Professor einiges erlebt an psychisch gestörten Menschen, sowohl Studierende wie auch Assistenten und Professoren. Aber von Muhleren schlug dem Fass den Boden aus. Armer Helgi! Der alte Tor starrte lächelnd auf sein Handy. »Sensationell«, murmelte er, »einfach sensationell, welche Schätze sich unter der Erde befinden«. Dann schaute er traurig in sein leeres Schnapsglas. »Ich hoffe, dass er wieder ganz genesen wird.«

»Herr von Muhleren, ich finde es wirklich sehr schön, dass Sie sich so um Professor Sigurðsson sorgen. Aber Sie irren sich, ich betreibe keineswegs irgendwelche Nachforschungen. Falls es kein Unfall war, ist es Sache der Polizei, dem näheren Sachverhalt nachzugehen. Ich halte mich da völlig raus.«

Empört blickte er mich an. »Ganz bestimmt war das kein Unfall! Der Professor war ein sehr geübter und vorsichtiger Wanderer.«

»Das kann schon sein, aber jeder macht mal einen Fehltritt.«

»Na, hören Sie mal, Sigurðsson ist Isländer. Er ist auf Vulkanen, Gletschern und Felskuppen herumgeklettert.« Er zeigte mit seinem langen dürren Zeigefinger auf mich. »Nein, nein, wir müssen herausfinden, wer ihn ins Jenseits befördern wollte.«

Resigniert leerte ich mein Glas in einem Zug. Von Muhleren aber blieb hartnäckig und verkündete nun lauthals: »Sigurðsson hat mir eine Botschaft geschickt und deshalb bin ich hier. Er hat mich gebeten, oder besser gesagt ausdrücklich aufgefordert, mit Ihnen Kontakt aufzunehmen.« Ich wimmerte innerlich, aber von Muhleren kannte kein Erbarmen. »Herbert, hat er mir zugeflüstert, Herbert, treuer Freund, geh zu Professor Fridolin Berger. Er wird dir helfen, diesen Mordanschlag aufzuklären.«

Ich zuckte zusammen. Das Wort ›Mordanschlag‹ klang hart und brutal. »Wie ist es möglich, dass er Ihnen eine Nachricht hat zukommen lassen? Er war meines Wissens nach dem Sturz nicht mehr bei Bewusstsein.«

Nun lächelte er vielsagend. »Die Nachricht wurde mir durch einen Engel überbracht.«

Ich schluckte leer.

»Er ist mir im Traum erschienen, der Professor hat ihn als Boten geschickt.« Befriedigt blickte er mich an und fügte dann unverdrossen hinzu: »Ich habe oft luzide Träume.«

Was sollte ich tun? Ich hob ein wenig die Brauen, erwiderte aber nichts. Zu manchen Dingen kann man einfach nichts sagen.

Als er sich endlich verzogen hatte, kam Curdin zu mir. »Der Herbert ist öfter hier«, erklärte er und schaute mich mitleidig an, »er kann ganz schön anstrengend sein, aber eigentlich ist er ein lieber Kerl. Er hat vor einigen Jahren einen schweren Skiunfall gehabt und seither tickt er nicht mehr ganz richtig.«

»Hat er tatsächlich an den Ausgrabungen teilgenommen?«

»Nein, das würde er in seinem Alter gar nicht mehr schaffen. Helgi hat ihm alles gezeigt und seither verehrt er ihn.«

»Und woher kennt er meinen Namen?«

»Ich glaube, er hat uns am ersten Abend belauscht. Tut mir leid, ich hätte dich vorwarnen sollen.«

## KAPITEL 15

Als ich am nächsten Morgen zum Fenster hinausschaute, sah ich, dass die Berghänge und Wälder in graue Wolken gehüllt waren. Schnell duschte ich und zog mich an. Bolli stand schon ungeduldig mit dem Schwanz wedelnd vor der Tür. Er wollte seinen Morgenspaziergang machen. Wie hatte Helgi das nur bewerkstelligt? Jeden Tag, bei jedem Wetter mit dem Hund hinausgehen, dazu die Verpflichtungen an der Uni, Teilnahme an Tagungen, Vorträge, Veröffentlichungen: Wie brachte er das alles unter einen Hut? Wie war er auf die verrückte Idee gekommen, den Hund in die Schweiz mitzunehmen? Gab es niemanden in Island, der ihn für ein Jahr aufgenommen hätte? Seine Schwester, die Zahnärztin, hatte vermutlich keine Zeit, sich um ihn zu kümmern. Und sonst: Hatte er keine Freunde oder gute Nachbarn?

Unwillkürlich stellte ich mir die Frage, wen ich um Unterstützung bitten könnte, wenn bei mir eine solche Situation eintreten würde. Meine Schwester Ruth? Auf keinen Fall, sie fürchtet sich vor allem, was Schmutz in die Wohnung bringt. Meine Nachbarn? Die kenne ich gar nicht. Im Treppenhaus sagt man höchstens ein kurzes »Grüezi«. Die Kollegen vom Historiker-Stammtisch? Ich ging sie in Gedanken der Reihe nach durch, aber nur ein einziger kam infrage: Marek Novotny. Er hatte einmal erzählt, dass er in der Jugend in den böhmischen Wäldern zur Jagd gegangen war. Da hatte er bestimmt Erfahrung mit Jagdhunden. Trotzdem war es keine gute Idee. Novotny hatte nach der Emeritierung zu trinken begonnen. Wie viele Kollegen hatte auch er Mühe damit, von der Bühne der vermeintlichen Wichtigkeit abzutreten.

Helgi hatte wahrscheinlich vergeblich einen Platz für Bolli in Island gesucht, aber niemanden gefunden, dem er den Hund anvertrauen konnte. Vielleicht wollte er ihn auch niemandem zumuten. Oder – dieser Gedanke blitzte kurz in mir auf – er hatte es nicht übers Herz gebracht, sich für ein ganzes Jahr von ihm zu trennen.

Ich vertröstete Bolli, dass er nur noch ganz kurz warten müsse, und ging hinunter in den Frühstücksraum. Es war noch früh, aber einige Waldarbeiter saßen bereits am Stammtisch, tranken Kaffee und aßen Gipfeli. Ich war froh, dass von Muhleren noch nicht da war. Hoffentlich war er ein Langschläfer.

Adriana kam aus der Küche und lächelte mich an. »Gut geschlafen? Kaffee schwarz wie immer?« Sie war bleich und sah müde aus. Ihre braunen Haare hatte sie heute zu einem Pferdeschwanz gebunden.

Ich holte mir vom Buffet Brot, Butter, Konfitüre und Käse.

»Möchtest du ein Ei?«, fragte sie, als sie mir die Tasse Kaffee brachte.

»Nein danke, aber ich glaube, Bolli braucht auch was zum Fressen. Ich wollte gestern Hundefutter kaufen, denn ich will nicht, dass ihr ihn immer mit Küchenresten versorgen müsst. Im Dorfladen habe ich leider nichts gefunden.«

»Es gibt hier im Dorf nur fünf Hunde, zwei Hofhunde und drei von Zuzügern, die in diesen grässlichen Betonklötzen leben. Aber diese Leute kaufen nicht im Dorfladen, sie fahren lieber nach Domins oder Chur und beladen ihre schicken Offroader mit günstigen Sonderangeboten.« Aus ihrer Stimme war Spott zu hören.

Sie setzte sich zu mir. »Diese Geschichte mit Helgi geht mir sehr nahe. Ich mag ihn. Er hat sich sehr für uns und unsere Interessengemeinschaft engagiert.«

»War er öfter hier?«

»Ja, er kam im Frühling das erste Mal, um das Gelände für die Grabungen zu besichtigen, und seither war er mindestens sechsmal hier. Beruflich, aber auch privat. Er sagte, dass er dieses Tal ins Herz geschlossen habe.« Sie strich sich die Haarsträhnen aus der Stirn und schaute mich traurig an. Nun kam auch Curdin aus der Küche und setzte sich mit einer Tasse Kaffee zu uns.

Das war eine gute Gelegenheit, ihnen von Helgis

Botschaft und von den Fotos zu erzählen. Aus meiner Tasche holte ich einen Ausdruck. »Wenn ihr Zeit habt, möchte ich euch etwas zeigen.«

Sie schauten sich die Bilder lange an. »Ja, die hat er hier aufgenommen, hier ist deutlich der Piz Demel zu erkennen.« Curdin legte die Stirn in Falten. »Er hat einen Troll entdeckt? Sehr rätselhaft!«

»Helgi hat einmal eine Andeutung gemacht, dass er vielleicht eine größere Geldquelle gefunden habe für unsere IG«, warf Adriana ein, »vielleicht meinte er, dass die IG mit diesem Geld das Tal vor dem Zerfall retten könne.«

»Du hast keine näheren Informationen?«

»Nein, er sagte, er stehe noch in Verhandlungen und wolle keine falschen Hoffnungen wecken.«

»Dann wäre der Troll ein Sponsor«, bemerkte ich nachdenklich. »Ein feuchter, nackter Troll, der Geld spuckt.«

Adriana stützte ihren Kopf in die Hände. »Ich hoffe immer noch, dass alles ein großer Irrtum ist. Niemand hier im Tal kann sich erklären, warum jemand Helgi hinuntergestoßen haben sollte. Die Polizei hat uns alle befragt, aber es ist nichts dabei herausgekommen. Vielleicht hat das Ehepaar sich geirrt. Das wäre besser so. Du kannst dir ja vorstellen, was es bedeutet, wenn in einem solchen Tal ein Verbrechen passiert. Plötzlich tauchen wilde Verdächtigungen und uralte Geschichten auf. Die Stimmung ist aufgeheizt.«

»Weißt du, was mit seinen Sachen und dem Laptop passiert ist?«

»Das wurde alles abgeholt.«

»Von der Polizei?«

»Nein, von seiner Freundin, einer großen, dunkelhaarigen Frau.«

»Veronika Hunziker!«

»Ja, genau. Sie kam mit Bolli hierher und packte alles ein.«

»War sie früher auch schon hier, mit Helgi?«

»Nein, ich hatte mich auch gewundert, aber ich wollte nicht nachfragen. Sein Privatleben geht mich nichts an.« Adriana blickte mich irritiert an. »Stimmt irgendetwas nicht?«

»Nein, nein, alles in Ordnung.«

Diese Hunziker war eine falsche Schlange. Hatte den Hund offenbar zuerst zu sich genommen, ihn dann ins Heim abgeschoben und zu guter Letzt mir aufgehalst.

Die Waldarbeiter wollten aufbrechen und auch Curdin musste los. »Wir haben eine Sitzung der IG, es geht um den geplanten Trailpark.«

»Trailpark?«

»Ja, es gibt Pläne, einen Mountainbike-Trail von Domins bis Roccoveglia zu bauen. Die geplante Route führt direkt durch ein Naturschutzgebiet und jetzt gibt es riesige Streitereien. Außerdem weigert sich ein Bauer aus Gadanna, sein Land für die Wegrechte freizugeben.« Er grinste. »Die Tourismusexperten haben am Schreibtisch ein Projekt ausgearbeitet und nicht mit den Querköpfen hier gerechnet.«

Offenbar war in diesem Tal ganz schön viel los. Helgis Worte kamen mir in den Sinn: »Man muss ihm Sorge tragen, die Aasgeier kreisen unerbittlich.« Curdin hatte sicher keinen leichten Job, aber mir schien, dass er genau wusste, was er wollte, und dass er sich nicht vor Auseinandersetzungen fürchtete. Ein Glück für das Val Dulain!

Nun waren Adriana und ich alleine im Restaurant. Sie räumte das Geschirr ab und brachte alles in die Küche. Von dort rief sie: »Hol den Hund, wir haben noch Fleisch- und Gemüsereste.«

Bolli saß lauernd hinter der Zimmertür und sprang an mir hoch, als hätte er mich seit Tagen nicht gesehen. Schwanzwedelnd folgte er mir in den Speisesaal und wiederholte das stürmische Begrüßungsritual mit Adriana. Sie brachte eine Schüssel aus der Küche und stellte sie vor ihn auf den Boden. Ohne auch nur daran zu schnüffeln, schlang er alles mit wenigen Bissen herunter. Hunde sind keine genießerischen Fresser, sie kauen nicht, sie kosten den Geschmack nicht aus, Hauptsache, der Bauch wird voll. Vermutlich ist das ein Relikt aus der Wolfszeit: schnell fressen, bevor ein anderer, Stärkerer, kommt und es wegnimmt. Er leckte sich über die Schnauze und blickte Adriana herausfordernd an.

»Na, du hast wohl noch nicht genug«, sagte sie und kraulte ihn hinter den Ohren, »ich kann dir noch Birchermüesli anbieten oder gekochte Kartoffeln von gestern.«

»Ich habe keine Ahnung, was und wie viel Hunde fressen und worauf man achten muss«, bekannte ich, »aber Bolli scheint ein Allesfresser zu sein.«

»Bis jetzt sieht er jedenfalls gesund aus. Schau mal, wie sein Fell glänzt!« Sie setzte sich wieder zu mir.

»Was meintest du mit ›wilden Verdächtigungen‹ und ›uralten Geschichten‹?«, nahm ich den Faden wieder auf.

»Ich kenne mich in den Dorfgeheimnissen selber auch nicht so gut aus«, antwortete sie und zog die Augenbrauen zusammen. »Glücklicherweise!«, fügte sie bei. »Aber durch Curdin bekomme ich natürlich vieles mit. Es gab offenbar Streit wegen dieses Windkraftprojekts. Die Betreiberfirma hatte den Bauern riesige Gewinne versprochen, wenn sie ihr Land verkaufen würden.«

»Das Land? Ich dachte, das gehöre dem Kanton.«

»Ja, oben bei Grunatsch schon, aber die müssen ja halbe Autobahnen durch die Weiden und den Wald bauen, um die Dinger da hochzutransportieren. Und diese Zufahrtswege hätten durch Privatgrundstücke geführt.« Adriana sah bekümmert aus. »Zuerst gab es Streit, weil die Windkraftgegner die Bauern unter Druck setzten und ihnen verbieten wollten, die Grundstücke zu verkaufen. Dann gab es natürlich auch Neid von den anderen, die leer ausgehen würden, und schließlich große Schadenfreude, als das Projekt gestoppt wurde.«

Nun betrat ein Ehepaar den Frühstücksraum und Adriana musste sich dem Service widmen.

»Bis heute Abend«, rief ich beim Hinausgehen, »ich möchte noch mehr darüber erfahren!«

Unter der Tür begegnete ich Herbert von Muhleren. Er begrüßte mich überschwänglich und strahlte, als er den Hund sah. »Na, alter Freund«, sagte er, »passt du auf Fridolin auf? Das ist gut so.« Er fuhr Bolli über den Kopf. Dieser wedelte aufgeregt mit dem Schwanz und sprang an von Muhleren hoch. Ich beschloss, freundlich zu sein, und fragte ihn, ob er gut geschlafen habe.

»Wie ein Murmeltier. Und ich habe wieder eine Botschaft erhalten.« Sein Gesicht drückte Genugtuung und Stolz aus. »Helgi lässt dir ausrichten, dass du aufpassen musst. Ein Dämon ist hinter dir her!« Ungefragt duzte er mich.

Nun ja, dachte ich, er hat einen Dachschaden, es hat keinen Sinn, wenn ich ihm böse bin. »Danke für die Nachricht, ich werde achtgeben.«

»Wir brauchen einen Schlachtplan«, flüsterte er, »der Feind lauert überall.«

Bolli bellte, als wolle er zustimmen. Schnell packte ich den Hund am Halsband und ging die Treppe hoch zu meinem Zimmer.

»Mein Leib und Gut ist euer eigen bis in den Tod. Solange in uns eine Ader lebt, gibt keiner nach!«, brüllte er durchs Treppenhaus.

Erstaunt blickte ich zurück.

»Adrian von Bubenberg, Schlacht bei Murten 1476.« Er grinste breit. »Wir von Muhleren stammen von einer Seitenlinie Bubenbergs ab.«

Nun ja, etwas konnte man ihm nicht absprechen: Begeisterungsfähigkeit für Geschichte.

Eigentlich hatte ich mir vorgenommen, die Ausgrabungsstätte bei Grunatsch zu besichtigen. Ich erhoffte mir zwar nicht, dort das große Geheimnis lüften zu können, aber natürlich wollte ich mir Helgis Wirkungsstätte anschauen. Doch das Wetter machte mir einen Strich durch die Rechnung. Meine Wetter-App zeigte zwar eine strahlende Sonne, aber die Wirklichkeit sah anders aus: Dunkle Wolken waren aufgezogen, dazu wehte ein kühler Wind. Als ich das Hotel verließ, fielen erste Tropfen. Ich beschloss, mit dem Hund nur eine kurze Runde zu drehen. Unterwegs klingelte mein Telefon und Sonja Kramer meldete sich.

»Gibt es Neuigkeiten von Helgi?«, fragte ich.

Ihre Stimme klang erfreut. »Sein Zustand scheint sich zu stabilisieren. Die Schwellung im Gehirn ist zurückgegangen, aber die Ärzte wollen ihn vorläufig noch nicht aus dem Koma holen. Sie sind aber zuversichtlich.«

Ich atmete auf.

»Ich habe gehört, dass Sie in Binaglia sind«, fuhr sie fort und ich meinte, aus ihrer Stimme einen leisen Vorwurf zu hören.

»Ja, ich will mir die Ausgrabungsstätte ansehen. Und Helgi hatte mir geraten, das Tal einmal zu besuchen. Er hat recht gehabt, es ist sehr schön hier.«

»Für Ferien ist es okay, aber dort zu leben, ist etwas ganz anderes.«

Wenn ich sie schon am Draht hatte, wollte ich sie nach dem Windpark fragen: »Sind Sie informiert über die Windkraftanlage, die hier geplant ist?«

»Ja, die wollen da oben einige dieser Dinger hinbauen. Ich weiß aber nichts Genaueres darüber. Wenn es Sie interessiert, können Sie mit meinem Vater sprechen, er ist aktiv im Verein Gegenwind, das ist eine Art Bürgerinitiative, die sich gegen den Windpark wehrt. Er ist sehr erbost, weil eine Zufahrtsstraße durch eine seiner Weiden gebaut werden soll. Ich rufe meine Eltern an und kündige Ihren Besuch an.«

Bevor ich auflegte, fragte ich sie, von wem sie eigentlich erfahren habe, dass ich hier sei.

»Von Professor Brinkmeier.«

Nun war ich baff. »Brinkmeier?«

»Ja, er wollte von mir wissen, was Sie da oben treiben.«

»Wie kommt er dazu? Ich habe ihm nichts von meinen Reiseplänen gesagt.«

Sie lachte laut auf. »Instituts-Buschtelefon! Brinkmeiers Assistentin hat es von Professor Schrobel gehört und dieser wiederum von der Anliker. Hier wissen auch alle, dass Sie Helgis Hund hüten.«

Aufgebracht legte ich auf. Es war klar. Die Hunziker hatte geschwatzt. Ihre dauernden Telefonate, in denen sie sich besorgt nach dem Ergehen des Hundes erkundigte, dienten einzig dazu, ihre Neugierde zu befriedigen und alles brühwarm weiterzuerzählen. Klatsch und Tratsch an einem wissenschaftlichen Institut – es war eine Schande!

## KAPITEL 16

Nach einem kurzen Nickerchen wählte ich die Telefonnummer von Sonjas Eltern. Ihre Mutter meldete sich: »Sonja hat uns schon benachrichtigt. Am besten kommen Sie gegen 16 Uhr vorbei, dann hat auch mein Mann Zeit. Den Hof finden Sie gut, gehen Sie einfach dem Mühlebach entlang.«

Von der Straße aus konnte man ihn nicht sehen, er lag verborgen in einer Senke hinter dem Kirchenhügel. Aber Bolli zog an der Leine und schlug zielsicher den Weg ein.

Das Ehepaar Kramer erwartete mich bereits, die beiden standen unter der Haustür. Frau Kramer war eine große, kräftig gebaute Frau mit rötlichen Wangen. Das Haar, in dem sich erste graue Strähnen zeigten, trug sie kurz geschnitten. Ihre Gesichtszüge waren herb, fast etwas hart. Sie trug alte verwaschene Jeans und einen grünen Strickpullover, der ihr weit über die Hüften hing. Herr Kramer wirkte im Gegensatz zu ihr klein und schmächtig. Er hatte einen kugelrunden Kopf, auf dem nur noch wenige Haare sprießten. Seine hellen Augen musterten mich neugierig. Sonja hatte ihr Aussehen mehrheitlich vom Vater geerbt. Auch sie war eher klein und hatte die gleiche Stupsnase wie er.

»Grüezi, Herr Professor, bitte kommen Sie herein.« Frau Kramer lächelte mich freundlich an.

»Lassen Sie den Professor weg, ich bin einfach der Herr Berger«, beeilte ich mich zu sagen und schüttelte auch Herrn Kramer die Hand. Sein Händedruck war sehr kräftig.

Sie führten mich ins Wohnzimmer, das gemütlich eingerichtet war mit einem runden Esstisch, sechs Stühlen, einem dunkelroten Plüschsofa und zwei Lehnsesseln. Es roch nach Kaffee und verbranntem Holz. Mitten auf dem Tisch stand ein dick mit Puderzucker bestreuter Gugelhopf. Am meisten imponierte mir der prächtige grüne Kachelofen. An der Wand hingen alte Schwarz-Weiß-Fotos vom Hof und dem Dorf. Deutlich zu erkennen war im Hintergrund der Kirchturm. Interessiert studierte ich die Aufnahmen.

»Das sind tolle Bilder«, beteuerte ich und wandte mich zu Herrn Kramer. »Der Hof scheint schon sehr lange zu existieren.«

»Oh ja, wir führen ihn nun in der vierten Generation. Meine Vorfahren haben ihn kurz nach dem Ersten Weltkrieg aufgebaut.«

»Ich hoffe, dass Ihre Tochter Sonja eine Hofgeschichte geschrieben hat.«

Frau Kramer schüttelte den Kopf. »Sie interessiert sich nicht besonders für das Bauernleben«, sagte sie und zuckte verlegen mit den Schultern.

»Aber alte Ruinen und Scherben faszinieren sie. Schon als Kind hat sie überall herumgebuddelt und nach verborgenen Schätzen gesucht«, warf Herr Kramer ein und ich wusste nicht, ob er es stolz oder verächtlich meinte.

»Nun ja, manchmal muss man etwas älter werden, um sich für das Leben der eigenen Vorfahren zu interessieren. Aber es wäre auf jeden Fall interessant, die Geschichte des Dorfes und der einzelnen Höfe zu erfassen.«

Herr Kramer winkte mit einer müden Geste ab. »Vor einigen Jahren hat der damalige Dorflehrer viele Interviews mit fast allen Dorfbewohnern geführt. Aber er ist dann überraschend gestorben. Ich habe keine Ahnung, was mit seinen Aufnahmen passiert ist. Und seither hat sich niemand mehr dafür interessiert.« Frau Kramer schenkte Kaffee ein und schob mir ein großes Stück Kuchen auf den Teller.

»Ich habe einiges gelesen über das Tal, seine Erschließung und die Entwicklung in den letzten Jahren und bin sehr beeindruckt, was die Bewohner alles geleistet haben. Es ist bestimmt nicht einfach, in diesem rauen Klima Landwirtschaft zu betreiben«, sagte ich. »Dazu kommen noch die vielen Vorschriften, mit denen sich die Bauern herumschlagen müssen«, fügte ich bei, im Versuch, Vertrauen zu schaffen. In Wirklichkeit hatte ich keine Ahnung von der Schweizer Landwirtschaftspolitik.

Herr Kramer lachte trocken. »Davon kann ich ein Lied singen. Wir sind gerade in der Umstellungsphase auf Bio. Sie können sich gar nicht vorstellen, was das bedeutet. Wir versaufen in der Bürokratie.«

Frau Kramer nickte bestätigend. »Unser Sohn Moritz sitzt stundenlang am Computer und füllt Formulare aus. Und ständig kommen neue Anforderungen. Nun sollen wir auch noch den Ziegenstall umbauen, weil im alten Stall zu wenig Frischluft hereinströmt und auch zu wenig Tageslicht einfällt. Das alles kostet enorm viel Geld, und Subventionen gibt es fast keine.« Sie seufzte und wiegte besorgt den Kopf. »Und ob das alles am Schluss etwas bringt? Ob es sich auszahlt? Wir wissen ja nicht, wie sich alles entwickelt. Letztes Jahr haben allein hier im Tal vier Bauernhöfe den Betrieb aufgegeben.«

»Sie betreiben vor allem Viehwirtschaft?«

»Wir zählen zu den Kleinhöfen, wir haben 12 Kühe und 23 Ziegen. Getreide wird hier oben schon lange nicht mehr angebaut. Und die wenigen Apfel- und Nussbäume bringen mehr Arbeit als Geld.«

Ich fühlte mich etwas unbehaglich. Es war offensichtlich, dass sich die Kramers viele Sorgen um die Zukunft machten. Gerne hätte ich ihnen Mut zugesprochen, aber aus dem Mund eines pensionierten Professors hätte es für sie wohl wie Hohn geklungen. Ich lenkte deshalb das Gespräch auf ein anderes Thema: »Ich bin ein Bekannter von Professor Sigurðsson. Sie haben sicher gehört, dass er verunglückt ist.«

Herr Kramer war aufgestanden und holte von einer Kommode ein Zigarrenetui. Umständlich kramte er einen krummen Stumpen hervor. »Ja, eine tragische Geschichte. Ich hoffe, dass er wieder ganz gesund wird«, murmelte er, während er sich den Stumpen anzündete. »Und wenn ich diesen Sauhund kriege, der ihm das angetan hat, dreh ich ihm eigenhändig den Hals um!« Er runzelte die Augenbrauen und schaute grimmig.

»Er war mehrmals hier. Der Hof hat ihm gefallen und er wollte alles wissen über die Ziegenzucht und das Käsen. Man hat gar nicht gemerkt, dass er ein Professor ist«, bemerkte Frau Kramer und lächelte mir verlegen zu.

»Seine Großeltern waren auch Bauern. Dort in Island lebten die Leute früher vor allem von Landwirtschaft und Fischfang«, mischte sich Herr Kramer wieder ein. »Er hat Sonja eine Stelle in Reykjavik versprochen.«

»Daraus wird nun wohl nichts«, warf seine Frau ein. Ich war nicht ganz sicher, ob sie darüber erleichtert war oder enttäuscht. Vielleicht hatte sie gehofft, ihre Tochter würde später den Hof übernehmen. Ein Studium in Bern, eine universitäre Karriere, das war eine sehr fremde Welt für Bergbauern.

Auch ich bin in sogenannten »einfachen Verhältnissen« aufgewachsen. Mein Vater war Abwart im Schulhaus Gotthelf und meine Mutter verdiente zusätzlich etwas Geld als Aushilfsverkäuferin in der Bäckerei. Für Ruth und mich war es schwierig, dort zur Schule zu gehen, wo meine Eltern putzten und aufräumten. Einmal hörte ich, wie Fräulein Künzli, die Klassenlehrerin meiner Schwester, während der Pausenaufsicht zu einem Kollegen sagte, dass die Fenster nicht sauber geputzt seien und dass die Bergers sich die Lehrertoiletten etwas gründlicher vornehmen sollten. In den Schulferien mussten Ruth und ich beim Halbjahresputz helfen. Die Stühle hatten an ihren vier Füßen weiße Gummiplättchen, von denen wir mit einem harten Schwamm den Dreck wegkratzen mussten. Es war ein großes Schulhaus mit sehr vielen Stühlen.

Als ich dann ans Gymnasium wechselte, war ich froh, dass nicht alle wussten, was meine Eltern arbeiteten. Sie waren stolz, dass ihr Sohn aufs Gymnasium ging, aber ich merkte auch, dass die Distanz zwischen uns immer größer wurde. Mein Schulstoff war ihnen völlig fremd. Ich erinnere mich gut, wie sie schüchtern und verschämt an meiner Maturafeier teilnahmen. Der Rektor sprach von Aristoteles und seiner politischen Philosophie, vom glücklichen Leben und von Charaktertugend. Ich schielte zu meinen Eltern, die beide mit ernsthafter und wichtiger Miene zuhörten. Mein Vater nickte manchmal zustimmend. Ich weiß nicht, was sie sich erhofft hatten. Hätte ich Medizin studiert, hätten sie sich darunter etwas Konkretes vorstellen können.

»Geschichte?«, fragte meine Mutter, »sechs Jahre lang? Gibt es da so viel zu lernen?« Vor allem interessierte es sie, ob man damit später Geld verdienen könne. Dass ich ein »richtiger Professor« wurde, erlebte sie nicht mehr. Mein Vater aber begann nach seiner Pensionierung, selber Geschichtsbücher zu lesen, und wir fanden eine ganz neue Basis des Kontakts. Er entwickelte Interesse an Ahnenforschung und ich zeigte ihm, wie man in Archiven die entsprechenden Quellen fand. Insofern hegte ich eine kleine Sympathie für Herbert von Muhleren. Er erinnerte mich in seinem Eifer an meinen Vater.

Wenn Sonja Kramer tatsächlich nach Reykjavik ziehen würde, käme zusätzlich zur sozialen noch eine große geografische Distanz hinzu. Für ihre Eltern, und auch für sie selber, wäre das bestimmt nicht einfach. Aber da war ja noch Moritz.

»Wird Ihr Sohn später den Hof übernehmen?«

»Das wissen die Götter. Er hat eine gute Stelle als Landwirtschaftsmechaniker unten in Domins. Es ist eine 80-Prozent-Stelle, daneben hilft er uns mit dem Hof. Natürlich würde er ihn später gerne weiterführen, aber er sieht ja auch, dass es eigentlich keine Zukunft hat. Viel Plackerei, kein freies Wochenende, keine Ferien und dauernd Schikanen.«

Ich setzte eine verständnisvolle Miene auf, wollte aber nun das Gespräch auf mein eigentliches Anliegen führen. »Wie stehen Sie eigentlich zu diesem Windkraftprojekt? Sonja hat mir gesagt, dass Sie aktiv sind im Verein Gegenwind.«

Nun kam Herr Kramer in Fahrt: »Windkraft hier im Val Dulain, das ist eine totale Schnapsidee. Aber diese verdammten Gangster geben keine Ruhe!« Er haute mit der Faust auf den Tisch und ich verschüttete vor Schreck beinahe den Kaffee. »Nachdem sie in Grunatsch eine Abfuhr erhalten haben, wollen sie nun auf die Nurinahöhe. Dieses Gelände ist völlig ungeeignet für solche riesigen Türme, viel zu feucht, und das Felsgestein vom Piz Cuschletta oberhalb ist brüchig. Wenn da was runterdonnert, dann gnade uns Gott!« Seine Adern an den Schläfen schwollen gefährlich an.

Frau Kramer biss seelenruhig in ein Stück Gugelhopf. Ich wusste nicht, was sie von der ganzen Sache hielt.

»Außerdem liegt die Höhe in einer extremen Föhnlage. Stellen Sie sich vor, wenn diese riesigen Rotoren Feuer fangen. Eine Katastrophe!«

»Aber man hat doch bestimmt alles sorgfältig geprüft, bevor man die Bewilligung erteilt hat.«

Er strich sich über den Kopf und warf mir einen vielsagenden Blick zu. »Ach, wissen Sie, die sind alle gekauft. Die Gutachter arbeiten eng mit dieser Unternehmerbande zusammen. Wie sagt man so schön: Eine Hand wäscht die andere.«

»Ich habe gehört, dass die Zufahrtsstraße durch eine Ihrer Weiden gebaut werden soll.«

»Nur über meine Leiche! Ich lass mich von denen bestimmt nicht kaputtmachen. Stellen Sie sich vor, die drohen uns mit Enteignung. Aber da gehe ich bis vors Bundesgericht und wenn's sein muss bis nach Brüssel.«

»Was ist denn die Meinung der anderen Talbewohner? Sind viele organisiert in diesem Verein Gegenwind?«

Herr Kramer schnaubte verächtlich. »Wir haben nur 50 Mitglieder, und die meisten davon sind Auswärtige. Ferienhausbesitzer, die um den Wert ihrer Immobilien fürchten. Nein, die meisten Einheimischen lassen sich täuschen und reiben sich die Hände. Es geht um sehr viel Geld. Die verkaufen Aktien unter falschen Versprechungen: fünf bis sieben Prozent Rendite. Wer's glaubt, wird selig!«

Langsam wurde mir mulmig zumute. Herr Kramers Gesicht war krebsrot angelaufen und seine Augen funkelten zornig. Hoffentlich bekam er keinen Herzinfarkt. Seine Frau war sein cholerisches Temperament offenbar gewohnt. Sie lächelte mir beruhigend zu.

»Wusste Sigurðsson von diesen Plänen?«

»Aber sicher! Zuerst wollten sie ja auch oben am Grunatsch Anlagen hinstellen, aber das wurde dann nicht bewilligt, weil da eben diese Ruinen stehen. Alte Steine und Mauern sind ein Kulturgut von regionaler Bedeutung. Und eine Alpweide? Ist das etwa kein Kulturgut?« Seine Stimme zitterte vor Erregung. »Der Professor war total gegen diese Windräder. Er war ein richtiger Naturfreund.« Er beugte sich vor und wedelte mit dem Stumpen vor mir herum. »Sigurðsson ist ein feiner Kerl. Er hat mir abgeraten, das Land zu verkaufen. Die werden den Kramer noch kennenlernen, gopferdeckel!« Nun lehnte er sich schwer atmend zurück, schaute mich aber zufrieden an.

Während seiner Tirade war mir klar geworden, dass meine Vermutung, die Windkraftlobby stecke hinter dem

Anschlag auf Helgi, völlig falsch war. Er war zwar ein international anerkannter Archäologe, aber er hatte keinerlei Möglichkeiten, den Windpark auf der Nurinahöhe zu verhindern. Nein, Helgi war völlig harmlos, ganz im Unterschied zu Herrn Kramer. Mit seiner Weigerung, das Landstück zu verkaufen, stellte er das wesentliche Hindernis dar. Und außerdem schien er die treibende Kraft bei dieser Bürgerinitiative zu sein. Nur machte das alles keinen Sinn: Herr Kramer war nicht angegriffen worden, er lag nicht mit gebrochenen Knochen im Spital, sondern saß quicklebendig, einen Stumpen paffend, vor mir.

Aber vielleicht hatte er eine Erklärung für Helgis Mail und die Fotos. Die beiden schienen ja in engem Kontakt gestanden zu haben. Aus meiner Tasche holte ich die Bilder.

»Vielleicht können Sie mir weiterhelfen. Helgi hat mir ein rätselhaftes Mail geschickt. Er habe einen Troll entdeckt und brauche meine Hilfe. Diese Fotos hat er beigefügt. Ich verstehe einfach nicht, was er mir mitteilen wollte.«

Herr Kramer holte eine Brille vom Kaminsims und beugte sich über die Bilder. Auch seine Frau schaute alles an. »Dass er die schönen Blumen und Wurzeln fotografiert hat, kann ich ja verstehen«, meinte sie, »aber warum diese Steine und Pfützen? Das ist doch nichts Schönes!«

Auch Herr Kramer warf mir einen ratlosen Blick zu. »Vielleicht hat es etwas mit den Ausgrabungen zu tun? Haben Sie Sonja schon gefragt?«

»Ja, aber sie kann sich auch keinen Reim darauf machen.«

Nun blickte Herr Kramer auf die Uhr und erhob sich. »Dann warten Sie einfach, bis Helgi wieder aufwacht. Es hat keinen Sinn, lange zu grübeln, er wird bestimmt eine schlaue Erklärung haben. Helgi kommt wieder, der hat eine starke Natur!« Er grinste. »Einen Troll hat er entdeckt. Diese Isländer sind einfach verrückt.«

Wir verabschiedeten uns und ich trottete mit Bolli zurück ins Hotel. Eigentlich hatte Herr Kramer recht. Warum nicht einfach abwarten, bis Helgi selber alles auflösen konnte?

## KAPITEL 17

Am nächsten Morgen war mir das Glück nicht mehr gesonnen. Diesmal gab es kein ungestörtes, friedliches Frühstück. Als ich den Speiseraum betrat, winkte mir nämlich von Muhleren eifrig zu. Er hatte sich die Serviette in den Halsausschnitt gesteckt und löffelte ein Ei.

»Herr Professor«, rief er, »guten Morgen!« Offenbar hatte er schon vergessen, dass er mich gestern noch geduzt hatte. Ich nickte ihm zu und wählte einen Tisch möglichst weit von ihm entfernt, was ihn aber keineswegs davon abhielt, sich kurze Zeit später zu mir zu gesellen. »Haben Sie gesehen?«, fragte er und wedelte mit einem Blatt Papier herum, »heute Abend findet in Domins eine Informationsveranstaltung statt.« Er reichte mir einen Flyer, der überschrieben war mit »Informationsabend Windenergie im Val Dulain«. Die Veranstaltung fand im Saal des Hotels Krone in Domins statt. Von dem Hochglanzprospekt lächelte mir der Referent, ein gewisser Pirmin Widmer, leutselig entgegen. Er war Präsident der Swiss WindPower SWP.

»Professor Sigurðsson war gegen dieses Projekt«, klärte mich von Muhleren auf. »Wir sollten unbedingt hingehen, damit wir ihm später alles erzählen können.«

Selbstverständlich wollte ich mir diesen Anlass nicht entgehen lassen, aber wie konnte ich es vermeiden, dass diese Nervensäge mich begleitete?

In diesem Moment kam Adriana zu unserem Tisch. »Wir fahren mit dem VW-Bus hin, wenn ihr wollt, können wir euch mitnehmen.«

Von Muhleren strahlte. Ich nutzte die Gelegenheit, um ihn zu fragen, ob er heute den Hund hüten könne, da ich alleine eine Wanderung machen wolle. Er willigte sofort ein, ohne zu fragen, welches Wanderziel ich hatte. Darüber war ich erleichtert. Bestimmt hätte er darauf bestanden, mich zu begleiten, wenn ihm zu Ohren gekommen wäre, dass ich die Ausgrabungsstätte bei Grunatsch besichtigen wollte. Bolli konnte ich nicht dabeihaben, weil ich nicht wusste, ob auf den Alpweiden Mutterkühe mit ihren Kälbern weideten. Ich wollte nichts riskieren.

Kurz darauf brach ich auf. Der Weg führte auf der linken Talseite am Bach entlang und bog dann nach Überqueren einer kleinen Holzbrücke steil nach rechts ab. Curdin hatte mir gesagt, ich könne auch einfach dem Fahrweg folgen, aber ich nahm lieber den schmalen Pfad. Mit gesenktem Kopf stieg ich bergauf und konzentrierte mich ausschließlich auf den Rhythmus von Beinen, Lunge und Herz. Schon bald musste ich stehen bleiben, um meinen Puls zu beruhigen. Matthias Gamper hätte gestaunt. Vom Tal her hörte ich den Autoverkehr, aber als dann der Weg einen großen Bogen machte, wurde es ganz still. Ich hatte mein Fernglas dabei und suchte den gegenüberliegenden Hang nach Gämsen oder Steinböcken ab, doch nichts war zu entdecken. Hin und wieder sah ich kleine Vögel durch die Äste huschen, ich vermutete, dass es Mönchs- oder Tannenmeisen waren.

Nach etwa einer Stunde erreichte ich eine lang gezogene Lichtung, auf der zwei alte, verfallene Holzhütten standen. Nach Curdins Wegbeschreibung lag Grunatsch etwa 100 Meter weiter oben. Der Weg sei nicht beschildert, ich solle einfach dem Waldrand folgen und dann noch die letzte Steigung über eine Wiese hochgehen. Bereits jetzt spürte ich Schmerzen in den Knien und in der Hüfte und ich dachte mit Sorge an den Abstieg. Dummerweise hatte ich keine Wanderstöcke dabei. Es war lange her, dass ich in den Alpen gewandert war, und es hatte nie die Notwendigkeit bestanden, mir eine Ausrüstung zu kaufen.

Keuchend erreichte ich endlich das Areal der Ruine Grunatsch und staunte einmal mehr, mit welcher strategischen Weitsicht im Mittelalter die Burgen gebaut worden waren. Von hinten geschützt durch eine steil abfallende Felswand, hatte man nach vorne einen grandiosen Ausblick in die Weite des Tals. Im Dorfladen hatte ich eine Broschüre, herausgegeben vom Archäologischen Dienst Graubünden, gekauft. Die Geschichte der Burg war noch sehr unklar. Die Bodenfunde, welche man bis jetzt entdeckt hatte, belegten ihre Nutzung zwischen circa 1200 und 1350. In den schriftlichen Überlieferungen wurde das ritterliche Geschlecht Grunatsch nur selten erwähnt, so zum Beispiel in Urkunden des Klosters Domins aus dem Jahre 1145. Die Quellenlage war allerdings dürftig und die Wahrscheinlichkeit, dass diese Dokumente gefälscht waren, recht groß. Die Ausgrabungen sollten weitergeführt werden, um mehr Informationen zu erhalten, und es war geplant, Abschnitte der Mauern zu sanieren, wieder hochzuziehen und Teile der Burg zu rekonstruieren. Allerdings fehlte es hierzu noch an der Finanzierung.

Das Gelände war mit rot-weißen Plastikbändern abgesperrt und ein Schild informierte, dass das Betreten verboten sei. Ich kümmerte mich nicht darum und kroch unter dem Band durch. Viel zu sehen gab es nicht. Einige Mauerreste folgten der Linie der Felskante und im vorderen Teil befand sich ein unregelmäßiges Viereck, das von einer dicken Mauer umgeben war, vermutlich der Turm. Die sensationellen Funde waren allerdings nicht mehr hier, sondern nach Chur transportiert worden. In einer trockenen Felsspalte hinter der rückwärtigen Mauer der Burgkapelle hatte man Tierknochen, Pflanzenreste, zahlreiche Holzstücke, Leder-, Seil-

und Pergamentreste, Metallgegenstände, Kämme und Gefäße gefunden.

Wie hatte sich wohl das Leben in dieser Burg abgespielt? Wer hatte hier gelebt? Es war spannend, wie sich schon aus wenigen Funden das Leben und die Wirtschaftsverhältnisse erschließen ließen. Sobald Helgi wieder gesund und arbeitsfähig wäre, würde er an der Auswertung mitarbeiten. Das war seine Leidenschaft. Ich setzte mich auf einen umgestürzten Baumstamm, aß mein Schinkensandwich und sinnierte über das Leben im Mittelalter. Plötzlich bemerkte ich eine Bewegung am gegenüberliegenden Berghang. Schnell griff ich zum Fernglas und entdeckte ein großes Rudel Rotwild, das gemächlich ein Geröllfeld überschritt. Mein Herz schlug heftig. Diese wunderbaren Tiere zu beobachten – das war noch besser als alte Knochen und Steine!

Der Abstieg über den Fahrweg war weniger schlimm als erwartet, da er sich in langen Kehren gemächlich bis ins Tal zog.

Es blieb noch genug Zeit für das Abendessen, das ich diesmal nicht alleine zu mir nahm, sondern in der Gesellschaft von Herbert von Muhleren. Er hatte ja den Hund gehütet und da musste ich wohl oder übel etwas entgegenkommend sein. Während wir Polenta mit frischen Eierschwämmchen aßen, erzählte er mir von seiner Tätigkeit als Sekundarschullehrer in Niederscherli. Er hatte 40 Jahre lang Französisch, Deutsch und Geschichte unterrichtet und war in verschiedenen Gremien aktiv gewesen: Kirchenpflege, Turnverein, Männerchor. Auch Laientheater hatte er gespielt. Seit zehn

Jahren war er pensioniert. Er war verwitwet, hatte vier erwachsene Kinder und neun Enkel. Mir fiel auf, dass er heute ganz vernünftig wirkte, er erzählte zwar weitschweifig und umständlich, aber er verschonte mich mit abstrusen Geschichten von geheimen Botschaften und Dämonen. Den Skiunfall erwähnte er nicht. Sein linkes Augenlid zuckte allerdings immer wieder, vielleicht war das eine Spätfolge. Bei einem Malanser Blauburgunder gingen wir wieder zum Du über. Ob er das am nächsten Tag noch wüsste, würde sich zeigen. Für das Dessert reichte die Zeit nicht mehr, denn um 19.30 Uhr wartete Curdin mit seinem VW-Bus auf uns.

## KAPITEL 18

Die Infoveranstaltung fand im Martinssaal des Klosters Domins statt. Der Saal war brechend voll, ich schätzte, dass mindestens 300 Personen anwesend waren. Offenbar bewegte das Thema die Leute. Eingeladen zu dieser Veranstaltung hatten verschiedene Ämter und Organisationen, die alle im Strombereich aktiv waren: das Amt für

Energie und Verkehr des Kantons Graubünden, die Vereinigung Bündnerischer Elektrizitätswerke, das Betreiberunternehmen Enercompetence und die Vereinigung zur Förderung der Windenergie in der Schweiz – Swiss WindPower SWP.

Am Eingang stand ein junger Mann in hellem Anzug. »Dario Frey, Enercompetence – Executive Assistant«, konnte ich auf seinem Namensschild lesen. Er hieß uns willkommen und drückte uns eine Hochglanzbroschüre in die Hand: »Für die Umwelt – für die Zukunft!« Mehrere Schlagworte waren fett gedruckt: »sicher, sauber, swiss made, ausgereift und zuverlässig, gewollt und akzeptiert, Wertschöpfung – auch vor Ort«. Zwei Knaben lächelten mit nach oben erhobenem Daumen in die Kamera. Im Hintergrund waren drei Windkraftwerke vor einem Rapsfeld abgebildet. Das fing ja schon einmal gut an.

Adriana und Curdin setzten sich zu Bekannten aus der IG, Herbert von Muhleren und ich fanden nur noch in der drittletzten Reihe einen Platz.

Eine junge Frau in streng geschnittenem blauem Kostüm begrüßte die Anwesenden und stellte den Referenten, Dr. Pirmin Widmer, vor. Sie hatten gut ausgewählt: Widmer schien alle Eigenschaften zu haben, um als völlig integer und vertrauenswürdig zu erscheinen, ein wahrer Musterknabe. Er war Präsident der Swiss WindPower SWP, passionierter Jäger, glücklicher Familienvater von vier Kindern und betrieb ein eigenes Ingenieurbüro in Thusis. »Außerdem ist er einer der kompetentesten Fachleute im Bereich der Windenergie«, beteuerte die Moderatorin. »Nach den Referaten haben Sie Gelegenheit, Fragen an ihn und weitere Fachleute zu stellen.«

Pirmin Widmer kam im Laufschritt aufs Podium, rieb sich die Hände und rief strahlend ins Publikum: »Cordial beinvegni! Herzlich willkommen in Domins!«

»Oje«, ächzte eine Frau hinter mir, »ein manischer Optimismus-Verströmer!«

Er war etwa 40 Jahre alt, groß, schlank, mit kurz geschnittenem braunem Haar und Dreitagebart. Er trug Jeans, ein helles Hemd und eine braune Cordjacke. In der nächsten halben Stunde zeigte er eine PowerPoint-Präsentation mit circa 30 Folien. Mir wurde schon nach der dritten schwindlig. Er sprach von der Energiestrategie des Bundes, Klimazielen, Nachhaltigkeit, Versorgungssicherheit, Wertschöpfung, zeigte Statistiken, Diagramme und Kurven. Die Frau hinter mir hatte recht gehabt, die Adjektive, die er ununterbrochen mit begeistertem Lächeln in den Saal warf, hätten jedem seriösen Werber die Schamröte ins Gesicht getrieben: sauber, effizient, klimafreundlich, zukunftsträchtig, ausgereift, zuverlässig, sicher, ertragreich, modern, schadstofffrei.

Endlich kam er zum Schluss: »Windenergieanlagen haben sich weltweit hunderttausendfach bewährt. Die Stromproduktion mit erneuerbarer Windenergie ist sehr sicher, erzeugt weder $CO_2$ noch Schadstoffe. Und als einheimische Energiequelle reduziert sie unsere Abhängigkeit von politisch instabilen Regionen.« Er breitete weit die Arme aus: »Es lebe Graubünden, es lebe unser schönes Tal! Danke, engraziel!« Einige Leute applaudierten.

Nun trat eine Frau ans Rednerpult, die als Geschäftsführerin des Unternehmens Enercompetence vorgestellt wurde, Frau Anneliese Krompholz. Enercompetence war zuständig für die Planung, den Bau und Unterhalt der Anlagen im Val Dulain. Sie war groß, kräftig und trug über einer weißen Bluse einen eng anliegenden schwarzen Blazer. Auch das kurz geschnittene Haar war tiefschwarz, was ihr Gesicht ungesund bleich wirken ließ. Ihr Mund war dezent geschminkt und an den Ohren trug sie kleine weiße Perlen. Sie erinnerte mich sofort an meine Englischlehrerin am Gymnasium, die uns im Chor mit rhythmischem Klatschen Zeitformen der Verben hatte aufzählen lassen. Ich schätzte sie auf etwa 40 Jahre. Zuerst stellte sie das Unternehmen vor, das bereits erfolgreich mehrere Windparks in der Schweiz realisiert hatte, unter anderem auf dem Mont Crosin im Jura und auf dem Gütsch im Kanton Uri.

»Sie sehen, wir sind absolut bergtauglich und alpenerprobt!«, beteuerte sie und lächelte angestrengt ins Publikum. »Die Planung für den Bau der Windkrafträder hier im Val Dulain hat mehrere Jahre gedauert. Wie Sie wissen, mussten wir ein erstes geplantes Vorhaben bei Grunatsch aufgeben, aber nun sind wir nach langwieriger und sorgfältiger Prüfung sehr glücklich, dass wir auf der Nurinahöhe ein geeignetes Gebiet ausweisen können.« Sie projizierte eine Karte auf eine Leinwand und markierte mit einem Pointer das Areal. Dann zeigte sie eine Fotosimulation des Bergrückens, auf der mehrere Windräder winzig klein zu sehen waren. Im Publikum hörte man Getuschel.

Eine Frau rief dazwischen: »Dafür muss ja fast der ganze Wald gerodet werden!«

Frau Krompholz nickte. »Tatsächlich ist für einen Teil der geplanten Anlagen und für die Zuwegung eine

Waldrodung nötig, es handelt sich aber um ein vergleichsweise kleines Areal.« Sie räusperte sich und nahm einen Schluck Wasser. »Insgesamt sind zwölf Windräder geplant«, fuhr sie fort. »Eine Anlage mit drei Megawatt elektrischer Leistung erzeugt jährlich so viel Strom, wie 2.000 Haushalte im Jahr benötigen. Mit diesen zwölf Anlagen können wir also 24.000 Haushalte mit Strom versorgen.« Triumphierend schaute sie ins Publikum. Wieder gab es Applaus, mir schien aber, dass er deutlich schwächer geworden war.

Krompholz machte eine Pause und präsentierte dann einen Zeitplan. »Wir beabsichtigen, nächsten Frühling mit dem Bau zu beginnen, und spätestens im Herbst werden sich die ersten Räder drehen.«

»Das ist noch lange nicht gesagt!«, rief ein Mann und ich erkannte die Stimme von Herrn Kramer, »die notwendigen Bewilligungen liegen noch gar nicht vor. Und außerdem kommt es noch zu einer Konsultativabstimmung.«

Die Referentin verzog keine Miene. »Wir sind zuversichtlich, dass wir in Kürze die letzten Bewilligungen erhalten. Bund und Kanton haben sehr positive Signale gesandt und ich bin sicher, dass sich auch die lokale Bevölkerung hinter das Projekt stellt.« Ihre Lippen hatten sich zu einem Lächeln verkrampft. Jemand aus dem Publikum pfiff und einige Jugendliche johlten.

Nun sprang Pirmin Widmer auf und stellte sich neben Frau Krompholz. Er runzelte die Stirn und setzte eine besorgte Miene auf. »Meine Damen und Herren, liebe Dulainerinnen und Dulainer, wir möchten die Diskussion sachlich und fair führen. Windenergie weckt Emotionen, das ist allgemein bekannt, aber wenn man ganz nüchtern die Fakten sieht, wird völlig klar, dass wir die Windkraft brauchen. Es gibt keine Alternative! Sie, die in diesem wunderschönen Tal wohnen, können stolz sein, dass hier der erste Windpark im Kanton realisiert wird. Das Val Dulain wird in die Geschichte eingehen, das Val Dulain schreibt die Energiepolitik des Kantons Graubünden neu!«

Die junge Frau im blauen Kostüm ergriff nun das Mikrofon. »Damit kommen wir zum zweiten Teil des Abends und werden sehr gerne Ihre Fragen beantworten. Von der Firma Enercompetence ist Dr. Xavier Krähenbühl bei uns, der gerne Auskunft gibt zu allen technischen Details.«

Ein kleiner magerer Mann mit brauner Hornbrille betrat die Bühne.

»Wie hoch werden diese Dinger?«, fragte jemand.

»Vorgesehen sind Modelle des Typs Vestas mit einer Nabenhöhe von 155 Metern.« Krähenbühls Stimme klang spröde. Er schien kein Freund der vielen Worte zu sein. Umso besser!

Nun stand Herbert von Muhleren auf. Der junge Mann, der uns beim Eingang begrüßt hatte, eilte mit einem Mikrofon zu ihm. »155 Meter«, rief Herbert und lief rot an, »das ist ja höher als der Turm des Berner Münsters, der höchste Kirchturm der Schweiz!« Er klammerte sich ans Mikrofon und begann über den Turmbau zu Babel zu referieren. Ich musste grinsen. Vielleicht war es doch gut, dass er mitgekommen war. Schließlich riss ihm der Mitarbeiter von Enercompetence das Mikrofon mitten im Satz aus der Hand.

Krähenbühl hatte keine Miene verzogen. »Die Grundsteinlegung für das Berner Münster war im Jahr 1421, heute sind wir glücklicherweise etwas weiter beziehungsweise höher gekommen. Denken Sie an den Roche-Turm in Basel, der hat stolze 178 Meter.« Er lächelte süffisant. Es war völlig klar, dass er auf sämtliche Fragen vorbereitet war. Herbert neben mir brummelte unzufrieden.

Nun meldete sich wieder Herr Kramer zu Wort: »Die Trockenlegung und die Waldrodung sind ein absoluter Skandal! Dadurch geht der Lebensraum vieler Tiere verloren. Alle reden von Biodiversität, und wir hier im Val Dulain schauen zu, wie man Naturparadiese zerstört. Zeigen Sie uns doch einmal, wie viel Fläche verbaut wird!«

Krähenbühl schob seine Brille zurecht. »Windenergie hat einen vergleichsweise geringen Flächenverbrauch. Für eine moderne Onshore-Anlage mit drei Megawatt Leistung wird knapp die Fläche eines halben Fussballfeldes benötigt.«

Ein Mann mit grauem Bart erhob sich: »Zwölf Räder, das macht also die Fläche von sechs Fussballfeldern, dazu kommen dann noch die Zufahrtswege, die mitten durch den Wald führen!« Er blickte sich im Publikum um. »Erinnert ihr euch? 1990 wütete der Sturm Vivian durchs Tal und zerstörte den ganzen Schutzwald. Mehr als 50.000 Bäume wurden flachgelegt. In mühevoller Arbeit haben wir wieder aufgeforstet und nun soll in einem Handstreich das alles wieder zerstört werden! Ohne Schutzwald gibt es kein Leben in unserem Tal.«

Der Mann links von mir beugte sich zu mir und flüsterte: »Sepp Dönz, Förster im Ruhestand. Ein Fanatiker!«

Krähenbühl hob beschwichtigend die Hände. »Selbstverständlich wurde alles von den zuständigen Behörden geprüft«, sagte er. »Seit Oktober 2012 empfehlen das Bundesamt für Energie, das Bundesamt für Umwelt und das Bundesamt für Raumentwicklung, den Wald nicht mehr als Ausschlussgebiet für Windenergieanlagen zu behandeln, sondern es soll möglich sein, die Schutz- respektive Nutzungsfunktion des Waldes mit der Windenergienutzung abzuwägen. Die Umweltverträglichkeitsprüfung dient dazu, entsprechende Abklärungen zu tätigen.«

»Beamtengefasel«, brummte die Frau hinter mir.

Nun ergriff auch Frau Krompholz wieder das Wort: »Die geplanten Kraftwerke stehen in einem Abschnitt, der problemlos bebaut werden kann, und die Zuwegung wird nach Fertigstellung des Baus wieder aufgeforstet. Es liegen Gutachten von anerkannten Fachstellen, sowohl vom Amt für Wald und Naturgefahren wie auch vom Forstdepartement des Kantons Graubünden, vor.« Sie klang wie eine Schülerin, die ein auswendig gelerntes Gedicht herunterleierte. Dass die Zufahrten für spätere Reparaturen frei gelassen werden müssten, verschwieg sie geflissentlich.

In der nächsten Fragerunde ging es um die Beteiligungsmöglichkeiten der Bevölkerung am Projekt. Widmer setzte sich wieder in Szene: »Selbstverständlich bietet der Bau dieses großartigen Windparks für die lokale Bevölkerung verschiedene Vorteile: Sie können sich durch Aktienkauf am Projekt beteiligen. Außerdem, meine Damen und Herren, werden Arbeitsplätze geschaffen, Arbeitsplätze für das lokale Gewerbe! Und letztendlich profitieren auch die Standortgemeinden von Steuereinnahmen, eventuellen Pachtzinsen und Beteiligungen an Anlagen.« Er zeigte eine Statistik und eine Kurve, die steil nach oben führte.

»Aber die Immobilienpreise, die sinken!«, rief eine Frau, die ich als Kundin aus dem Dorfladen erkannte.

»Nein, nein, diese Befürchtung entbehrt jeglicher Grundlage: Windenergieanlagen haben nachweislich keinen negativen Langzeiteffekt auf Immobilienpreise«, beteuerte Widmer, »das zeigen verschiedenste Untersuchungen aus Deutschland, der Schweiz, Kanada und Amerika.«

Blöder Schwätzer, dachte ich, mit Studien lässt sich jede Behauptung belegen, je nach Auftraggeber, das weiß jeder Student schon im ersten Semester.

Ein bärtiger Mann erhob sich. »Hier im Tal wird vorwiegend noch Landwirtschaft betrieben und im Herbst findet die Jagd statt. Diese Anlagen stören unsere Nutztiere und das Wild.«

Nun war Widmer in seinem Element. »Als passionierter Jäger gebe ich Ihnen darauf gerne Antwort. Verschiedene Studien belegen, dass absolut keine Gefahr besteht. Die Tiere passen sich den neuen Gegebenheiten sehr schnell an. Eine Windturbine ist für sie eine kalkulierbare Störquelle. Auch der Einfluss von Windenergieanlagen in der Nähe von Weiden und Ställen wurde untersucht und es konnten absolut keine Verhaltensauffälligkeiten festgestellt werden.«

»Und die Vögel? Das gibt doch ein Gemetzel, wenn sie in die Rotoren fliegen!«

Widmer lächelte wieder wohlwollend wie ein Pfarrer bei der Sonntagspredigt. »Wir verstehen sehr gut, dass sich Vogelliebhaber Sorgen machen, und nehmen diese sehr ernst. Gerade deshalb wurden zahlreiche Studien von renommierten wissenschaftlichen Instituten unter Beizug der Vogelschutzorganisationen durchgeführt. Sie belegen, dass Windenergieanlagen Vögel kaum beeinträchtigen. Dank neuer technischer Lösungen können die möglichen Auswirkungen so weit reduziert werden, dass der per Gesetz geregelte Schutz bedrohter Vogelarten gewährleistet ist.«

Der ging mir mit seinen Studien ganz schön auf die Nerven.

»Die wahre Gefahr für die Vögel droht von ganz anderer Seite. BirdLife International schätzt, dass 75 Prozent der Vogelarten durch den Klimawandel bedroht sind. Was brauchen Vögel also? Richtig: Klimaschutz! Und Windenergie ist die beste Klimaschutzmaßnahme!« Er lächelte aalglatt. »Was natürlich auch für uns Menschen gilt.«

Ich schielte auf die Uhr. Dies war eine reine Propagandaveranstaltung und ich begann, mich zu langweilen.

Aber dann erhob sich Adriana. Ihre Stimme zitterte. »Das Val Dulain ist bei Touristen beliebt wegen seiner Ruhe und Abgeschiedenheit. Vor zwei Jahren haben wir im Dorf die Interessengemeinschaft Pro Val Dulain gegründet, um sanften Tourismus zu fördern. Wenn jetzt Windräder gebaut werden, können wir das vergessen. Wer will schon den ganzen Tag das Heulen dieser blöden Propeller hören?«

Bevor Widmer antworten konnte, meldete sich ein junger Mann mit großer Hornbrille und bleicher Haut zu Wort: »Ich spreche hier im Namen der Stiftung Fledermausschutz. Die Rotoren von Windkraftanlagen töten Fledermäuse. 95 Prozent der Flüge des Großen Abendseglers – der hier unter anderem betroffen ist – finden etwa in einer Höhe von bis zu 144 Metern statt, also unmittelbar im Bereich der Rotorblätter. Damit besteht ein signifikant erhöhtes Tötungsrisiko, was gemäß Natur-, Heimat- und Tierschutzgesetz strengstens verboten ist.« Das Gesicht des Redners hatte sich gerötet. Er blätterte eifrig in seinen Akten und begann mit leiernder Stimme aus Gesetzestexten vorzulesen.

»Alles Ökos und Tierschützer! Diese Fledermäuse übertragen sowieso nur Krankheiten. Umso besser, wenn sie aussterben«, zischelte der Mann neben mir.

Nun ergriff Krähenbühl das Wort und unterbrach den Fledermausschützer schroff: »Selbstverständlich haben wir diesbezüglich genaue Abklärungen getroffen und werden die notwendigen Schutzmaßnahmen durchführen. Im ersten Betriebsjahr werden die Anlagen im Sommer ab Sonnenuntergang bis Sonnenaufgang abgeschaltet, wenn günstige Flugbedingungen für Fledermäuse bestehen. Um weitere Verbesserungen zu ermöglichen, wird zusätzlich ein sogenanntes Gondelmonitoring durchgeführt, um standortspezifische Abschaltalgorithmen zu ermöglichen. Somit liegen keine erheblichen Beeinträchtigungen von Fledermäusen und kein Verstoß gegen Artikel 20, Absatz 2a des Natur- und Heimatschutzgesetzes vor.«

Der junge Mann konnte nichts mehr erwidern, das Mikrofon hatte man ihm bereits weggenommen. Und ich überlegte, ob wohl irgendjemand im Saal wusste, was ein Gondelmonitoring ist und was man unter Abschaltalgorithmen versteht. Ich jedenfalls hatte keine Ahnung. Aber ich kannte das: Mit Fremdwörtern wird um sich geschlagen, wenn man die Leute einschüchtern und sich aufblasen will. Ein widerliches Machtgehabe.

Herbert neben mir rutschte unruhig auf dem Stuhl herum. »Ich sollte dringend pinkeln«, flüsterte er.

Nun erhob sich eine Frau, ergriff das Mikrofon und blickte ruhig ins Publikum. »Das Val Dulain ist nicht spektakulär, ganz im Gegenteil. Es ist eher schlicht und gerade deshalb vielleicht so beruhigend. Ich bin in diesem Tal geboren und ich fühle mich in seiner Landschaft wohl. Aber diese Windräder verändern alles, sie zerstören das Landschaftsbild. Vor allem aber verändern sie mein Gefühl, dass dies hier mein vertrautes Zuhause ist. Wir sollten uns gut überlegen, welche Entwicklungen wir für unser Tal wünschen und brauchen. Der sogenannte Fortschritt bedeutet für uns, die wir hier leben, keine Verbesserung. Das Val Dulain ist unsere Heimat, wir sollten Sorge zu ihr tragen.« Im Saal war es ganz still geworden.

Der Mann neben mir beugte sich zu mir: »Sentimentales Weibergeschwätz! Aber man muss bedenken: Ihr Mann ist vor drei Jahren verunglückt.« Der Typ ging mir auf die Nerven. Zu jedem Redner gab er unaufgefordert seinen Kommentar ab.

Widmer nickte bedächtig, setzte ein mildes Lächeln auf und gab seiner Stimme einen warmen Klang. »Ich verstehe, was Sie meinen. Sie sprechen von Heimat. Sie haben vermutlich immer hier gelebt und kennen nichts anderes. Es soll immer alles genauso bleiben, wie es ist, nicht wahr?« Um seinen Mundwinkel lag ein verächtlicher Zug. Er strich sich übers Kinn und fuhr dann in schulmeisterlichem Ton fort: »Allerdings war es in der Geschichte stets so, dass der Mensch sich die Landschaft schuf, die er zum Leben brauchte. Erst wurden die Wälder radikal gerodet, um Ackerflächen zu gewinnen, dann wurde wieder aufgeforstet, um Holz zu gewinnen. Auch die Kraft des Windes hat die Menschheit vorangebracht – seit Jahrtausenden. Angetrieben vom Wind haben uns Segelschiffe die Welt entdecken lassen und mit dem Mehl aus Windmühlen konnten wir Brot backen und unsere Familien ernähren. Wir müssen den Wandel nicht fürchten. Schon John F. Kennedy sagte: ›Veränderung ist das Gesetz des Lebens. Diejenigen, die nur auf die Vergangenheit oder die Gegenwart blicken, werden die Zukunft verpassen.‹ Und das wollen wir nicht. Schauen Sie: Wir haben gar keine Wahl! Es geht darum, eine Klimakatastrophe abzuwenden, es geht darum, zu überleben. Dieses Tal, werte Damen und Herren, wird gerade durch die Windräder an Qualität gewinnen. Das Val Dulain wird ein Symbol für die Symbiose von Natur und Technik, von Tradition und Moderne, und das erst macht doch die Qualität von Heimat aus!« Einige Zuhörer applaudierten.

Ich spürte Wut in mir hochsteigen. Diese süffisante Überheblichkeit, dieses hohle Gelaber. Der Mann neben mir murmelte: »Genauso ist es. Die Welt verändert sich, aber diese Hinterwäldler wollen den Fortschritt verhindern.«

Nun stand auch ich auf. Normalerweise nenne ich weder meinen Namen noch meinen Titel. Doch jetzt tat ich es: »Meine Damen und Herren, mein Name ist Fridolin Berger, ich bin emeritierter Geschichtsprofessor der Universität Basel und sehe mich genötigt, zum Geschichtsverständnis des Referenten kurz Stellung zu nehmen: Tatsächlich war es in der Geschichte stets so, dass der Mensch auf die Landschaft einwirkte und sie gestaltete. Aber die Bauern im Mittelalter wussten, dass sie von der Natur abhängig waren, und merkten sofort, wenn sie zu stark eingriffen. Wenn sie beispielsweise einen Schutzwald rodeten, um Weideflächen zu gewinnen, folgten Lawinen, Erdrutsche und Erosionen. Im 18. und 19. Jahrhundert kam es dann durch die Industrialisierung zu großen Veränderungen: Zunächst ließen Unternehmer riesige Wälder für den Bergbau und die Erzverarbeitung abholzen. Nachdem die Holzvorräte erschöpft waren, erforderte die erhöhte Produktion von Eisen und Stahl enorme Mengen an Kohle, deren Verbrennung die Luft stark belastete. Vor allem in den Ballungszentren konnte man kaum mehr atmen, die Luft war voller Rauch und giftige Schwefeldioxidverbindungen führten zu einem Waldsterben. Auch den Gewässern und Böden wurden während der Industrialisierung Schäden zugefügt: Chemikalien, Düngemittel und andere Abwässer landeten in den Flüssen und verseuchten sie so stark, dass das Wasser ungenießbar wurde. Durch den Bau von Windkraftanlagen würde die schöne Landschaft hier im Val Dulain unwiderruflich verändert. Es geht nicht um sentimentale Nostalgie, wie Herr Widmer sie meiner Vorrednerin unterstellt, sondern um den Erhalt einer einmaligen Kulturlandschaft!«

Ich sah, wie Widmer ungeduldig auf seine Armbanduhr schaute. Er gab Dario Frey einen Wink. Doch ich ließ mich nicht unterbrechen.

»Meinen Studenten habe ich beigebracht, dass Geschichte sich nie eins zu eins wiederholt. Aber wir können aus ihr lernen. Sie hat gezeigt, dass es sich rächt, wenn der Mensch gegen die Natur handelt. Sie bildet unsere Lebensgrundlage und wir sollten sie nicht leichtfertig für die Profitinteressen der Industrie aufs Spiel setzen!«

Dario Frey nahm mir mit gequältem Lächeln das Mikrofon weg. Unter Applaus setzte ich mich, aber auch einige Buhrufe erklangen. Mein Sitznachbar warf mir einen vernichtenden Blick zu.

Widmer setzte sein schleimiges Lächeln auf und bedankte sich für diesen wertvollen Beitrag. Er fühle sich geehrt, dass sogar ein Professor aus Basel sich für Angelegenheiten in diesem abgelegenen Tal interessiere. Auch er sei absolut überzeugt, dass wir aus der Geschichte lernen könnten, ja müssten. Und gerade deshalb dürften solche Irrtümer wie früher nicht wiederholt werden: keinen vermehrten $CO_2$-Ausstoß, keine Atomkraft, keinen Kohleabbau, keine fossilen Energien. Er runzelte die Stirn und setzte eine bekümmerte Miene auf. »Man hat uns unterstellt, es gehe um reinen Profit. Jawohl, werter Herr Professor, das kann ich bestätigen: Es geht uns um Profit, und zwar Profit für die Natur, für das Klima, für unsere Kinder und Enkel. Der Wind selber ist ja Natur und kann uns deshalb gar nicht schaden. Windkraft ist absolut sauber. Ein chinesisches Sprichwort sagt: ›Wenn der Wind der Veränderung weht, bauen die einen Mauern und die anderen Windmühlen.‹«

Er machte eine Pause und rief dann beschwörend: »Nus Grischuns – wir Bündner vertrauen dem Fortschritt, wir bauen keine Mauern, wir nutzen den Wind! Viva la Grischa!«

Auch jetzt klatschten einige Leute. Ich war völlig konsterniert. Gegen so viel Verblödung waren selbst die Götter machtlos. Noch weitere Leute streckten den Arm hoch, weil sie sich zu Wort melden wollten, aber Widmer gab der Moderatorin ein Zeichen. Sie bedankte sich für die sehr angeregte Diskussion und lud zum Apéro – gestiftet von Swiss WindPower SWP – ein. Herbert rannte zur Toilette und ich verließ fluchtartig den Saal. Ich hatte keine Lust auf weitere Diskussionen. In der kühlen Nachtluft drehte ich eine Runde um die Häuser und wartete dann beim VW-Bus auf Curdin.

Herbert hatte dem Apérowein fleißig zugesprochen und plapperte auf der Rückfahrt fröhlich drauflos. Er erzählte wieder etwas vom Turmbau zu Babel und dass sich die Wald- und Berggeister rächen würden. Er ging mir auf die Nerven und ich war froh zu hören, dass er am nächsten Tag abreisen wollte.

Nach einem kurzen Spaziergang mit Bolli legte ich mich ins Bett, konnte aber nicht einschlafen. Diese Infoveranstaltung hatte bei mir für schlechte Laune gesorgt. Die Energiewende hatte das Val Dulain erreicht. Für den ständig wachsenden Strombedarf der Menschen mussten Bäume, Sträucher, Blumen, Ameisen, Vögel, Insekten, Pilze Platz machen. Der Mensch war die Krone der Schöpfung und alles andere musste weichen. Ich war ja auch der Meinung, dass es notwendig war, alles zu unternehmen, um die Klimaerwärmung zu stoppen. Aber war Windkraft hier in diesem Bergtal die Lösung? Konnte Naturzerstörung das notwendige Übel sein, das man in Kauf nehmen musste?

Letztlich beruhte auch diese »Lösung« auf der Devise des unhinterfragten Wirtschaftswachstums. Immer mehr, größer, weiter, länger, schneller. Und dazu mussten neue Stromquellen geschaffen werden. Trotzdem reichte es nie. Dass vielleicht unser ganzes System umgekrempelt werden müsste, daran wagte man nicht einmal zu denken. Zu utopisch, zu beängstigend, zu fern aller realistischen Möglichkeiten.

Trotzdem hatte ich noch Hoffnung, dass dieses Monsterprojekt in der Konsultativabstimmung abgeschmettert würde. Die Fragen aus dem Publikum hatten gezeigt, dass viele Leute skeptisch waren. Curdin hegte da allerdings Zweifel: »Sie versprechen Arbeitsplätze und Aufträge für einheimische Firmen. Das will man sich nicht entgehen lassen. Und die Enercompetence lobbyiert, wo sie nur kann. Sie haben überall ihre Verbindungen und schrecken vor nichts zurück.« Das hatte er auf der Heimfahrt gesagt und trübe in die Nacht gestarrt. Der Himmel war bedeckt, kein einziger Stern leuchtete.

# KAPITEL 19

Den letzten Tag wollte ich für eine Wanderung nutzen. Im Dorfladen hatte ich eine Wanderkarte gekauft und im Hotel ließ ich mir ein Lunchpaket herrichten. Adriana hatte mir einen Ausflug zur Molinser-Hütte empfohlen. »Der Weg steigt fast immer schön gemächlich an und du hast schöne Ausblicke. Es ist nicht anstrengend, nur das letzte Stück ist steil, aber wenn du langsam gehst, sollte es kein Problem sein.«

Insgesamt betrug der Höhenunterschied 500 Meter. Das kam für mich und meine Knie natürlich nicht infrage, aber es gab viele Möglichkeiten, die Route abzubrechen und auf einem Forstweg zurückzukehren. Um 9 Uhr machte ich mich auf den Weg. Der Himmel war leicht bewölkt und es wehte ein kühler Wind. Diesmal musste ich Bolli mitnehmen, aber es war ganz angenehm, nicht alleine unterwegs zu sein.

Der Weg führte zuerst einen Wiesenhang hoch, anschließend wand er sich der Bergflanke entlang und führte auf halber Höhe in eine Talschlucht, um dann fast eben zu werden. In der Ferne heulten die Motorsägen von Forstarbeitern, sonst war nur das Rauschen des Windes in den Bäumen zu hören. Die Vögel waren heute ruhig, wahrscheinlich störten sie sich am Wind. Ich begegnete keinem Menschen. Bei einem Weiher machte ich Rast. Ich setzte mich auf einen flachen Stein und beobachtete Libellen, die über die Wasseroberfläche flogen. Es war kein besonders aufregender Anblick.

Bloß Wasser, Schilfgras, Libellen, summende Mücken, und trotzdem fühlte ich mich hineinversetzt in eine kleine Oase des Friedens. Bolli fraß Wurststücke, die ich für ihn eingepackt hatte, und schlabberte Wasser aus dem Weiher.

Das Klingeln meines Handys riss mich aus der Ruhe. Die Hunziker, schon wieder! Ich drückte sie weg. Wenn es Neuigkeiten zu Helgis Zustand gab, würde ich dies früh genug erfahren. Ich beschloss, noch bis zur nächsten Anhöhe zu gehen, und erhoffte mir von dort eine gute Aussicht zum Piz Demel und ins Nebental Randon. Wenn ich Glück hatte, konnte ich noch einmal Hirsche oder gar Steinböcke entdecken. Aber nach etwa einem halben Kilometer gab ich auf, als der Weg an ein breites Geröllfeld stieß. Das wollte ich mir ersparen.

Als ich am Berghang über mir kleine bräunliche Punkte entdeckte, die sich bewegten, hob ich erfreut das Fernglas. Es waren aber nur Schafe. Gerade als ich den Feldstecher senken wollte, bemerkte ich einen großen schwarzen Vogel. Ein Adler! Ich erkannte ihn eindeutig am gerundeten Schwanz und den weißen Flecken an den Flügeln. Majestätisch drehte er seine Kreise. Lange konnte ich seinen Flug verfolgen, bevor er hinter den Wolken verschwand. Wann hatte ich das letzte Mal einen Adler gesehen? Das musste mehr als zehn Jahre her sein, vermutlich bei meinen letzten Ferien im Unterengadin. Zufrieden verstaute ich das Fernglas im Rucksack.

Nun bemerkte ich erst, dass die Sonne verschwunden war und über den Berggipfeln dunkle Wolken aufzogen. In der Ferne sah ich Wetterleuchten. Ich beschloss, sofort zurückzukehren. Als ich zum Waldrand kam, hörte ich ein dumpfes Grollen. Mir wurde angst und bang. Ein Gewitter in den Bergen, das hatte mir gerade noch gefehlt. Auf den Wetterbericht war überhaupt kein Verlass! Schnell ging ich weiter, als schon erste Tropfen fielen.

Links unterhalb des Abhangs sah ich eine Alp mit zwei Hütten. Sie lagen direkt am Weg, der aus der Talschlucht herausführte. Ich ging schnell, rannte die letzten 200 Meter und kam völlig verschwitzt und keuchend bei der ersten Hütte an. Sie war ziemlich verfallen, die kaputten Fenster waren mit Karton abgedichtet und das Dach mit Wellblech ausgebessert. Rundum war alles voller Matsch und ich konnte die Abdrücke von Kuhtritten erkennen. Die zweite Hütte war in besserem Zustand. Ich spähte durch ein Fenster hinein, konnte aber nur einen Tisch und zwei Stühle erkennen. Niemand war da.

Nun setzte sintflutartiger Regen ein. Ich rüttelte an der Tür, aber sie war abgeschlossen. Zum Glück schützte das große überhängende Dach einigermaßen vor dem Wolkenbruch und ich lehnte mich an die Wand. Bolli legte sich zu meinen Füßen. Ihn schien das Wetter überhaupt nicht zu beeindrucken. Blitz und Donner wechselten sich nun unaufhörlich ab, aber das Gewitter blieb glücklicherweise über dem Piz Demel hängen. Es bestand keine Gefahr, dass der Blitz in die Hütte einschlagen würde.

Fasziniert blickte ich in die schwarzen Wolken. Ich war stolz auf mich. Mit meinen 66 Jahren hatte ich diese Wanderung geschafft und war sogar über eine Alpweide gerannt. Mein Knie meldete sich zwar mit Stichen, aber ich beschloss, es einfach zu ignorieren. Das Grün der Weide zeichnete sich vor dem dunkelgrauen Himmel ab, die Blätter eines alten Ahornbaums neben der verfallenen Hütte rauschten.

Ich fühlte mein Herz schlagen, roch den Regen, die feuchte Erde. Schon lange nicht mehr hatte ich mich so lebendig und übermütig gefühlt. Mir fiel ein, wie ich mit meinem Götti den Käuzchenruf geübt hatte. Ich legte meine kalten Hände zusammen und blies durch den kleinen Spalt zwischen den Daumen: »Huh-Huhuhu-Huuuh!«. Es klappte noch immer. Bolli legte seinen Kopf schräg und blickte mich verblüfft an.

In diesem Moment hörte ich ein Echo: »Hooo, hooo!« War das die Antwort auf meinen Kauzruf? Nein, es war eine Männerstimme. Nun sah ich einen Älpler, der eine Kuh vor sich hertrieb. Er trug einen breitrandigen Hut, eine orange Regenweste und hohe Stiefel. Bolli bellte und wedelte, aber ich hielt ihn fest an der Leine. Die Kuh humpelte. Der Hirt trieb sie in einen Unterstand und kam auf mich zu. Unter seinem Schlapphut schaute er mich neugierig an. »Haben Sie sich verirrt?«

»Nein, eigentlich nicht, ich wollte mich hier nur unterstellen, bis der Regen vorbei ist.«

»Ein Sauwetter«, brummelte er.

Ich zeigte auf die Kuh. »Ist sie verletzt?«

»Ja, die Klaue ist entzündet.« Und nun begann er zu fluchen: »Verdammte Scheiße! Da hat wieder ein Volltrottel den Zaun umgerissen und die Kuh ist in den Stacheldraht getreten. Wenn der mir zwischen die Finger kommt, kann er was erleben!« Er knurrte grimmig.

Dann griff er unter den Dachvorsprung und holte einen großen Schlüssel hervor. »Kommen Sie, wir können auch drinnen warten.«

Im schummrigen Schein einer Deckenlampe schaute ich mich neugierig um. Es gab nur einen Raum, der etwa 20 Quadratmeter groß war. Man hatte sich Mühe gegeben, ihn einigermaßen gemütlich einzurichten. Die drei kleinen Fenster hatten gelbe, gemusterte Vorhänge. An der Wand stand ein abgewetztes Sofa, auf dem mehrere Kissen und eine gefaltete Militärwolldecke lagen. Der Boden war mit rotem Linoleum belegt und ein langer Tisch stand links an der Wand. Es roch nach feuchtem Moder und verbranntem Holz.

Der Alphirt ging zu einem Spülbecken und goss Wasser in eine verbeulte Pfanne. Über dem Herd mit zwei Kochplatten hing ein Gestell mit einigen Tellern und Tassen. Er stellte die Pfanne auf den Herd, gab Nescafé in zwei Blechtassen und holte eine Flasche unter der Spüle hervor. All seine Bewegungen waren ruhig und bedächtig. Die Tassen stellte er auf den Tisch, schenkte das heiße Wasser ein und zeigte fragend auf die Flasche. »Grappa«, erklärte er. Ich nickte und er füllte die Tassen bis zum Rand.

Als er mir gegenübersaß, konnte ich ihn genauer mustern. Er war noch jung, vielleicht 30 Jahre alt, sein Gesicht war sonnenverbrannt und er hatte einen buschigen rötlichen Bart. Auch sein lockiges Haar war rötlich und hing ihm wirr in die Stirn. »Marcel«, sagte er und stieß mit seiner Tasse an meine.

»Fridolin«, erwiderte ich.

Wir tranken schweigend und stierten aus dem Fenster. Ein angenehm warmes Gefühl erfüllte meinen Bauch.

»Was passiert mit der Kuh?«, fragte ich.

»Der Tierarzt kommt morgen früh. Ich habe es mit Wundsalbe versucht, aber sie lahmt immer stärker. Jetzt hilft wahrscheinlich nur noch ein Antibiotikum.« Er kratzte sich den Bart und schaute verdrießlich aus dem Fenster in den Regen.

»Dauert wohl noch eine Weile«, brummte er und holte aus einer Holztruhe einen Laib Schwarzbrot hervor, von dem er zwei dicke Scheiben abschnitt. Dann packte er noch zwei Würste aus, von denen er sorgfältig die Haut löste.

»Bist du hier in den Ferien?«, fragte er und warf Bolli ein Stück Wurst vor die Schnauze.

»Nur für eine Woche. Ich wohne unten in Binaglia.«

Das Brot war ziemlich hart, aber zusammen mit der geräucherten Wurst schmeckte es sehr gut. Wir kauten schweigend.

»Es gibt nicht viele Wanderer, die hier durchkommen«, meinte er schließlich, »auf der anderen Talseite sind die Wege besser ausgebaut.« Der Regen prasselte immer noch ans Fenster. »Ich habe dich gestern in Domins gesehen«, sagte er unvermittelt, »du bist dieser Professor aus Basel.«

»Ach, du warst auch an der Infoveranstaltung?«

»Ja, ich wollte mir das anhören. Saupack, verdammtes! Kommen hierher mit ihren Aktenköfferchen und den geschniegelten Frisuren und wollen unser Tal umkrempeln. Sie versprechen Arbeit und Geld, aber am Schluss geht es nur um ihren eigenen Profit.« Unwillkürlich musste ich an Helgis Worte denken: »Krieg den Profitgeiern!«

Marcel grinste nun. »Die waren nicht sehr erfreut über deine Rede.«

Ich winkte ab. »Nützen wird es nicht viel.«

Er zeigte auf Bolli. »Das ist doch der Hund vom Isländer. Der war übrigens auch gegen diesen Windpark.«

Erstaunt blickte ich ihn an. »Du kennst Helgi?«

»Ich war bei seiner Rettung dabei.«

Mit offenem Mund starrte ich ihn an.

»Er lag unten am Sumbrivaloch. Es war ein Glück, dass diese Engländer den Sturz beobachtet hatten. Wenn er nicht diese hellgelbe Jacke getragen hätte, hätten sie ihn nicht gesehen, es war ja schon düster.« Er strich sich nachdenklich über den Bart. »Zum Glück war ich hier. Diese Deppen kannten die Nummer des Notrufs nicht. Ich habe dann sofort die Rega alarmiert und bin zu ihm runtergestiegen.« Ich stellte mir vor, wie Helgi hilflos zwischen Felsen lag. Entsetzlich!

»Die Rettung war kompliziert«, fuhr er fort, »der Helikopter konnte an der Unglücksstelle nicht landen. Sie mussten sich abseilen und ihn mit einer Winde hochziehen, es dauerte sehr lange.«

»War er noch bei Bewusstsein?«

Er schüttelte den Kopf. »Ich dachte, er sei tot.« Er schauderte bei der Erinnerung. »Hoffentlich wird er wieder ganz gesund. Ein feiner Kerl!«

»Du kanntest ihn näher?«

Er goss nochmals Schnaps in die leeren Tassen. »Fast alle hier im Tal kannten ihn. Er hat gerne mit den Leuten geredet. Hier oben war er öfters, hat sich mit mir über die Alpwirtschaft unterhalten.«

Ich war aufgeregt. Helgi war hier gewesen, hatte an diesem Tisch gesessen.

»Ja, er war sehr interessiert. Die Isländer haben ja keine Alpen, nur heiße Quellen. Er hat viel fotografiert, ist in den Felsen herumgestiegen, hat Wild beobachtet, Pflanzen ausgerissen.«

Marcel wühlte in seinen Hosentaschen nach Tabak und drehte sich eine Zigarette. Auch mir drehte er eine und reichte sie mir ungefragt. Ich bin Nichtraucher, aber ich griff zu. An diesem Tag war alles anders. Als ich einen ersten Zug nahm, musste ich sofort husten.

»Weshalb bist du hier?«, fragte Marcel, »interessieren dich die Ausgrabungen?«

»Nein, ich bin gekommen, weil …«, ich stockte kurz, »… weil ich herausfinden will, ob jemand bei Helgis Absturz nachgeholfen hat.«

Marcel strich sich bedächtig durch den Bart. »So was Ähnliches habe ich mir gedacht.« Nach einem weiteren Zug an der Zigarette erzählte ich ihm alles.

Marcel hörte schweigend zu und unterbrach mich kein einziges Mal.

»Ein nackter Troll? Was hat er damit gemeint?«

Ich zuckte die Schultern.

»Und sonst? Hast du noch nichts herausgefunden?«

Ich erzählte ihm von meinem Verdacht, dass die Windkraftlobby hinter allem stecken könnte. »Hast du nichts gesehen, niemanden beobachtet, der Helgi nachgestiegen ist?«, fragte ich nach.

»Nein, ich war hinten im Wald mit Sägearbeiten beschäftigt, aber diesen Windheinis traue ich alles zu!« Er schnaubte angewidert. »Es gibt allerdings noch viele andere, die sich hier tummeln. Das Val Dulain ist als Goldgrube entdeckt worden.«

»Du meinst die Leute, die hier einen Trail-Park einrichten wollen?«

Seine Augen funkelten nun zornig. »All diese Verrückten, die den sogenannten Fortschritt predigen!« Aufgebracht schlug er mit der Faust auf den Tisch. »Sie wollen das Tal entwickeln, koste es, was es wolle. Jedes Jahr gibt es neue Projekte: Seilparks, Rodelbahnen, Alpenkino, Bikemarathons, Festivals, Klettersteige, Mondscheinwanderungen, Geißentrekking, Baden im Dorfbrunnen, Whiskybrauen, Funparks und andere Scheußlichkeiten.« Er rümpfte verächtlich die Nase.

»Der Helgi«, ereiferte er sich, »der Helgi wollte dies alles auch nicht. Er hat gesagt, wir sollen diesen Tourismusfritzen nicht trauen. Diesen vermaledeiten Kapitalisten!« Wieder haute er auf den Tisch und ich musste meine Tasse festhalten. »Wir brauchen all diesen Schmarren nicht, und schon gar keine selbstverliebten Spaßgesellschaft-Fuzzis!«

Ich war beeindruckt von seinem Wortschatz, wollte mich aber lieber nicht auf eine Diskussion über die Entwicklung des Alpenraums einlassen. Vermutlich war er auch ein Gegner der IG Pro Val Dulain.

»Ich kann nur hoffen, dass er bald erwacht und uns sagen kann, was er meinte.«

Marcel kniff die Augen zusammen. »Bei so schweren Kopfverletzungen verlieren die Leute manchmal das Gedächtnis.«

»Ja, das kann durchaus sein.«

Wir saßen nun ruhig nebeneinander, jeder in Gedanken versunken. War das nicht alles völlig verrückt? Vor vier Wochen noch war ich in Hamburg in einem hochtechnisierten, klimatisierten Konferenzsaal mit Beamer, Visualizer, Lautsprecheranlage, Funkmikrofonen und eifrigen jungen Wissenschaftlern gewesen. Und jetzt saß ich in einer düsteren Alphütte, trank Schnaps, rauchte billigen Tabak, und mir zu Füßen lag ein nach Feuchtigkeit stinkender Hund, der gierig zu unserer Wurst starrte. Wann hatte ich mich zuletzt so zufrieden gefühlt? Dankbar schaute ich Marcel an. Er mochte ein weltfremder Idealist sein, der sich jeglicher Veränderung verweigerte, aber er war großzügig und er hatte bei der Rettung von Helgi geholfen.

In mir reifte ein Entschluss. Ich wollte nicht aufgeben. Was immer mit Helgi passiert war, ich würde es herausfinden. Hartnäckigkeit und Geduld waren meine Stärken. Und wenn tatsächlich einer dieser Windparkenthusiasten Helgi das angetan hatte, würde ich es publik machen. Damit wäre das Projekt dann auch gestorben. Ich sah bereits die Schlagzeilen vor mir: »Mordanschlag auf ausländischen Professor. Swiss WindPower SWP verweigert jede Aussage. Pirmin Widmer zurückgetreten.«

Der Regen hatte nun nachgelassen und ich wollte aufbrechen, bevor es dunkel wurde. Marcel gab mir seine Telefonnummer und bat mich, ihn anzurufen, falls es zu Helgis Zustand Neuigkeiten gebe. Er wolle ihn dann unbedingt im Spital besuchen. Bolli und ich machten uns auf den Weg. Als ich mich noch einmal umwandte, stand Marcel noch immer unter der Tür und winkte.

Beim Abstieg ins Dorf musste ich höllisch aufpassen, um auf den nassen Wurzeln und Steinen nicht auszurutschen. Vom vielen Alkohol fühlte ich mich benebelt und nahm die Umwelt nur undeutlich wahr. Müde, aber euphorisch kam ich im Hotel an.

## KAPITEL 20

Am nächsten Morgen wachte ich mit einem brummenden Schädel und einem grauenhaften Muskelkater auf. Mein linkes Knie schmerzte bei jedem Schritt, es knackste, wenn ich mich setzte, und das Aufstehen von einem Stuhl oder vom WC wurde zur Qual.

»Guck nicht so blöde!«, sagte ich zu Bolli, der mich lauernd beobachtete, als ich mich mühsam anzog. »Ich bin ein alter Mann. Aber das alles blüht dir auch einmal, wenn du in die Jahre kommst, und bei dir sind es vier Beine, die dich zwicken und plagen werden.« Bolli ließ sich davon nicht beeindrucken. Er wartete auf seinen Morgenspaziergang, aber ich brauchte zuerst einen Kaffee.

Der Frühstücksraum war gähnend leer. Erstaunt blickte ich mich um. Adriana war weder an der Rezeption noch hinter der Theke anzutreffen.

»Sie hat heute frei«, erklärte eine Frau, die aus der Küche kam. Sie war leicht mollig und trug über blauen Jeans eine rot-weiß gestreifte Bluse. Ich erkannte sie sofort wieder. Sie hatte an der Infoveranstaltung das Mikrofon ergriffen und gesagt, dass die Windräder das Landschaftsbild und damit ihr vertrautes Zuhause zerstörten.

»Montags ist hier Ruhetag, aber für Hotelgäste wird natürlich der Betrieb aufrechterhalten.«

Verschämt blickte ich mich um. Nur auf einem Tisch lag ein Gedeck. Offenbar war ich der einzige Hotelgast – oder die anderen waren sehr früh aufgebrochen. Die Frau brachte einen Krug mit Kaffee.

»Mussten Sie extra meinetwegen kommen? Das ist mir wirklich unangenehm, ich hätte doch das Frühstück auch an einem anderen Ort einnehmen können.«

Sie stellte mir ein Körbchen mit Brot und Gipfeli hin und schaute mich amüsiert an. »In Binaglia gibt es keinen anderen Ort. Die Bäckerei mit dem Café hat schon vor vielen Jahren geschlossen. Und im Dorfladen bekommen Sie nur einen Kaffee aus dem Automaten. Den kann ich nicht empfehlen.« Sie rümpfte die Nase. »Immer wenn Adriana frei hat, helfe ich aus. Es ist überhaupt kein Problem, ich wohne ja hier im Dorf.«

Ich strich Butter auf meine Scheibe Brot und sah mich verstohlen nach dem Käse um. Heute gab es kein Buffet mit Selbstbedienung, was ja verständlich war. Aber vom guten Alpkäse hätte ich trotzdem gerne ein Stück bekommen. Als ob sie meine Gedanken gelesen hätte, brachte sie ein Tablett mit Käse, Joghurt, Wurst und Orangensaft.

»Sie waren auch bei der Infoveranstaltung«, sagte ich, denn es kam mir seltsam vor, so ganz still und alleine mein Frühstück zu essen, »es hat mir sehr gefallen, was Sie über die Landschaft und das Heimatgefühl gesagt haben.« Ich war nicht ganz sicher, ob ich sie duzen sollte, denn sie gehörte ja offensichtlich zum Team des Hotels.

»Diese schmierigen Typen haben mich provoziert, die wollten uns für dumm verkaufen«, meinte sie und verzog verächtlich ihren Mund.

Ich nickte zustimmend. »Sie sind hier im Tal aufgewachsen, nicht wahr?«

»Im Nachbardorf. Sehr weit bin ich nicht gekommen in meinem Leben.«

»Das geht mir auch so. Ich lebte immer in Pratteln und Basel. Nur während des Studiums war ich für ein Jahr in Dänemark und anschließend für zwei Jahre in Marburg. Aber eigentlich bin ich ganz zufrieden damit. Weit zu reisen, bedeutet nicht unbedingt, den Horizont zu erweitern.«

»Genau, das sage ich zu meinen Söhnen auch immer. Wir erleben hier einiges mit den sogenannten weltoffenen Touristen!«

Meine Neugierde war geweckt. »Was tun Sie hier, wenn Sie nicht gerade einem einsamen Gast Kaffee servieren?«

»Ich bewirtschafte den Hof hinten bei der Crappa Mulain. Es ist nur ein kleiner Hof mit einem großen Garten, zwölf Hühnern, acht Ziegen, sechs Kaninchen und einem Hund. Und außerdem fahre ich jeden Donnerstag zum Markt nach Domins. Wir verkaufen verschiedene Produkte aus dem Tal: Geißenkäse, Würste aus der Dorfmetzgerei, Teemischungen, Sirup, Honig.«

»Das ist viel Arbeit!«

»Ja, es ist eine ganz schöne Plackerei, und die zwei Jungs halten mich auch ständig auf Trab.« Ihr Gesicht hatte plötzlich einen traurigen Ausdruck. »Aber es geht, ich komme zurecht.« Sie ging in die Küche und kam zurück mit einem kleinen Glas Honig. »Hier! Den müssen Sie probieren, er stammt aus der Imkerei meines Schwagers.«

Sie blieb am Tisch stehen. »Ich habe gehört, Sie seien mit Professor Sigurðsson bekannt. Wissen Sie, wie es ihm geht?« Offenbar kannte tatsächlich die ganze Dorfbevölkerung Helgi.

»Ich war vor einigen Tagen bei ihm im Spital. Er ist nicht ansprechbar. Sollte es zu einer Veränderung kommen, würde man mich benachrichtigen. Wir müssen warten und können nur hoffen, dass er keine bleibenden Schäden davonträgt.«

»Es ist so schrecklich, dass das ausgerechnet hier im Val Dulain passiert ist.« Sie schauderte. »Nicht auszudenken, wie es ausgegangen wäre, wenn dieses Ehepaar nicht dort gewesen wäre. Nachts wird es jetzt schon sehr kalt. Ich glaube nicht, dass Helgi überlebt hätte.« Sie strich sich über die Stirn und blickte auf ihre Uhr.

»Möchten Sie nicht eine Tasse Kaffee mit mir trinken?«, fragte ich schnell und erschrak sofort über meine Worte. Es war nicht meine Art, Frauen zum Kaffee einzuladen, ich wollte nicht aufdringlich erscheinen. »Natürlich nur, wenn Sie Zeit haben«, stammelte ich.

»Gerne«, sagte sie mit einem strahlenden Lächeln, »für eine Kaffeepause habe ich immer Zeit.«

Beruhigt atmete ich auf. Offenbar war sie unkompliziert. Sie holte sich eine Tasse und setzte sich zu mir.

Während sie sich Kaffee und Milch eingoss, musterte ich sie verstohlen. Sie hatte ein ebenmäßiges, hübsches Gesicht und einen breiten Mund mit vollen Lippen. Ihr kinnlanges braunes Haar war von einigen grauen Strähnen durchzogen.

»Können Sie sich vorstellen, wer ihn hinuntergestoßen hat?«

Entschieden schüttelte sie den Kopf. »Ich glaube, dass es einfach ein dummer Unfall war. Diese Engländer haben sehr widersprüchliche Aussagen gemacht. Der Mann meinte, er habe eine zweite Person gesehen, während die Frau behauptete, Helgi sei allein gewesen.«

Diese Info war mir neu.

»Außerdem ist dieser Engländer kurzsichtig und trug trotz schlechten Wetters eine Sonnenbrille, weil er seine normale Brille in der Ferienwohnung vergessen hatte. Der hat also gar nicht richtig sehen können. Die Polizei geht jedenfalls davon aus, dass nichts hinter dieser Mordanschlag-These steckt. Umso besser!«

Verblüfft schaute ich sie an. Woher wusste sie das alles? Warum hatte man mir diese wichtigen Informationen verschwiegen?

»Mein Cousin arbeitet bei der Kantonspolizei und hat Zugang zu den Untersuchungsrapporten. Eigentlich darf ich Ihnen das alles gar nicht sagen, aber ich zähle auf Ihre Verschwiegenheit.« Verschwörerisch lächelte sie mich an. »In diesem abgelegenen Tal passiert nicht viel, und da kommt so eine sensationelle Geschichte sehr gelegen. Aus einem Unglück wird gleich Mord und Totschlag.«

Ich war baff. War ich auf ein Gerücht hereingefallen?

Hatte ich mir den Einbruch bei mir in Basel nur eingebildet? Hatte mich Helgi mit diesem verdammten Troll an der Nase herumgeführt?

»Sie sind doch der Professor, der über Wikinger schreibt«, unterbrach sie meine Gedanken und blickte mich über die Kaffeetasse hinweg erwartungsvoll an.

Erstaunt hob ich die Augenbrauen. »Woher wissen Sie das?«

»Die Spatzen pfeifen es von den Dächern. Sie haben sich an der Infoveranstaltung vorgestellt, und da wurde ich neugierig und habe im Internet nachgesehen, was das für ein Professor ist, der sich für unser Tal einsetzt.« Sie beugte sich vor: »Als Kind habe ich für die Wikinger geschwärmt und alle Comics von Hägar dem Schrecklichen gesammelt. Sie waren in der Zeitung abgedruckt und ich schnitt sie aus und klebte sie in ein Heft. Später habe ich dann selber Wikinger-Comics gezeichnet.«

Sie holte sich nun einen Teller und ein Messer und bestrich ein Weggli mit Butter. Die Kaffeepause würde länger dauern, was mir sehr recht war.

»Unsere Kühe taufte ich mit den Namen der Figuren aus dem Comic: Attila, Kwack, Lute, Sven, Hamlet, Honi, Helga. Der Stier hieß natürlich Hägar.«

Beinahe verschluckte ich mich an meinem Käsebrot. »Ihnen ist aber schon klar, dass Hägar mit den richtigen Wikingern nichts zu tun hat?«

»Damals wusste ich es natürlich nicht, aber das war völlig unwichtig. Hauptsache, es war witzig.« Sie lächelte versonnen. »Später schenkten mir meine Eltern ein dickes Buch über die Wikinger. Ein richtig seriöses. Aber es hat mich gelangweilt, es war nicht lustig.«

»Nun«, warf ich ein, »das ist leider so, Geschichte ist eigentlich nie lustig.«

Sie seufzte. »Ja, das habe ich in der Schule dann auch gemerkt. In Geschichte war ich eine totale Niete.« Sie spielte mit dem Kaffeelöffel und fügte hinzu: »Aber Sie haben sicher interessante Bücher geschrieben.«

Ich wiegte zweifelnd den Kopf. »Einen Bestseller habe ich jedenfalls noch nicht verfasst und amüsant sind sie auch nicht. Aber Sie haben mich soeben auf eine gute Idee gebracht. Vielleicht könnte ich im nächsten Buch ein Kapitel über den Humor in den Sagas einfügen.«

»Oh ja, das wäre sicher interessant. Dann werde ich es auch lesen!« Sie schenkte mir ungefragt Kaffee nach. Mir fielen ihre kleinen kräftigen Hände auf. »Universitätsprofessoren habe ich mir immer anders vorgestellt.«

»Wie denn?«

»Sehr klug, wichtig, eingebildet, sie reden nur in Fremdwörtern und sind völlig lebensuntauglich. Bleiche, vergeistigte Typen.«

Ich musste lachen. »Heute sind es eher jungdynamische Managertypen.«

Gerne wäre ich noch länger sitzen geblieben, aber ich dachte an Bolli, der oben im Zimmer wartete.

»Ich hüte Helgis Hund«, berichtete ich, »er wartet oben im Zimmer und ich glaube, es ist höchste Zeit, dass er rauskommt.«

Erschrocken blickte sie auf die Uhr. »Oje, fast zehn!« Eilig stellte sie das Geschirr zusammen. Dann streckte sie mir die Hand entgegen. »Ich habe ganz vergessen, mich vorzustellen. Luisa Capaul. Es hat mich sehr gefreut, mit Ihnen zu plaudern, Herr Berger.« Ihr Händedruck war kräftig.

Ich bedauerte, dass wir nicht mit einem Glas Kaffee mit Schnaps anstoßen konnten, fasste aber Mut und sagte kurz entschlossen: »Hier im Hotel sind ja eigentlich alle per Du. Ich heiße Fridolin. Danke für das Frühstück und das nette Gespräch, Luisa.«

Sie nickte mir zu und schmunzelte. »Ja, natürlich, ich vergesse immer wieder, dass es hier etwas alternativ zugeht.« Als sie zur Küche ging, rief sie über die Schulter: »Wann reist du ab?«

»Heute schon, leider kann ich nicht länger bleiben. Mein Postauto fährt kurz vor 12 Uhr.«

»Schade, aber ich hoffe, du kommst bald wieder. Vielleicht sogar mit Helgi.«

»Das wäre natürlich schön.«

»Warte!«, rief sie, als ich bereits die Treppe hochging. »Hier ist meine Telefonnummer. Ruf mich bitte an, wenn es Neuigkeiten von ihm gibt. Und grüß ihn von mir.« Sie reichte mir einen Zettel. Neben die Telefonnummer hatte sie ihren Namen geschrieben: Maria Luisa Capaul.

»Das mache ich. Versprochen!«, versicherte ich.

Sie zögerte einen Moment. »Und wenn du das nächste Mal hier bist, komm doch bei mir vorbei. Wenn du den Weg dem Bach entlanggehst, kommst du an unserem Hof vorbei. Du wirst ihn sofort erkennen, das Dach ist neu gedeckt und auf der Scheune haben wir Sonnenkollektoren. Bolli war auch schon da. Er kennt den Weg.« Sie lächelte mich an und mir wurde ganz froh ums Herz. »Ich würde mich freuen«, fügte sie bei.

Beschwingt ging ich die Treppe hoch. Mein Knie schmerzte erstaunlicherweise nicht mehr.

Bolli rannte mich beinahe um. Er führte sich auf, als hätten wir uns tagelang nicht gesehen. Offenbar haben Hunde überhaupt kein Zeitgefühl.

»Los, Alter, raus ins Leben! Und dann statten wir dem Herrn Gemeindepräsidenten noch einen Abschiedsbesuch ab.« Erst als ich aus dem Hotel trat, stellte ich fest, dass ein leichter Regen eingesetzt hatte. Ich fluchte innerlich und kehrte um, um den Schirm zu holen. Aus der Küche hörte ich Maria Luisa ein Lied trällern. Sie hatte eine schöne Stimme.

Nachdem ich mit Bolli einen ausgiebigen Spaziergang gemacht hatte, wollte ich mich noch von Curdin verabschieden. Er war aber nicht im Büro und ich hinterließ einen Gruß auf einem Zettel. Dann ging ich ins Hotel und packte meine wenigen Habseligkeiten zusammen. Die Rechnung hatte ich bereits am Abend vorher bezahlt. Nun stand ich auf dem kleinen Balkon, der nach Süden gerichtet war, und blickte auf die Wiesen und die weidenden Ziegen. Von hier aus konnte man die Straße weder sehen noch hören. Es war ruhig und roch gut nach frisch gemähtem Heu.

War ich bei meinen Recherchen weitergekommen? Niemand hatte auf den Fotos etwas Besonderes entdecken können. Ich hatte erfahren, dass es Konflikte um die wirtschaftliche und touristische Entwicklung des Tales gab, dass ein großer Windpark geplant war, dass die IG Pro Val Dulain nachhaltigen Tourismus fördern wollte, dass ein Trailpark gebaut werden sollte, dass

Eigenheimbesitzer um den Wert ihrer Liegenschaften fürchteten und einheimische Baugeschäfte um Aufträge.

Helgis Sturz war vermutlich ein Unfall gewesen, und falls er doch von einem fanatischen Windkraftbefürworter angegriffen worden war, würde er uns dies berichten, sobald er wieder bei Bewusstsein war. Herr Kramer hatte recht: Wozu sich viele Gedanken machen? Helgi konnte alles aufdecken. Ich musste nur warten, bis er aus dem Koma erwachte. Lange würde das nicht mehr dauern.

War meine Reise nach Binaglia also ein Reinfall gewesen? Nein, im Gegenteil, ich war zufrieden. In den wenigen Tagen, die ich hier gewesen war, hatte ich interessante Gespräche mit Curdin und Adriana geführt, Sonjas Eltern kennengelernt, schöne Wanderungen gemacht, Hirsche beobachtet, in einer Alphütte Schnaps getrunken, gut gegessen, Mauerreste einer Burg besichtigt, einen Adler gesehen, in einem klösterlichen Saal über den Sinn der Geschichte referiert und ein Glas Honig von Luisa Capaul erhalten.

Ich hatte mich – abgesehen von den Rücken- und Knieschmerzen – sehr wohlgefühlt. Das Val Dulain hatte einen ganz besonderen Charakter. Es war nicht lieblich, aber auch nicht so schroff wie manche Innerschweizer Täler. Binaglia war keineswegs eine Perle, hatte jedoch einen ganz eigenen Reiz. Wie konnte ich das Tal und das Dorf beschreiben? Mir fielen nur abgedroschene Worte ein, solche, die man in jedem Prospekt zu jeder Tourismusdestination irgendwo auf der Welt findet: authentisch, ursprünglich, echt, naturnah, typisch, unverfälscht, urig, urtümlich …

Ich rümpfte die Nase und beugte mich zu Bolli: »Hier ist es einfach anders. Basta!« Mit seinen braunen Augen schaute er mich treuherzig an. Bei Hunden weiß man nie, was sie verstehen. Wir Menschen interpretieren vermutlich viel zu viel in sie hinein. Trotzdem mochte ich den Gedanken, dass Bolli mit mir einverstanden war.

## KAPITEL 21

Im Basler Bahnhof traf mich die Hektik wie ein Schlag. Die Leute drängten sich auf die Rolltreppen und Aufgänge, schubsten und schoben. Sogar Bolli zog ängstlich den Schwanz ein. Obwohl ich nur sechs Tage weg gewesen war, kam mir die Stadt fremd und monströs vor. Welch ein Kontrast zum Val Dulain!

In der Wohnung riss ich zuerst die Fenster auf. Ich fühlte mich noch immer etwas verunsichert, wenn ich an den Einbruch dachte. Jemand war hier gewesen und hatte in meinen Sachen herumgeschnüffelt. Das neue

Türschloss gab mir nicht wirklich ein Gefühl von Sicherheit. Eigentlich war es doch ganz gut, dass Bolli bei mir war. Ob er mich verteidigen würde? Ich war mir nicht sicher. Er war ein gutmütiger Tscholi und hatte ein naives Vertrauen zu den Menschen. Trotzdem fand ich es nun ganz beruhigend, ihn hierzuhaben.

Ich hatte vor, mich wieder den Wikingern zuzuwenden, wollte aber auch nachforschen, was es mit den Trollen auf sich hatte. Helgis Nachricht ließ mir einfach keine Ruhe. Wenn mich etwas gepackt hatte, blieb ich hartnäckig. »Ein feuchter, nackter Troll!« Was um Himmels willen hatte er damit gemeint?

Ich setzte mich an den Computer und stieß auf unzählige Seiten, die mich über Trolle im Internet aufklärten. Damit werden Personen bezeichnet, die andere Personen oder Gruppen in Diskussionsforen und Kommentarspalten absichtlich provozieren und anpöbeln. Wer auf solche Provokationen reagiert, »füttert« den Troll. Dann weidet sich der Troll daran, wie hoch die Wellen der Empörung schlagen – während das eigentliche Diskussionsthema im Chaos versinkt. Deshalb wird geraten: »Trolle niemals füttern!« Hatte Helgi einen solchen Troll gefunden? Nein, das machte keinen Sinn.

Ich wandte mich also der nordischen Mythologie zu. Vermutlich hatte Helgi vorausgesetzt, dass ich als Wikinger-Experte bestens über sie und die Sagas Bescheid wusste. Aber Mythologien hatten mich schon als Schüler abgeschreckt. Die Sagen des klassischen Altertums von Gustav Schwab, mit denen wir in der Mittelschule malträtiert wurden, sind mir bis heute ein Graus. Jedenfalls las ich während des Studiums nur das absolute

Minimum zur Mythologie und konzentrierte mich auf Landwirtschaft, soziale Ordnung, Handel, Kriegsführung. Dabei war ich nie auf Fabelwesen gestoßen. Von Trollen hatte ich deshalb nur die vage Vorstellung von kleinen Zwergen, die unter Wurzeln hausen.

Ich hatte es nicht anders erwartet: Es wimmelte von Informationen mehr oder weniger seriöser Herkunft. Vor allem auch Esoteriker begeistern sich für Trolle, Feen und Elfen. Es war grässlich und ich verfluchte Helgi. Warum konnte der Kerl nicht einfach Klartext schreiben? Ich machte mir einige Notizen, war aber nachher nicht viel klüger.

Trolle sind mehr oder weniger menschengestaltige Fabelwesen, die Naturkräfte verkörpern. In den mittelalterlichen isländischen Sagas spielen sie eine wichtige Rolle als gefährliche Gegner der Menschen. Viele Geschichten und Mythen ranken sich um sie. Erstmals schriftlich erwähnt werden sie im 10. Jahrhundert in den metaphernreichen Schilderungen der Skalden, der höfischen Dichter im mittelalterlichen Norwegen und auf Island.

In der Regel sind Trolle böse und den Menschen feindlich gesinnt, auch wenn in den skandinavischen Volksmärchen ab und zu hilfreiche Trollfrauen auftauchen. Dargestellt werden sie als manchmal sehr große, manchmal zwergenhafte hässliche, bucklige Gestalten mit riesigem Kopf, Knubbelnase, großen Ohren, dümmlichem Blick, meist mit Moos oder gar mit Bäumen bewachsen. Heute werden sie vermarktet in Fantasyliteratur und als putzige Gummifiguren mit neonfarbenen Haaren. Das alles brachte mich nicht weiter, aber trotzdem fand ich einen interessanten Bericht zur Naturreligion auf Island:

Es gebe Orte, wo kein Isländer je einen Fuß hinsetzen, geschweige denn ein Bauer sein Vieh weiden lassen würde. Denn dort soll das Huldufólk, das »versteckte Volk«, leben. Solche Orte zu stören, bringe Unglück. 2013 wurde der geplante Straßenbau von der Halbinsel Álftanes zum Reykjavík-Vorort Garðabr gestoppt, weil Elfenanhänger und Umweltgruppen protestierten und erklärten, die Straße würde den Lebensraum der Elfen und den lokalen kulturellen Glauben zerstören. Ich fand noch weitere Berichte über Bauvorhaben, die gestoppt wurden, weil das Huldufólk dort lebte. Was sollte ich von all dem halten? Waren das alles Hirngespinste?

In Hamburg hatte Helgi behauptet, dass alle Isländer verrückt seien. »Wir glauben an Feen und Trolle!« Nach der Emeritierung wollte er zu Fabelwesen forschen. Ich hörte ihn noch, wie er sagte: »Mich interessiert die Funktion von Magie und Zauberei auf Island im Mittelalter. Es geht um Macht, Intrigen, Kämpfe, Betrug.«

Ziemlich konsterniert stellte ich den Computer ab. Im Val Dulain lebte ganz gewiss kein verstecktes Volk. Es gab keine hässlichen Zwerge, die unter den Wurzeln lauerten, und auch keine Elfen, die über die Alpweiden schwebten. Ich hatte nur Kühe, Schafe und Ziegen gesehen.

Nun konnte ich mich wieder den ganz realen, praktischen Anforderungen des Lebens zuwenden: In meinem Kühlschrank befanden sich nur noch ein Stück

Butter, Zwiebeln und zwei Joghurts. Ich musste einkaufen, auch Bolli brauchte dringend Futter. Also machte ich mich auf in den Supermarkt. Vor dem Gestell mit dem Hundefutter blieb ich stehen. Es war erstaunlich, wie viele Sorten es gab: Für jeden das passende Hundetrockenfutter verschiedener Marken und für verschiedene Ansprüche – für Welpen, Adult und Senioren, kalt gepresst, getreidefrei, in verschiedenen Geschmacksrichtungen: Geflügel, Rind, Gemüse, Lamm, Lachs, Fisch, Kalb, Kaninchen. Sogar vegetarisches und veganes Hundefutter war im Angebot. Es war abartig. Dazu kamen unzählige Arten von Snacks und Kauknochen, Fleisch in Dosen, Beuteln oder Wursthüllen. Völlig ratlos stand ich vor dem Gestell. Schlussendlich packte ich die Flockenmischung »happy dog« in meinen Korb und ging zur Metzgereiabteilung. Dort fragte ich die Verkäuferin, welches Fleisch sie für einen Hund empfehlen könne, aber sie blickte mich nur verblüfft an. »Für einen Hund? Vorne links finden Sie eine große Auswahl an Hundefutter.« Ich kaufte dann Hackfleisch, eine Portion für eine Sauce bolognese, die ich mir zubereiten wollte, und eine Portion für Bolli. Kopfschüttelnd verließ ich den Laden. Arme Hunde!

Dann musste ich natürlich noch mit Bolli raus. Wenigstens war es in Basel wärmer als oben im Val Dulain. Es kam mir seltsam vor, mit dem Hund am Rhein entlangzuspazieren. Ich vermisste die klare frische Luft, die Ruhe, das schöne Panorama. Statt Bergen erhoben sich vor mir nur die scheußlichen Roche-Türme, die das ganze Panorama der Stadt versauten.

Was wohl Curdin und Adriana jetzt machten? Wie

würde es weitergehen mit den Projekten der Interessengemeinschaft? Wie ging es Marcel? Was machte er eigentlich im Winter? Und Luisa Capaul? Ich stellte mir ihr Lächeln vor und ihre grünen Augen. Schade, dass wir uns nicht länger hatten unterhalten können. Vielleicht würde ich ihr einen Aufsatz schicken, den ich über die Rolle der Frau bei den Wikingern geschrieben hatte. Er war zwar nicht lustig, aber vielleicht würde ihr Interesse an den Wikingern wieder geweckt.

An diesem Abend konnte ich lange nicht einschlafen. Unruhig wälzte ich mich hin und her, mal war mir zu heiß, dann wieder zu kalt. Schließlich stand ich auf und schenkte mir einen Schnaps ein. Ich stellte mich ans Fenster und blickte auf die Straße. Im Haus gegenüber brannte nur noch in zwei Fenstern Licht. Niemand war unterwegs. Ich beugte mich hinaus, um nach dem Himmel zu schauen. Kein einziger Stern war zu sehen, offenbar hatte sich eine Wolkendecke gebildet. Bolli schaute mich aufmerksam an und wedelte mit dem Schwanz. Wahrscheinlich hoffte er auf einen nächtlichen Spaziergang. Müde setzte ich mich auf den Boden, lehnte den Kopf an die Wand und kraulte ihn hinter den Ohren. Wehmut beschlich mich und ich spürte eine unbestimmte Sehnsucht. Bolli brummelte wohlig und ich schalt mich einen alten, rührseligen Esel.

Ich versuchte, mich in Basel wieder an mein normales Leben zu gewöhnen. Um 7 Uhr stand ich auf, aß das Frühstück, las die Zeitung und ging anschließend mit Bolli hinaus. Ich muss zugeben, dass mir die morgendlichen Spaziergänge gefielen. Es waren milde Herbsttage mit schönem Licht und es tat gut, vor der geistigen Arbeit die Beine zu vertreten. Wegen des Hundes hatte noch keiner meiner Nachbarn reklamiert, also entschied ich mich, die Verwaltung nicht zu informieren.

Danach setzte ich mich an den Schreibtisch und vertiefte mich in meine Arbeit. Bolli lag auf seiner Wolldecke und döste vor sich hin. Um etwa 13 Uhr kochte ich mir mein Mittagessen, meistens etwas Einfaches. Ich mochte nicht stundenlang in der Küche stehen, um irgendwelche raffinierten Rezepte auszuprobieren. Nach einem kurzen Nickerchen erfolgte der zweite Spaziergang mit dem Hund, und dann arbeitete ich konzentriert bis 19 Uhr. Am Abend aß ich nur ein Joghurt oder einen Apfel. Mein Feierabend bestand darin, ein Buch zu lesen; keine Fachliteratur, sondern Unterhaltung, Krimis oder Biografien. Nur hin und wieder schaute ich mir einen Film im Fernsehen an. Etwa um 23 Uhr erfolgte dann noch ein kurzer Nachtspaziergang.

Im Internet hatte ich recherchiert, was man Hunden zu fressen geben soll, aber nach wenigen Minuten entnervt aufgegeben. Es gab unzählige Webseiten mit Hunderten von Empfehlungen. Hundeernährung war eine Wissenschaft. Absurd! Aber da kam mir die rettende Idee: Luisa Capaul hatte auch einen Hund und ich konnte mir nicht vorstellen, dass sie ihm Büchsenfutter vorsetzte. Bestimmt konnte sie mir einen Tipp geben. Am liebsten hätte ich sie sofort angerufen, wollte aber nicht aufdringlich sein.

Stattdessen telefonierte ich am Dienstag mit Veronika Hunziker, um mich nach Helgi zu erkundigen.

Ihre Stimme klang froh. »Herr Berger! Ich habe schon

am Sonntag bei Ihnen angerufen, konnte Sie aber nicht erreichen. Helgis Zustand ist besser, die Ärzte wollen übernächste Woche die Aufwachphase einleiten.«

Das waren gute Nachrichten. Helgi war mir einige Erklärungen schuldig. Da ich sie sowieso am Draht hatte, fragte ich Veronika, ob Helgi eigentlich jemals die Windkraftprojekte im Val Dulain erwähnt habe.

Sie schwieg einen Moment. »Warum?«, fragte sie dann, »ist das wichtig?«

Ich erklärte ihr, dass Helgi im Val Dulain Partei gegen einen Windpark ergriffen und sich deshalb vermutlich Feinde geschaffen hatte.

Lange schwieg sie und ich dachte schon, die Verbindung sei unterbrochen. Aber dann gestand sie zögernd: »Es gibt eine Korrespondenz von ihm mit einer Windkraftfirma.«

Ich horchte auf. »Eine Korrespondenz?«

»Ja, es ging, soviel ich verstehe, um Geld. Sie wollen weitere Forschungen in diesem Tal finanzieren.«

Nun war ich völlig perplex. Windkraftunternehmen und Forschungsgelder? Wie hing das zusammen? »Sind Sie sicher?«

Einen Moment blieb es still in der Leitung. Dann sagte sie rasch: »Vielleicht ist es am besten, wenn wir uns treffen. Ich kann nicht gut am Telefon darüber reden.«

Wir verabredeten uns für Mittwochnachmittag. Ich war alarmiert. Die Sache nahm eine Wendung, die mir gar nicht gefiel.

# KAPITEL 22

Ich hatte schlecht geschlafen und knurrte am Morgen den Hund an, als er jeden Baum und jeden Stein unendlich lang beschnupperte. Jetzt war er mir plötzlich lästig und ich beschloss, ihn nicht nach Bern mitzunehmen. Bis am Abend wollte ich zurück sein, er konnte für einmal allein in der Wohnung bleiben. Ich setzte ihm eine extragroße Schüssel mit Futter vor und hoffte, dass er nicht zu heulen anfing. Im Treppenhaus blieb ich stehen und lauschte. Glücklicherweise verhielt er sich ruhig. Wahrscheinlich war er daran gewöhnt, einige Stunden allein zu sein.

Als ich das Historische Institut kurz vor 14 Uhr betrat, kam gerade Professor Brinkmeier aus dem Lift. Er machte ein erstauntes Gesicht.

»Herr Berger!«, rief er und setzte schnell sein strahlendes Lächeln auf. Am liebsten hätte er wohl gefragt: »Was wollen Sie denn schon wieder?«, konnte es sich aber in letzter Sekunde verkneifen. Ich hatte keine Lust, ihm irgendetwas zu erklären, grüßte ihn kurz und wollte an ihm vorbeigehen, als er mir die Hand auf den Arm legte. »Ich habe gehört, dass Sie im Val Dulain waren. Sonja Kramer hat mir erzählt, dass Sie auf den Spuren Helgis wandeln.«

Nun war ich sauer. Dass diese Tratschtanten immer alles sofort weiterplappern mussten.

»Ich habe einige Tage Urlaub gemacht«, erwiderte ich, »es ist ein sehr schönes Tal. Waren Sie auch schon dort?«

»Nein, dafür fehlt mir leider die Zeit, Sie kennen ja die vielen Verpflichtungen, die man als Professor hat.«

Wichtigtuer!, dachte ich, lächelte aber verständnisvoll.

Er knöpfte seinen Mantel zu und fragte dann unvermittelt: »Und was führt Sie heute zu uns? Sind noch weitere Mails von Helgi aufgetaucht?«

Ich hatte nicht die geringste Lust, ihm von meiner Verabredung mit Verena Hunziker zu erzählen. Womöglich wäre er noch auf falsche Gedanken gekommen. »Ja, tatsächlich«, sagte ich, denn ich wollte seine Neugierde reizen, »Helgi hat etwas sehr Interessantes entdeckt.«

»Ach ja? Bei den Ausgrabungen?«

»Nein, nein, es geht um etwas ganz anderes. Aber so wie es aussieht, kann er es Ihnen bald selber erzählen. Nächste Woche ist er vermutlich wieder bei Bewusstsein.«

»Das ist wunderbar«, rief er aus, »ganz wunderbar, einfach großartig!« Überschwänglich schüttelte er meine Hand und entschwand durch den Ausgang. Verblüfft blickte ich ihm nach.

Veronika Hunziker wartete bereits vor dem Eingang zur Bibliothek und lächelte schüchtern, als sie mich erblickte.

»Mögen Sie Tee?«, fragte sie und streckte mir die Hand entgegen, »gleich in der Nähe gibt es eine nette Teestube. Dort hat es meistens Platz und wir können uns in Ruhe unterhalten.«

Wir mussten eine enge Wendeltreppe in den ersten Stock hinaufsteigen und betraten ein kleines, gemütliches Lokal. Nur wenige Gäste waren um diese Zeit da.

Sie steuerte einen Zweiertisch am Fenster an und reichte mir eine mehrseitige Karte. Von all den exotischen Teesorten fühlte ich mich sofort überfordert, denn zu Hause trank ich höchst selten und nur widerwillig Kamillentee, wenn ich Bauchschmerzen hatte.

»Es gibt hier über 400 Sorten«, erklärte sie eifrig, aber als sie meinen entsetzten Blick bemerkte, fügte sie schnell hinzu: »Ich kann Ihnen den ›Birnentraum‹ empfehlen, den hat Helgi auch immer getrunken.«

Ein junger Mann bediente uns. »Für dich Jasmintee wie immer?«, fragte er.

Sie nickte und bestellte für mich den Birnentee, ohne noch einmal zu fragen. Er wurde in einer großen weißen Henkeltasse serviert und in einem Sieb schwammen verschiedene Kräuter. Der Karte konnte ich entnehmen, dass er Birne, Kardamom, Verveine und Malve enthielt. Ich nippte vorsichtig daran, konnte aber keinen Unterschied zu einem gewöhnlichen Kräutertee feststellen.

»Ich kann mir Helgi gar nicht als Teetrinker vorstellen«, begann ich das Gespräch, aber sie reagierte nicht, sondern starrte in ihre Tasse, als ob sie dort die Zukunft lesen wollte. Sie war bleich und hatte Schatten unter den Augen.

»Sie sind in Besitz von Helgis Laptop?«, fragte ich, denn deswegen hatte sie mich ja nach Bern kommen lassen.

»Es fällt mir schwer, darüber zu reden.« Sie spielte nervös mit dem Löffel und blickte mich verlegen an. »Ich habe ihn aus dem Hotel in Binaglia geholt, sofort nachdem ich von Helgis Absturz gehört habe.«

Das war für mich nichts Neues, Adriana hatte es mir ja bereits gesagt.

»Helgi und ich haben uns E-Mails geschickt«, offenbarte sie und senkte die Stimme, »solche E-Mails, die nur für uns bestimmt waren. Verstehen Sie?«

Nein, ich verstand gar nichts, wollte auch nichts verstehen.

»Ich war sehr verliebt und im Überschwang der Gefühle schreibt man sich vieles. Es wäre äußerst peinlich gewesen, wenn jemand anderes die Mails gelesen hätte.«

»Warum haben Sie sie nicht einfach gelöscht?«

»Das habe ich inzwischen getan, aber erst nachdem ich sie ausgedruckt hatte.« Sie wurde rot und senkte die Augen. »Zur Erinnerung. Ich wusste ja nicht, ob er jemals wieder erwacht.«

»Haben Sie auch die anderen Mails gelesen?«

»Sonja hat mir von diesem rätselhaften Mail und dem Troll erzählt. Da habe ich nachgesehen, ob ich etwas finde. Dabei bin ich auf die Korrespondenz mit der Windkraftfirma gestoßen. Ich dachte, dass Sie vielleicht einen Blick darauf werfen möchten.« Sie holte ihre Tasche unter dem Tisch hervor und zog den Laptop heraus.

Am Nebentisch nahmen nun vier junge Frauen Platz und begannen sich lautstark über die verschiedenen Teesorten zu unterhalten. Die eine von ihnen schien eine selbst ernannte Expertin zu sein und hielt ihren Kolleginnen einen Vortrag über die Zubereitung von Schwarzem, Grünem und Weißem Tee. Sie hatte eine unangenehme schrille Stimme und ich konnte mich nicht mehr richtig auf das Gespräch konzentrieren.

Veronika Hunziker schien meine Irritation zu bemerken. »Lassen Sie uns noch einige Schritte gehen«, schlug sie vor, »dann können wir alles besprechen.« Sie bezahlte trotz meines Protestes und wir verließen die Teestube. Meinen Birnentraum hatte ich nur zur Hälfte getrunken.

Wir gingen durch Quartierstraßen und erreichten einen kleinen Park.

»Hier haben wir etwas mehr Ruhe«, meinte sie und setzte sich auf eine Bank.

»Sie haben mir am Telefon gesagt, dass eine Windkraftfirma Forschungen finanzieren will?«, nahm ich den Faden wieder auf.

»Ja, aber ich verstehe nicht wirklich, worum es geht. Jedenfalls gibt es eine Nachricht von einer Firma Enercompetence, die um eine Bestätigung bittet, dass Helgi das Geld bekommen hat. In den ersten Mails war die Rede von Ausgrabungen, dann plötzlich von einem Stipendienfonds.«

»Hat er jemals mit Ihnen darüber gesprochen?«

»Nein, über solche Dinge hat er nicht mit mir geredet. Aber als Sie gestern am Telefon diesen Windpark erwähnt haben, dachte ich, dass es vielleicht wichtig sei. Am besten schauen Sie sich alles selber in Ruhe an.«

Ich packte den Laptop ein und wir verabschiedeten uns. Kurz bevor sie um die Ecke bog, fiel mir ein, dass Helgi vermutlich seine Dateien geschützt hatte, und ich rief ihr nach: »Gibt es ein Passwort für den Laptop?«

Sie drehte sich um, faltete die Hände zu einem Trichter und rief: »Bolli123Stern!«

Sehr fantasievoll war er bei der Passwortwahl nicht gewesen, aber wenigstens war es kein kompliziertes altisländisches Wort. Er würde es sowieso ändern müssen, denn jetzt kannte es die halbe Stadt. Veronika Hunziker hatte es laut und deutlich gerufen.

# KAPITEL 23

Zu Hause in Basel packte ich den Laptop sofort aus und startete ihn. Vielleicht würde nun endlich klar, was Helgi von mir gewollt hatte. Ich hatte aber auch ein mulmiges Gefühl. Wäre Helgi einverstanden, dass ich in seinen Daten stöberte? Veronika Hunziker hatte zwar die persönlichen Mails gelöscht, aber trotzdem war ich nicht befugt, es gab schließlich einen Datenschutz. Ich beschwichtigte mein schlechtes Gewissen, indem ich mir vornahm, nur die Dateien und Mails, die das Val Dulain betrafen, durchzusehen.

Zuerst stellte ich fest, dass Helgi ein Chaot war. Schon auf dem Desktop hatte er unzählige Ordner und Dokumente gespeichert ohne die geringste Systematik. Zuerst öffnete ich sein Mailprogramm. Das letzte Mail stammte vom 24. August, vier Tage vor seinem Absturz. Es war die Bestellung eines Buches. Am nächsten Tag war er nach Binaglia gereist und hatte nur noch per Handy kommuniziert. Und offenbar gehörte er zu den altmodischen Menschen, die keine Synchronisationsapp installiert hatten. Es gab keine Möglichkeit zu erfahren, was er zwischen dem 25. und dem 27. August geschrieben hatte. Sein Handy war beim Absturz verloren gegangen.

Ich klickte mich durch die Mails des letzten Monats, um mir einen Überblick zu verschaffen. Einige wenige betrafen Uni-Angelegenheiten, er hatte Nachrichten von Sonja, Brinkmeier und diversen Kollegen aus der internationalen Archäologen-Szene. Und natürlich diverse Newsletter. Das erste Mail, das er von der Firma Enercompetence erhalten hatte, stammte vom 18. April. Es kam von Frau Krompholz persönlich. Sie bedankte sich für Helgis Nachricht und bat um weitere Informationen. Gleichzeitig schickte sie ein Formular und bat um seine Unterschrift. Es war eine Vereinbarung zu gegenseitigem Stillschweigen. Es folgte eine weitere Korrespondenz. Ich druckte alles aus, um eine chronologische Übersicht zu erhalten. Nach etwa einer Stunde schloss ich den Laptop. Ich war erschüttert. Helgi hatte uns alle getäuscht. Enercompetence hatte ihn um ein positives Gutachten für das Gelände auf der Nurinahöhe gebeten. Er sollte bestätigen, dass aus archäologischer Sicht nichts gegen den Bau eines Windparks sprach. Und er hatte zugestimmt. Helgi, der mir von der Schönheit des Tals vorgeschwärmt hatte. Helgi, der Naturfreund. Helgi, der mehrfach versichert hatte, er sei gegen diese Windräder. Helgi, der mir geschrieben hatte: »Frieden dem Val Dulain, Krieg den Profitgeiern!« Dieser Helgi hatte sich bestechen lassen von Enercompetence, hatte willfährig ein Gutachten geschrieben zugunsten des Windparks. Das durfte doch einfach nicht wahr sein!

In dieser Nacht schlief ich unruhig. Immer wieder sah ich die Mails vor mir. Ich dachte an Adriana, Curdin, Marcel, Sonjas Vater, Luisa, ja sogar an Herbert. Sie alle hatten so positiv von Helgi gesprochen. Wie konnte ich ihnen die Wahrheit sagen? Auch Bolli schlief in dieser Nacht schlecht. Ich hörte, wie er im Traum knurrte und winselte. Ob er meine Unruhe gespürt hatte? Wovon träumte er?

Am nächsten Morgen, als ich die Zeitung las, klingelte es an meiner Tür. Zu meiner großen Verwunderung stand Veronika Hunziker bleich und mit verheulten Augen vor der Tür. Das Haar hing in traurigen Strähnen herunter und auf den Wangen klebten Reste von Augenschminke. Ich erschrak. Das konnte nur eines bedeuten: Helgi war gestorben. Meine Knie zitterten.

Ich bat sie herein und sie begann sofort zu heulen. »Der Brinkmeier hat mir mit Entlassung gedroht!«

Ungläubig starrte ich sie an. Deswegen war sie nach Basel gekommen?

»Weil ich Ihnen den Laptop gegeben habe. Er sagt, das sei eine grobe Verletzung der Dienstpflicht.« Ihr Mund zitterte und sie sah mich an wie ein kranker Hund. »Ich habe gegen das Datenschutzgesetz verstoßen, er will mich anzeigen.«

Ich war völlig konsterniert. Der Brinkmeier? Was war nur in ihn gefahren? Er war doch immer so höflich und jovial. »Wieso weiß er überhaupt, dass der Laptop bei mir ist?«

»Er hat uns gesehen, als wir vom Institut weggingen, und wollte wissen, was ich mit Ihnen zu tun habe. Da habe ich es ihm gesagt.«

Diese Hunziker war einfach naiv. Sie hätte es ihm ja nicht gleich unter die Nase reiben müssen.

»Nun beruhigen Sie sich. Professor Brinkmeier hat vermutlich etwas übereilt reagiert und kommt sicher wieder zur Vernunft.«

Zweifelnd blickte sie mich an. »Glauben Sie? Könnten Sie ihn nicht anrufen?«

Natürlich hatte ich überhaupt keine Lust, mit diesem bescheuerten Professor zu telefonieren, aber sie schaute mich so flehentlich an, dass ich ihr zuliebe einwilligte.

Er meldete sich sofort, war aber – wie gewohnt – äußerst freundlich. »Was, Frau Hunziker ist bei Ihnen? Oh, das tut mir aber leid, dass unsere Bibliothekarin Sie wegen einer solchen Lappalie belästigt.«

»Lappalie? Sie sagt, Sie hätten ihr mit der Kündigung gedroht.«

Er ächzte. »Ich hatte einen sehr harten Tag gestern. Der Nationalfonds hat ein wichtiges Forschungsprojekt abgelehnt, einer meiner Söhne wurde beim Haschischrauchen erwischt und dazu kommt noch all die Aufregung mit dem Umzug. Ich gebe zu, dass die Nerven mit mir durchgegangen sind. Sagen Sie ihr, dass alles halb so wild sei.«

»Dann ist ja alles gut«, erwiderte ich und wollte schon

auflegen, als er fragte: »Wozu brauchen Sie eigentlich Sigurðssons Laptop? Interessieren Sie sich für Archäologie?«

»Nein, nein, es geht um ein Windkraftprojekt im Val Dulain«, erklärte ich, »es hat nichts mit Helgis Forschungen zu tun.«

»Windkraft?«

»Ja, Helgi hat mir davon erzählt und etwas von hohen Renditen für Kleinanleger erzählt.«

»Ach so, dann wurden ja keine Interna verletzt!« Er lachte meckernd. »Trotzdem möchte ich Sie bitten, den Laptop Frau Hunziker wieder mitzugeben. Wir werden ihn hier einschließen, bis Professor Sigurðsson wieder da ist.«

»Selbstverständlich.« Irritiert legte ich auf. »Er hat sich beruhigt, Sie müssen sich keine Sorgen machen. Offensichtlich war er gestern sehr gestresst.«

Veronikas Miene hellte sich auf. »Danke, vielen Dank!« Sie schnäuzte sich und zupfte verlegen an ihrer Bluse herum. »Eigentlich ist er ganz nett, aber manchmal kann er sehr launisch sein. Ich hatte wirklich Angst, dass er mich rauswirft.«

Ich bot ihr eine Tasse Kaffee an, aber sie lehnte ab. »Ich will gleich nach Bern zurück. Kann ich den Laptop mitnehmen? Haben Sie alles gefunden, was Sie brauchen?«

»Ja, aber es war nichts wirklich Wichtiges dabei. Trotzdem vielen Dank, dass Sie ihn mir gegeben haben. Sie hatten deswegen großen Ärger.«

»Ich weiß schon, dass alle Daten der Universität geschützt sind. Aber Sie gehören doch irgendwie dazu! Haben Sie irgendwelche Skandale oder düsteren Geheimnisse entdeckt?« Ihr Mund lachte, aber ihre Augen flackerten ängstlich.

»Nein, nein, ich habe mir nur diese Windkraftgeschichte angesehen, der Rest interessiert mich nicht. Ich bin ja emeritiert und froh, dass ich mich nicht mehr mit Universitäts-Geschäften herumschlagen muss.«

Sie wirkte sehr erleichtert, als ich ihr den Laptop übergab. Dass ich alle empfangenen und gesendeten Mails der letzten zwei Monate auf einen Stick kopiert hatte, behielt ich selbstverständlich für mich.

## KAPITEL 24

Ich musste mir Klarheit verschaffen. Warum hatte Helgi sich auf diesen Deal mit Enercompetence eingelassen? Warum hatte er ein Gefälligkeitsgutachten erstellt? Er selber konnte es mir nicht erklären. Also machte ich mich auf nach Chur.

Die Büros der Firma Enercompetence lagen im vierten Stock eines Geschäftshauses in der Nähe des Bahnhofs. Ich hatte mich unter dem Vorwand angemeldet, die Interessen von Professor Sigurðsson zu vertreten. Nun stand ich vor der verglasten Tür und wunderte mich, dass ein so finanzstarkes Unternehmen in einem derart schäbigen Haus seine Zentrale hatte. Das Gebäude hatte sechs Etagen, der gräuliche Verputz benötigte dringend eine Auffrischung und die Fenster wirkten so, als stammten sie noch aus den 60er-Jahren. Die vielen Namen der darin untergebrachten Firmen sagten mir nichts: Meyer Installographie, Kühne & Schramm Immobilien, Rooney Graphomeeting, Travelsunshine GmbH. Und ganz bescheiden stand da auch der Schriftzug der Enercompetence. Ihr Logo enthielt ein stilisiertes Windrad und ironischerweise einen Vogel im Flug. Was hatte sich der Grafiker hier gedacht? Wollte er mit dem fliegenden Vogel den Wind und die Freiheit darstellen?

Ich klingelte, womit ich sofort den Summer der Tür auslöste. Auch von innen wirkte das Haus etwas heruntergekommen und es roch nach Autoabgasen. Vermutlich drangen diese durch einen Lüftungsschacht aus der Tiefgarage herein. Mit dem Fahrstuhl fuhr ich nach oben und war dann sehr erstaunt, als ich ein modernes, helles Vorzimmer betrat. Hinter einem Empfangstresen saß ein junger Mann, der gerade ein Telefongespräch in englischer Sprache führte. Neben einer mit Bonbons gefüllten Glaskugel stand sein Namensschild: »Dario Frey, Executive Assistant«. Ich erinnerte mich an ihn. In Domins hatte er uns begrüßt, Broschüren verteilt und das Mikrofon herumgereicht. Lässig lehnte er sich in seinem Stuhl zurück.

An der Wand hinter ihm hing ein wandfüllendes Plakat, das eine Hügelkette mit Windrädern zeigte: »Saubere Energie – für die Zukunft, für uns alle.« Nun ja, sehr viel Geld hatten sie wohl nicht ausgegeben, um diesen Slogan zu kreieren. Wahrscheinlich hatte ein Lehrling der Firma ihn selber erfunden.

Dario Frey erhob sich. Er machte sich nicht die Mühe zu lächeln, sondern schaute mich arrogant an. »Herr Professor Berger, nicht wahr? Frau Krompholz erwartet Sie bereits. Bitte folgen Sie mir.« Er führte mich an mehreren Büros vorbei, die alle geöffnete Türen hatten. Ich spähte beim Vorübergehen hinein und sah junge Frauen und Männer, die alle die Bildschirme ihrer PCs anstarrten und eifrig auf der Tastatur herumhackten. Es war unheimlich.

»Wir legen großen Wert auf Transparenz«, erklärte Dario Frey und wies mit seinem Arm um sich, als präsentiere ein König sein Reich. Frau Krompholz war die Transparenz offenbar nicht so wichtig, denn ihr Büro war als einziges geschlossen. Er klopfte und von innen erklang ein kräftiges »Ja bitte!«.

Mit ausgestreckter Hand und gefrorenem Lächeln kam sie mir entgegen. Heute trug sie eine bunte Bluse mit gelben, violetten und orangen Blumen. »Herr Professor Berger, guten Tag!« Jetzt, als ich ihr nahe war, roch ich ihr Parfüm, es war schwer und süßlich. »Bitte setzen Sie sich«, sagte sie und deutete auf einen grünen Plexiglasstuhl an einem kleinen runden Besprechungstisch, bestimmt sehr teures Design. »Darf ich Ihnen einen Kaffee anbieten?«

Dankend winkte ich ab, worauf sie mir ungefragt Wasser aus einer Karaffe einschenkte.

Sie musterte mich abschätzend. »Sie haben mir geschrieben, dass Sie Professor Sigurðsson vertreten. Schrecklich, was da passiert ist. Wie geht es ihm?«

»Gott sei Dank ist er auf dem Weg der Besserung. Allerdings muss man mit einer langen Zeit der Rekonvaleszenz rechnen.«

»Hauptsache, dass er wieder ganz gesund wird.« Sie musterte mich misstrauisch. »Sie waren an der Infoveranstaltung in Domins. Mein Eindruck war, dass Sie dem Projekt nicht sehr positiv gegenüberstehen. Es verwundert mich deshalb, dass Sie Herrn Sigurðsson vertreten.«

Ich versuchte, möglichst vertrauenerweckend zu lächeln. »Ich bin kein Gegner der Windkraft generell, aber ich muss gestehen, dass ich das Val Dulain ins Herz geschlossen habe und tatsächlich um das Landschaftsbild fürchte.«

Nachsichtig schaute sie mich an, ging dann zum Fenster und deutete hinaus. »Das kann ich gut nachvollziehen, aber wir haben schlichtweg keine Wahl, wenn wir die Klimaziele der Schweiz erreichen wollen. Wir müssen handeln, hier und jetzt. Und deshalb nehmen wir ein kleines Übel in Kauf, um das ganz große Übel zu verhindern. Denken Sie an unsere Gletscher, den Permafrost, die Dürren. Die Klimaerwärmung führt zu Katastrophen und verändert das Landschaftsbild noch viel verheerender.« Ich nickte und setzte eine betroffene Miene auf.

Nachdenklich musterte sie mich, setzte sich dann wieder mir gegenüber und legte die Fingerspitzen aneinander. »Aber Sie sind sicher nicht gekommen, um mit mir über Energiepolitik zu diskutieren. Was kann ich für

Sie oder besser gesagt für Herrn Professor Sigurðsson tun?«

»Herr Sigurðsson hat ein Gutachten für Sie erstellt, das die Nurinahöhe aus archäologischer Sicht als unbedenklich für den Bau des Windparks erklärt.«

»Ja, das ist richtig.«

»Dieses Gutachten ist aber nie an den Kanton und die zuständigen Behörden weitergeleitet worden. Trotzdem haben Sie Herrn Sigurðsson eine Summe von 100.000 Franken überwiesen.«

Kühl schaute sie mich an. »Es war nie die Rede davon, dass wir das Gutachten weiterleiten sollten. Wenn Herr Sigurðsson dies nun verlangt, widerspricht das der getroffenen Vereinbarung.«

»Wir könnten auf geistiges Eigentum pochen.«

»Oh nein! Es war von Anfang an verabredet, dass das Gutachten nur für den internen Gebrauch und absolut vertraulich ist. Wir haben es erstellen lassen, weil es bei dem ersten Projekt oberhalb von Grunatsch unerwartet zu Schwierigkeiten gekommen war.« Sie legte ihre Stirn in kummervolle Falten. »Sie können sich nicht vorstellen, was die langen Abklärungen und Prüfungen eines Geländes kosten. Wir hatten schon alle Bewilligungen, inklusive der Umweltverträglichkeitsprüfung, als der Archäologische Dienst des Kantons Graubünden uns einen Strich durch die Rechnung machte. Wegen einiger alter Tonscherben und Knochen von verrotteten Haustieren mussten wir das ganze Projekt aufgeben!« Angeekelt verzog sie ihren Mund und fuhr dann fort: »Wir haben uns an Professor Sigurðsson gewandt, um ein zweites Debakel zu verhindern. Sofern die Behörden uns wieder Schwierigkeiten gemacht hätten, hätten wir sein Gutachten sofort vorweisen können und somit viel Zeit und Kosten gespart. Aber glücklicherweise war es dann nicht notwendig. Dem Bau steht nichts mehr im Wege, alle Bewilligungen liegen vor, auch die Bevölkerung wird zustimmen.« Siegesgewiss schaute sie mich an. »Aber das hat Ihnen Professor Sigurðsson sicher alles selber erzählt.«

Ich nickte.

»Dann ist so weit alles erledigt.« Sie stand auf und ging zur Tür, aber ich ließ mich nicht so leicht abwimmeln.

»Warum das Stillschweigen? Warum diese Heimlichtuerei? Hat die Öffentlichkeit kein Anrecht auf Transparenz?«

Verärgert zupfte sie an einer Haarsträhne und setzte sich wieder: »Öffentlichkeit verzögert Prozesse. Diese Zeit haben wir nicht. Ich bin schon sehr erstaunt, dass Professor Sigurðsson Sie eingeweiht hat. Das widerspricht der Abmachung.«

»Es wäre vielleicht interessant, dieses Gutachten der Presse zuzuspielen.«

Auf ihrem Gesicht spiegelte sich Schrecken, dann aber gab sie einen kleinen höhnischen Lacher von sich. »Ich glaube kaum, dass sich die Presse für archäologische Gutachten interessiert.«

»Es könnten Gegengutachten verlangt werden.«

»Wir haben nichts zu befürchten. Professor Sigurðsson ist eine international anerkannte Koryphäe. Sein Wort hat Gewicht. Auf der Nurinahöhe findet sich kein einziger verdammter alter Knochen und keine Mauer von einem verfallenen Stall. Das Gelände ist astrein.« Sie lächelte, aber in ihrem Blick lag Feindseligkeit.

»Ich gehe mit Ihnen einig, niemand wird es wagen, Herrn Professor Sigurðssons Gutachten in Zweifel zu ziehen. Trotzdem bin ich erstaunt, dass er es überhaupt geschrieben hat. Er hat sich nämlich mehrfach gegen den Bau von Windkraftwerken im Val Dulain geäußert.« Nun war ich sehr gespannt auf ihre Reaktion. Aber sie blickte nur auf ihre rot lackierten Fingernägel und entgegnete dann leichthin: »Davon weiß ich nichts. Und es ist mir auch egal, was er über Windkraftwerke denkt. Jedenfalls ließ er sich fürstlich von uns bezahlen. Es zeigt sich eben wieder einmal: Jeder ist käuflich. Auch ein Professor.«

Mich packte die kalte Wut. Am liebsten wäre ich ihr an die Gurgel gesprungen. Was meinte diese dumme Schnepfe eigentlich? Tag und Nacht hatte ich überlegt, warum Helgi dieses Gutachten geschrieben hatte, und ich war sicher, dass er es nicht aus Geldgier getan hatte. Seine Worte klangen noch in meinen Ohren: »Wir Historiker können sehr wohl aus der Geschichte lernen. Wir sind verpflichtet, Bosheit, Dummheit und Habgier zu entlarven! Wir kennen die Tricks und Schliche der Mächtigen und können sie mit ihren eigenen Waffen schlagen.« Helgi hatte irgendetwas im Schilde geführt und dann war er kaltgestellt worden.

Frau Krompholz schaute mich an und hob spöttisch die Brauen. Ich hatte es nicht geplant, und auch heute staune ich über meine Unverfrorenheit. Aber ihre süffisante Überheblichkeit provozierte mich.

Ich beugte mich vor, setzte ein freundliches Lächeln

auf und sagte eiskalt: »Herr Sigurðsson ist mit den Verhältnissen in der Schweiz noch nicht so gut vertraut, er wusste nicht, was die üblichen Honorare für derartige Gutachten sind.« Das Wort »derartige« betonte ich besonders und sah sie dabei herausfordernd an. »100.000 Franken sind ein völlig unangemessener Preis und Sie möchten bestimmt nicht, dass Enercompetence in der Zeitung als knauserig bezeichnet wird. Ein isländischer Professor wurde von einem renommierten Unternehmen über den Tisch gezogen. Und jetzt liegt der arme Kerl im Spital, ohnmächtig, hilflos, unter völlig ungeklärten Umständen abgestürzt.«

Mit steigendem Erstaunen hatte sie mir zugehört. »Ach so, deshalb sind Sie gekommen, Sie wollen mehr herausschinden.« Voller Geringschätzung schaute sie mich an. »Der berühmte Professor kriegt also den Hals nicht voll!«

Beschwörend hob ich die Hände. »Wenn Sie bedenken, was auf dem Spiel steht, wäre eine angemessene Erhöhung des Honorars für eine so erfolgreiche Firma wie Enercompetence doch ein Klacks.«

Sie stand auf und ging mit ihren hochhackigen Schuhen nervös im Zimmer hin und her. An ihrem Gesicht konnte ich sehen, dass sie fieberhaft überlegte. »Ich kann nicht glauben, dass Sigurðsson Sie hierhergeschickt hat«, stieß sie schließlich hervor. »Sie handeln bestimmt auf eigene Rechnung!« Aus ihren Augen sprühte Hass. »Haben Sie überhaupt eine schriftliche Vollmacht?«

Darauf war ich vorbereitet und ich wunderte mich, dass diese Frage erst jetzt kam. »Leider ist er noch nicht ansprechbar, aber ich bin sicher, dass er mit meinem

Vorgehen einverstanden wäre.« Ich lehnte mich bequem zurück und erklärte ganz ruhig: »Ich bin in Besitz sämtlicher Korrespondenz. Überlegen Sie sich gut, wie viel davon Sie in der Zeitung lesen möchten. Wie Sie schon sagten: Manchmal hat man keine Wahl.«

Aus meiner Tasche kramte ich einen Zettel hervor und notierte meine Kontonummer und einen Betrag. Sie schnappte nach Luft, als sie ihn sah. Ich bedankte mich höflich für das Wasser und ging hinaus.

Als ich das Gebäude verließ, merkte ich, dass sich unter meinen Armen Schweißflecken gebildet hatten und dass meine Knie sich ganz schwach anfühlten. Ich war also kein kaltblütiger, routinierter Betrüger. Ich war nur ein kleiner Hosenscheißer, ein Dilettant, der sich gerade völlig lächerlich gemacht hatte. Wahrscheinlich hatte sie meinen Zettel sofort in den Papierkorb geschmissen und allen im Büro von diesem durchgeknallten Professor erzählt.

Aber eigentlich hatte mir mein Auftritt gefallen. Offenbar schlummerten in mir ungeahnte Talente. Schade, dass es keine Zuschauer gegeben hatte.

# KAPITEL 25

Am Donnerstagabend hielt ich einen Vortrag an der Volkshochschule im Rahmen der Ringvorlesung »Geschichte – Klima – Zukunft«. Ich hatte mir zwar vorgenommen, nach der Emeritierung keine Vorträge mehr zu halten, aber als Professor Schneebeli mich anfragte, ob ich ein Referat zu den Klimaveränderungen auf Grönland und deren Auswirkungen auf die Wikinger übernehmen könnte, fehlte mir schlicht ein guter Grund abzusagen.

Am Beispiel der Wikinger auf Grönland lässt sich gut zeigen, wie eine schnelle Klimaveränderung die Gesellschaften in der Vergangenheit beeinflusste. Dazu hatte ich schon mehrere Aufsätze publiziert und fühlte mich also verpflichtet, an dieser Volkshochschul-Vortragsreihe teilzunehmen.

Die Veranstaltung fand im Hauptgebäude der Universität im Hörsaal 101 statt. Eine halbe Stunde vor Beginn war ich dort, weil ich die Technik ausprobieren wollte. Mit den modernen Geräten hatte ich viele leidvolle Erfahrungen gemacht: Die PowerPoint-Präsentationen ließen sich nicht öffnen, der Beamer funktionierte nicht, die elektronische Leinwand klemmte. Es sollte einmal ausgerechnet werden, wie viel Zeit an der Universität verloren geht mit den verzweifelten Versuchen, technische Pannen zu beheben. Ganz zu schweigen von den Schweißausbrüchen, dem erhöhten Puls und den zittrigen Händen.

Ein Historiker wird niemals sagen: »Früher war alles besser!«, aber ich denke mit Wehmut an die gute alte Wandtafel und den Hellraumprojektor zurück. Jedenfalls war ich rechtzeitig dort. Glücklicherweise stand mir ein junger Assistent bei, der mir alles erklärte und einrichtete.

Kurz vor Beginn der Vorlesung ging ich noch zur Toilette. Als ich dann den Saal wieder betrat, traf mich fast der Schlag. Wer saß in der vordersten Reihe und grinste mich an? Herbert von Muhleren! In Binaglia hatte ich ihn ja einigermaßen ertragen, aber jetzt war ich in einer ganz anderen Situation und fürchtete, dass er mit dümmlichen Fragen die Diskussion am Schluss stören könnte. Wenn man nach einem Vortrag dem Publikum die Möglichkeit bietet, Fragen zu stellen, gibt es immer Leute, die sich hervortun wollen und zeigen, dass sie noch schlauer sind als der Referent. Oder solche, die die Gelegenheit ergreifen, persönliche Geschichten aus ihrem Leben zum Besten zu geben. Es liegt dann am Referenten, ihren Sermon höflich, aber bestimmt zu beenden. Darin war ich geübt. Aber von Muhleren war ein anderes Kaliber.

Es lief gut mit dem Referat und ich glaube, ich konnte die wichtigen Punkte deutlich herausstreichen. Das Publikum hatte aufmerksam zugehört.

Wie befürchtet, meldete sich Herbert sofort, als die Fragerunde eröffnet wurde, und der nichts ahnende Assistent reichte ihm das Mikrofon. Herbert hatte keine Frage, sondern setzte an zu einem eigenen Referat über die Klimaveränderungen am Längenberg und seine Vermutung, dass unterirdische Wasserströme eine Erwärmung verursachten. Als er dann mit der Aufzählung der geologischen Schichten begann, klemmte ich ihn einfach ab. Einige Zuhörer grinsten. Es war peinlich, aber er tat mir auch leid. Zum Glück schien er das alles nicht zu merken, sondern schaute zufrieden in die Runde.

Nach der Vorlesung kamen einige ehemalige Studenten und andere Bekannte zu mir und ich plauderte – ganz gegen meine Gewohnheit – ausführlich mit ihnen in der Hoffnung, Herbert sei dann weg. Er wartete aber vor dem Vorlesungssaal auf mich und lud mich zu einem Glas Wein ein. Dankend lehnte ich ab. Ich war müde und wollte sofort nach Hause gehen. Er ließ es sich aber nicht nehmen, mich zur Tramhaltestelle zu begleiten, und schwatzte ununterbrochen. Ich hörte gar nicht hin. Er war eine lästige Klette und ich konnte nicht verhindern, dass er mit mir das Tram bestieg.

Im Nachhinein muss ich gestehen, dass ich damals zu ablehnend und schroff gegen ihn gewesen bin, denn dank ihm blieb mir Schlimmeres erspart. Aber das konnte ich ja nicht ahnen, als ich erschöpft im Tram saß und sein Geplapper über mich ergehen ließ.

An der Haltestelle Breite stiegen wir aus und ich sagte, dass ich sehr müde sei und Kopfschmerzen habe. Besorgt schaute er mich aus seinen triefenden Augen an und wollte mich noch bis zur Haustür bringen. Ein kalter Wind war aufgekommen. Unterdessen verspürte ich tatsächlich Schmerzen im Nacken und beschleunigte meine Schritte. Die Homburgerstraße ist eine kleine Quartierstraße, in der es nachts sehr ruhig ist. Auf beiden Seiten waren Autos parkiert, nur in wenigen Fenstern brannte noch Licht. Kein Mensch war unterwegs. Ich freute mich, Herbert nun endlich loszuwerden, und wollte die Straße überqueren.

## KAPITEL 26

Es passierte völlig überraschend. Vom Rhein her bog ein großer schwarzer Offroader ein und gab Gas. Es stimmt nicht, dass man in Gefahr instinktiv richtig reagiert. Anstatt mich zu retten, blieb ich nämlich einen Moment verdutzt stehen, starrte auf das Auto und dachte, dass es die falsche Richtung in dieser Einbahnstraße genommen hatte. Dann riss mich ein heftiger Stoß zu Boden und ich lag zwischen zwei parkierten Autos unter dem keuchenden Herbert. Er hatte sich auf mich geworfen und ich blickte direkt in seine vor Schrecken weit aufgerissenen Augen. Der schwarze Wagen war an uns vorbeigerast.

Hätte Herbert nicht so schnell reagiert, hätte er uns beide überfahren. Nur wenige Zentimeter hatten gefehlt. Mein Kopf war beim Sturz an eine Stoßstange geknallt und ich spürte, wie Blut über meine Wange lief. Verstört rappelten wir uns hoch. Alles war sehr schnell gegangen. Kein Fenster öffnete sich, niemand stürzte auf die Straße, um uns zu helfen. Es war gespenstisch ruhig. Ich zitterte am ganzen Körper und konnte keinen klaren Gedanken fassen.

»Meine Aktentasche!«, ächzte ich und rang nach Atem. Herbert bückte sich und schaute unter den Wagen, dann legte er sich bäuchlings auf die Straße und angelte die Tasche hervor. Es war dieser Augenblick, in dem ich allen Groll gegen ihn verlor. Dass er mir soeben das Leben gerettet hatte, realisierte ich erst später; dass er sich aber mitten in der Nacht flach auf den Bauch legte und mit seinen langen Armen unter dem Auto herumtastete, das rührte mich in diesem Moment zu Tränen. Zum Glück war es dunkel.

Wir gingen nach oben zu meiner Wohnung, aber meine Hand zitterte dermaßen, dass es mir nicht gelang, den Schlüssel ins Loch zu stecken. In meinem Kopf hämmerte und dröhnte es und zu allem Elend spürte ich, dass ich mich gleich übergeben musste.

Herbert nahm mir den Schlüssel aus der Hand und öffnete die Tür. Ich stürzte sofort ins Bad und sank vor der Toilettenschüssel zusammen.

Während ich würgend über dem WC hing, rasten mir wirre, völlig unkontrollierte Gedanken durch den Kopf: Ein Mordanschlag auf mich! Die Windkraftmafia hat zugeschlagen! Die Krompholz hat den Auftrag gegeben, mich zu liquidieren. Ich habe den Bogen überspannt. Sie werden auch Helgi nicht verschonen. Helgi braucht ab sofort Polizeischutz, er ist in Gefahr. Der

Hund muss noch raus und von Muhleren muss zum Bahnhof, wenn er den letzten Zug noch erwischen will. Vielleicht hat der Anschlag ihm gegolten und gar nicht mir. Jemand, der auf dem Längenberg keine archäologischen Forschungen will, oder jemand, dem er seit Jahren auf die Nerven geht, hat es auf ihn abgesehen. Vielleicht ist er reich und die gierigen Erben trachten ihm nach dem Leben. Und Bolli! Auch er ist in Gefahr. Diese Gangster könnten ihn kidnappen und uns erpressen. Ich stellte mir vor, wie er mich mit traurigen Augen ansah, während ein maskierter Mann ihm ein Messer an den Hals hielt. Mich schauderte. Mit angezogenen Beinen saß ich neben dem WC am Boden und lehnte mich an die Wand. Langsam wurde mein Atem ruhiger. Es klopfte an die Tür.

»Alles in Ordnung?«, rief Herbert.

Was für eine idiotische Frage! Nichts war in Ordnung! Ich hielt meinen Kopf unter den Wasserhahn und wusch mir das Gesicht. Erst dann schaute ich in den Spiegel. Über dem rechten Auge hatte ich einen etwa fünf Zentimeter langen Riss, aus dem es noch immer blutete. Ich drückte einen Waschlappen dagegen und suchte im Apothekerschrank nach Desinfektionsmittel und Pflaster. Herbert streckte den Kopf herein.

»Geht schon wieder«, brummte ich und sprayte mir mehrere Stöße des Mittels auf die Wunde.

»Das muss genäht werden!«, sagte er und raufte sich verstört die Haare. Ich legte Gazebinden auf die Stirn und klebte mehrere Pflaster darüber.

»Morgen«, murmelte ich, »jetzt brauche ich erst mal einen Schnaps.« Ich holte die Flasche Wodka, die ich zum 65. Geburtstag geschenkt bekommen hatte, aus dem Kühlschrank und schenkte uns zwei große Gläser ein. Bolli war nicht wild an mir hochgesprungen wie sonst, sondern setzte sich neben mich. Nun legte er seine Pfote auf mein Knie und blickte mich aus ruhigen, klugen Augen an.

Ich leerte mein Glas in einem Zug und spürte sofort, wie sich der Alkohol im Blut verteilte. Eine wohltuende Wärme durchströmte mich und ich merkte, wie ich ruhiger wurde.

»Das war verdammt knapp. Danke, Herbert.«

»Sollten wir nicht die Polizei rufen?«, fragte er und schaute mich prüfend an.

Ich lehnte den Kopf an die Wand und schloss die Augen. »Bin völlig erledigt. Es ist sinnlos, die können sowieso nichts machen.«

»Weißt du, wer das war?«

»Nein, keine Ahnung, ich habe nur einen schwarzen Schatten hinter dem Steuer gesehen.«

Herbert kippte seinen Wodka auch hinunter. »Aber ich weiß es!«

Beschwörend hob ich die Hände: »Nicht schon wieder ein Dämon, bitte, Herbert, dafür habe ich jetzt keine Nerven!«

Gekränkt schaute er mich an. »Ich habe ihn erkannt. Es ist völlig klar, dass er von einem Dämon geschickt wurde. Vielleicht ist er besessen.« Seine Stimme war heiser und sein Gesicht bleich vor Erregung.

Was sollte ich erwidern? Ich ächzte und schenkte uns still resigniert einen weiteren Wodka ein. Dieser alte Spinner würde mich noch zum Verzweiflungstrinker machen.

»Seltsam, dass er hier in Basel ist«, fuhr er fort, »das letzte Mal habe ich ihn in Domins gesehen.«

Nun horchte ich auf.

»Er war an dieser Infoveranstaltung und hat mir das Mikrofon aus der Hand gerissen. Deshalb erinnere ich mich an ihn.«

Ich schnappte nach Luft. »Bist du sicher?«

»Aber ja, so ein Gesicht vergisst man nicht.«

»Der Assistent von Frau Krompholz!«, stieß ich hervor. »Also hat sie ihn mir auf den Hals gehetzt.«

Das konnte doch nicht wahr sein. Enercompetence heuerte ihre Mitarbeiter als Killer an! Zuerst hatten sie Helgi aus dem Weg schaffen wollen, und nun stand ich auf der Abschussliste. Nur wegen dieser lächerlichen Honorarforderung? Nein, das war nicht möglich. Die Summe war für eine solche Firma ein Pappenstiel. Ging es um persönliche Rache? War die Krompholz verrückt geworden und konnte es nicht ertragen, dass ich ihre Windkraft-Erlösungs-Ideologie nicht teilte? In was für eine furchtbare Geschichte war ich da nur geraten? War das alles nur ein Albtraum, aus dem ich hoffentlich gleich erwachen würde? Und vor allem: Konnte ich Herbert trauen, oder hatte er sich da etwas zusammenfantasiert? Was sollte ich tun? Ich war völlig verstört. Mein Kopf schmerzte und ich brauchte dringend etwas Ruhe.

»Könntest du mir einen Gefallen tun?«, ich wies auf Bolli, »der Hund muss noch raus.« Herbert nickte und machte sich sofort auf den Weg.

Ich schloss die Augen und versuchte mich zu entspannen, aber das furchtbare Bild tauchte immer wieder auf: die dunkle Straße, der Wagen, der auf mich zuraste.

Nach etwa 20 Minuten kam Herbert zurück. Es war schon spät und ich konnte ihm nicht zumuten, jetzt noch den Zug nach Niederscherli zu nehmen. Er war gar nicht verwundert, dass ich ihn zum Übernachten bei mir aufforderte.

»Morgen, Herbert, morgen besprechen wir alles. Ich kann jetzt nicht mehr. Im Bad findest du alles, was du brauchst.« Ich ging ins Schlafzimmer, zog mich aus und betrachtete prüfend meine Arme, meine Beine, meine Brust und meinen Bauch. Es schien alles heil zu sein, keine blauen Flecken, keine Schürfwunden. Aber mein Kopf und die linke Schulter taten höllisch weh. Ich holte im Bad zwei Schmerztabletten und spülte sie mit einem Glas Wasser hinunter.

Herbert saß am Tisch und machte sich Notizen in ein kleines blaues Heft. Seine lange Nase war gerötet, ich weiß nicht, ob vom Wodka oder vor Eifer. Ich reichte ihm ein Pyjama und eine Wolldecke und wies stumm auf das Sofa.

Völlig erledigt legte ich mich ins Bett, fand aber keinen Schlaf. Kaum schloss ich die Augen, sah ich das schwarze Auto auf mich zufahren und spürte eine eisige Kälte. »Fridolin, mach dich nicht verrückt«, schalt ich mich selber, »denk an etwas anderes, beruhige dich!« Ich hatte einmal gelesen, dass man sich bei Einschlafschwierigkeiten schöne Landschaften vorstellen solle. Also dachte ich ans Val Dulain, an die Bergspitzen im Abendlicht, an die Ziegen am Berghang, den Sternenhimmel,

Marcels Alphütte. Und dann sah ich Maria Luisa vor mir, ihre grünen Augen, das runde Kinn, den großen Mund, die Grübchen. Sie lächelte und ich konnte endlich einschlafen.

Geklapper aus der Küche weckte mich und ich fuhr erschrocken auf. Ich brauchte einen Moment, um mich zu orientieren. Dann fiel mir alles siedend heiß ein. Am liebsten hätte ich mich sofort wieder unter der Decke verkrochen, aber ich musste mich dem Leben stellen und vor allem musste ich mich mit Herbert von Muhleren befassen. Die warmen Gefühle, die ich noch letzte Nacht für ihn verspürt hatte, waren einem gewissen Unbehagen gewichen. Was erwartete er wohl jetzt von mir? Wie konnte ich ihn mir vom Halse schaffen? Meine Nerven ertrugen ihn und seine Wahnideen nicht.

Herbert stand in meinem blau-gelb gestreiften Pyjama am Herd und sah lächerlich aus. Seine grauen Haare standen wirr vom Kopf ab und aus der viel zu kurzen Hose schauten zwei staksige weiße Beine hervor. Er trug meine Pantoffeln.

»Fridolin«, rief er, »ich kann das Kaffeepulver nirgends finden!« Den Tisch hatte er bereits gedeckt. Ich wäre gerne allein gewesen, aber mir war klar, dass wir zusammen frühstücken und die Ereignisse der letzten Nacht besprechen mussten. Das war ich ihm schuldig. Zuerst aber brauchte ich eine Dusche.

»Warte kurz, dann mache ich das«, sagte ich und verschwand im Badezimmer. Zuerst löste ich behutsam das Pflaster von der Stirn. Die Wunde sah übel aus, aber der Schmerz hatte zum Glück nachgelassen. Matthias Gamper würde das schon wieder hinkriegen, das war jetzt nicht so dringlich. Vorsichtig duschte ich mich ab. Während das warme Wasser wohltuend auf mich strömte, überlegte ich, wie ich vorgehen sollte. Wie weit sollte und konnte ich Herbert einweihen?

Während ich das Frühstück zubereitete, nahm auch er eine Dusche und erschien dann in seinen Kleidern von gestern. Sein blau-rot kariertes Hemd war am Ärmel zerrissen und erst jetzt sah ich, dass seine linke Hand aufgeschürft war. Schlechtes Gewissen befiel mich. Herbert hatte mir das Leben gerettet und ich machte mir bereits Sorgen, wie ich ihn wieder loswerden könnte. Zerknirscht schaute ich ihn über meine Tasse hinweg an. Mit akkurat gezogenem Scheitel saß er mir gegenüber und strich sorgfältig Butter auf eine Scheibe Knäckebrot.

»Es macht wohl keinen Sinn, die Polizei einzuschalten«, meinte er, »das hätten wir sofort tun müssen.« Genau das Gleiche hatte ich mir auch schon gedacht. Außerdem glaubte ich nicht, dass es irgendetwas genützt hätte. Was hätte ich denn erzählen können? Dass der Executive Assistant der Firma Enercompetence mich verfolgte, mich umbringen wollte?

»Warum sollte er Ihnen nach dem Leben trachten?«, hätte ein müde dreinblickender Kommissar gefragt. Er hätte in den Bildschirm gestarrt und nach Einträgen zu meiner Person gesucht. »Hatten Sie nicht kürzlich eine Meldung gemacht über einen Einbruch, bei dem gar nichts gestohlen wurde? Fühlen Sie sich in letzter Zeit erschöpft? Sind Sie überlastet? Macht Ihnen die

Pensionierung zu schaffen?« Dann hätte er zum Telefonhörer gegriffen, um die Psychiatrie zu informieren.

Herbert schüttete zwei Löffel Zucker in den Kaffee und rührte lange um. Er blickte mich prüfend an und meinte dann: »Es hat ja keinen Zusammenstoß gegeben und folglich finden sich keine Spuren am Auto. Der junge Herr wird alles abstreiten. Wir haben keine Beweise.«

Er hatte recht. Aber so leicht wollte ich mich nicht geschlagen geben. Ich holte tief Luft und begann zu erzählen.

Herbert blieb erstaunlich gelassen, als ich ihm von Helgis Gutachten und meinem Besuch bei Enercompetence berichtete. Nur sein Augenlid zuckte stärker als sonst. Lange stierte er in seine Kaffeetasse und murmelte vor sich hin. Schließlich schaute er mich an und grinste. »Jetzt besuchen wir diese Firma und machen Rabatz.« Vergnügt rieb er sich die Hände. »Denen zeigen wir, wo der Bartli den Most holt!«

Ich fuhr zusammen. Gott steh mir bei!, seufzte ich innerlich. Aber es war Herbert von Muhleren, der pensionierte Sekundarlehrer mit Dachschaden, der mir beistand und einen Plan entwickelte. Ich war unterdessen so tief im Schlamassel gelandet, dass ich keine Wahl mehr hatte. Jetzt half nur noch die Flucht nach vorne.

# KAPITEL 27

Wir fuhren mit dem Auto meiner Schwester nach Chur. Ruth hatte bei unserem Telefonat natürlich wissen wollen, warum ich den Wagen brauchte, ich hatte aber weder Zeit noch die Nerven gehabt, ihr all meine Abenteuer zu schildern. Als ich die Schlüssel bei ihr holte, stieß sie bei meinem Anblick einen Schreckensschrei aus. »Um Himmels willen! Was ist denn mit dir passiert? Bist du in eine Schlägerei geraten?« Dann blickte sie misstrauisch auf Herbert und den Hund. »Fridolin, ich mache mir Sorgen. Du bist in letzter Zeit so verändert.«

Ich versicherte ihr, dass es mir blendend gehe und dass ich mit meinem Freund und dem Hund eine kleine Spritzfahrt nach Chur machen wolle. Mit angewiderter Miene zeigte sie auf Bolli: »Der Hund kommt mir nicht ins Auto, ich will keine Hundehaare auf dem Polster!«

Unter ihrem Protest sprang Bolli auf den Hintersitz und ich gab Gas.

Ruth blickte uns fassungslos nach. Wahrscheinlich musste ich sie irgendwann zum Essen einladen und ihr eine plausible Geschichte auftischen.

Unterwegs besprachen wir, wie wir vorgehen wollten. Ich hatte Herbert unterschätzt. Von einem pensionierten Sekundarlehrer und Ahnenforscher aus Niederscherli hätte ich mehr Skrupel erwartet. Man kann sich ganz schön täuschen. Aber auch über mich selber wunderte ich mich. Ruth hatte schon recht: Ich hatte mich verändert. Mein friedliches Rentnerdasein war ganz schön durcheinandergeraten. Vergnügt pfiff ich vor mich hin.

Vor der Firma Enercompetence schritten wir zuerst den Parkplatz ab. Es standen mehrere schwarze Autos da, aber nur ein einziger Offroader, ein Toyota. Dario Frey war tatsächlich so blöde gewesen, ihn hier zu parken. Wir notierten die Nummer und fuhren dann, Bolli im Schlepptau, mit dem Lift hoch. Mir kam unwillkürlich das Bild von zwei Cowboys in den Sinn, die o-beinig mit dem Colt im Gürtel zu einer Abrechnung schritten. Aber wir waren ja nur zwei alte Männer und ein brauner, struppiger Hund mit angefressenem Ohr.

Dario Frey saß am Pult. Als er uns sah, fuhr ein Schreck über sein Gesicht.

»Ich lebe noch«, sagte ich lapidar, »und ich möchte sofort Frau Krompholz sprechen.«

Frey biss sich auf die Lippen. Ich konnte an seinem Gesicht sehen, dass er fieberhaft überlegte.

»Haben Sie einen Termin?«, fragte er und starrte angestrengt auf den Bildschirm. Seine Nasenflügel bebten.

»Nein, aber den brauchen wir nicht. Ich bin sicher, dass sie uns empfangen wird.«

Herbert griff in die Glaskugel mit den Bonbons und stopfte sich die Hosentasche damit voll. Dann ging er um den Empfangstresen herum und baute sich drohend vor Dario Frey auf. »Wir haben Sie erkannt«, donnerte er, »und wir werden Sie bei der Polizei anzeigen!«

Frey sprang auf. »Ich weiß nicht, wovon Sie sprechen, und ich muss Sie bitten, unsere Büros zu verlassen.«

»Wir wollen zu Frau Krompholz, und zwar subito!«

Herberts kräftige Stimme war vermutlich im ganzen Haus zu hören. Man merkte, dass er in Niederscherli im Kirchenchor sang.

»Frau Krompholz ist heute nicht hier«, stammelte Frey.

Just in diesem Moment ging die Tür zu ihrem Büro auf und sie kam heraus.

»Was ist denn hier los?« Sie runzelte die Stirn, als sie uns erblickte. »Sie schon wieder? Was wollen Sie?«

»Frau Krompholz«, sagte ich schneidend, »gestern Nacht hat Ihr Executive Assistant versucht, uns zu überfahren. Ich bin sehr erstaunt, dass Enercompetence zu solchen Mitteln greift, um missliebige Windkraftgegner auszuschalten.« Ich deutete auf das Pflaster an meiner Stirn und Herbert zeigte anklagend seine Hand.

Unterdessen waren aus allen Büros die Mitarbeiterinnen und Mitarbeiter herausgekommen und schauten neugierig auf die Szene. Dario Frey stand mit dem Rücken zum Fenster und begann nervös zu zittern.

»Leugnen ist vergeblich. Wir haben Zeugen!«, brüllte Herbert. Durch diese angeheizte Stimmung wurde Bolli ganz aufgeregt und begann zu bellen.

»Schluss jetzt«, rief Frau Krompholz, »kommen Sie in mein Büro! Sie auch, Herr Frey. Aber der Hund bleibt draußen.«

Ich übergab die Leine einer verdutzt dreinblickenden Frau und bat sie, kurz auf den Hund aufzupassen. Er sei ganz lieb, sie müsse keine Angst haben.

Frau Krompholz schloss hinter uns die Tür ihres Büros. »Ein solcher Radau ist bei uns nicht üblich. Ich bin sehr gespannt, was Sie für eine Erklärung haben.«

Ich schilderte ausführlich die Ereignisse der letzten Nacht und Herbert blickte mit finsterer Miene zu Dario Frey. Dieser rutschte nervös auf dem Stuhl herum, auf seiner Stirn bildeten sich Schweißtropfen.

»Ich war nicht in Basel«, behauptete er, »das ist alles gelogen.«

Herbert schnalzte mit der Zunge und zog aus seiner Aktentasche ein Papier. Langsam, jedes Wort betonend, las er vor: »Ich, Rudolph Messerli, wohnhaft an der Homburgerstraße 26 in 4052 Basel, bezeuge hiermit, dass ich gestern Nacht um 21.45 Uhr beobachtet habe, wie ein schwarzer Wagen, ein Offroader, vermutlich der Marke Toyota, direkt vor meinem Haus mit hoher Geschwindigkeit auf zwei Männer zuraste. Diese konnten sich nur durch einen Sprung zur Seite retten. Das Kennzeichen des Autos begann mit GR 176. Die weiteren Zahlen konnte ich nicht mehr erkennen, da sich der Wagen schnell Richtung Zürcherstraße entfernte. Es handelt sich bei der Homburgerstraße um eine Einbahnstraße, der Wagen fuhr verbotenerweise in die falsche Richtung. Ich bin bereit, diese Aussage vor der Polizei zu bestätigen.«

Genüsslich faltete Herbert das Papier zusammen und warf Frey einen vernichtenden Blick zu. Dieser kniff die Lippen zusammen und starrte auf den Boden. Im Büro herrschte eisige Stille.

Schließlich ergriff Frau Krompholz das Wort: »Was haben Sie dazu zu sagen, Herr Frey?«

Es war erbärmlich, mitansehen zu müssen, wie er sich wand und heulend zusammenbrach. Er tat mir beinahe leid. Frau Krompholz rang sichtlich um Fassung. Endlich schickte sie ihn hinaus und wandte sich uns mit einem gefrorenen Lächeln zu. Ausführlich schilderte sie uns dann die ethischen Unternehmensrichtlinien von Enercompetence, die selbstverständlich auch bei der Rekrutierung und Anstellung von Personal zum Zuge kamen. Dario Frey befinde sich in einer schweren persönlichen Krise, sie könne sich sein Verhalten nur damit erklären. Jedenfalls lege sie großen Wert darauf, dass wir eine gütliche Lösung finden könnten.

Ich nickte verständnisvoll und legte ihr dar, wie eine solche gütliche Regelung aus unserer Sicht aussehen könnte. Herbert machte Notizen und setzte eine grimmige Miene auf. Wir alle spielten Theater und wir alle wussten es.

## KAPITEL 28

Die letzten drei Wochen hatten mich sehr angestrengt. Deshalb beschloss ich, mich für einige Tage unsichtbar zu machen, mich zurückzuziehen. Ich brauchte Abstand von allem und fühlte mich in meiner Wohnung nicht mehr sicher. Zuerst aber suchte ich Matthias Gamper auf, um ihm meine diversen Blessuren zu zeigen. Er schüttelte ungläubig den Kopf, als ich ihm alles haarklein berichtete.

»Du hättest sofort in die Notaufnahme fahren müssen, jetzt kann ich nicht mehr nähen. Das gibt eine hässliche Narbe.« Vorwurfsvoll schaute er mich an. »Fridolin, dieser Isländer hat dein Leben vollkommen durcheinandergewirbelt. Am besten meidest du alles, was mit ihm zu tun hat, und verbringst einige Tage im Berner Oberland. Ich kenne da eine gute Reha-Klinik, in die ich dich überweisen kann: abgelegen, friedlich, hervorragendes Therapieprogramm. Die Verletzungen sind harmlos, aber ich glaube, dein Gemüt braucht jetzt absolute Ruhe.«

»Und der Troll? Und die Windkraftmafia?«

»Du glaubst doch nicht im Ernst, dass jemand von dieser Enercompetence auf einen Berg hochkraxelt, um einen alten Isländer abzumurksen? Das ist absolut lächerlich. Du hast wirklich immer nur in deinem wissenschaftlichen Elfenbeinturm gelebt und keine Ahnung, wie die Welt funktioniert. Eine renommierte Firma würde niemals zu solchen Mitteln greifen.« Sein Gesicht war rot angelaufen und er warf mir einen empörten Blick zu. »Windkraftmafia! Wenn ich das nur höre. Absurd! Reiss dich zusammen, Fridolin!«

»Aber irgendjemand hat ihn runtergestoßen«, insistierte ich.

»Du bist nicht James Bond, überlass das der Polizei.«

»Der Polizei? Die hat doch keine Ahnung! Nicht einmal Helgis Spitalzimmer hat sie gesichert.«

»Die Welt geht auch ohne dich zugrunde. Herrgott noch mal, was ist nur in dich gefahren? Hast du eine Krise, weil du emeritiert bist? Vermisst du deine Studenten, die Vorlesungen und den ganzen Rummel, über den du dich dauernd beklagt hast?«

Ich gab auf. Matthias meinte es gut, aber es war klar, dass er mich für nicht mehr ganz zurechnungsfähig hielt. Am liebsten hätte er mich wohl direkt in die Klapse gesteckt.

»Gönn dir Ruhe, entspann dich! Und dann setz dich hin und schreib dein Buch fertig. Ich verspreche dir sogar, es zu lesen.« Er notierte mir die Adresse der Rehaklinik und telefonierte sofort, um nach einem freien Platz zu fragen. Am Montag konnte ich eintreten.

Ich verließ die Praxis mit einer Überweisung, Schmerztabletten und Salben. Ja, ich brauchte Ruhe. Und ich wusste, wo ich sie finden würde. Nicht im Berner Oberland, nein, sondern im Val Dulain, in Binaglia.

Nur Herbert hatte ich von diesen Reiseplänen erzählt und er wollte mich natürlich unbedingt begleiten. Ich erklärte ihm aber, dass ich einige Tage für mich allein sein wollte. Er ließ sich aber nicht davon abhalten, wenigstens am Wochenende zu kommen.

Als ich im Hotel eintraf, strahlte mich Adriana an. »Willkommen in Binaglia, es freut mich, dass du wieder hier bist!« Sie bückte sich zu Bolli. »Und selbstverständlich bist auch du herzlich willkommen.« Sie sah verändert aus und ich blickte sie irritiert an. Erst als sie auf ihren Kopf deutete, bemerkte ich, dass sie eine neue Frisur hatte, das Haar war ganz kurz geschnitten. »Ist praktischer«, meinte sie.

»Es sieht toll aus. Schade, dass meine Haare schon so kurz sind, ich kann mich nicht verjüngen.«

Ich bekam das gleiche Zimmer wie beim letzten Mal und es fühlte sich gut und richtig an, wieder hier zu sein.

Zuerst fragte ich Adriana, ob Curdin hier sei. Ich wollte ihm von meinem Besuch bei Enercompetence erzählen und war neugierig, wie er die Sache einschätzte. Aber er war an einer Sitzung in Domins. »Morgen ist er hier, ich sage ihm, dass du ihn sprechen möchtest.«

Ich beschloss, mit Bolli einen langen Spaziergang zu machen. Es war ein wunderschöner Herbsttag, der Himmel von intensivem Blau, die Lärchen an den Hängen verfärbten sich bereits gelb. Vor dem Dorfladen stand die Verkäuferin und rauchte. Sie grüßte mich freundlich und erkundigte sich nach meinem Befinden. Offenbar war ich im Dorf schon bekannt. War das gut oder lauerte erneute Gefahr, wenn sich herumsprach, dass dieser Basler Professor wieder hier war?

Noch immer war ja nicht klar, ob tatsächlich Enercompetence hinter der Attacke auf Helgi stand. Ich war nicht sicher, ob Matthias Gamper recht hatte. Mir schien, dass er etwas gar naiv an eine saubere Geschäftspolitik dieses Unternehmens glaubte. Es ging um viel Geld. Helgi hatte irgendetwas zu tricksen versucht mit diesem Gutachten. Vielleicht hatte er damit an die Presse gelangen wollen, um zu zeigen, mit welchen unsauberen Methoden die Firma arbeitete. Vielleicht hatte er die Talbevölkerung warnen wollen: Schaut her, die sind bestechlich! Eine unsaubere Firma wirbt für saubere Energie!

Ich runzelte sorgenvoll die Stirn. Hoffentlich täuschte ich mich nicht. Hoffentlich konnte Helgi bald selber alles erklären. Sofern sein Erinnerungsvermögen nicht gelitten hatte und sofern er überhaupt in der Lage war zu sprechen. Schnell verscheuchte ich diese sorgenvollen Gedanken. Helgi hatte einen dicken Schädel und würde schon bald wieder Witze reißen.

Hinter der Dorfkirche kam mir ein Mann mit tief in die Stirn gezogenem Hut und einem Gewehr über der Schulter entgegen. »Fridolin«, rief er, »auch wieder hier im Lande?« Erst jetzt erkannte ich Marcel. Sein Bart war gestutzt. »Gibt es Neuigkeiten von Helgi?«

»Vermutlich wird er diese Woche aus dem Koma geholt.«

Marcel strahlte. »Dann kann er ja direkt aus dem Krankenhaus hierherkommen. Er wollte mich zur Jagd begleiten.«

»Daraus wird dieses Jahr wohl nichts. Er braucht sicher eine längere Erholungszeit. Aber wer weiß, vielleicht kannst du ihn in Island besuchen und ihr geht dort auf Rentierjagd.«

Wir plauderten noch ein wenig und ich erfuhr, dass Marcel im Winterhalbjahr in einer Schreinerei in Domins arbeitete. Bevor wir uns verabschiedeten, erkundigte ich mich nach der verletzten Kuh.

»Der geht es prächtig. Der Tierarzt hat es sogar ohne Antibiotika geschafft.«

Er versprach, mich in den nächsten Tagen anzurufen, damit wir uns auf ein Bier treffen könnten. Bolli hatte die ganze Zeit ungeduldig an der Leine gezerrt, und auch ich spürte eine innere Unruhe, denn dieser Spaziergang hatte ein Ziel: Luisas Hof.

Als ich an der scheußlichen Villa vorbeikam, stand die Frau, die sich im Dorfladen über die Windkraftwerke empört hatte, im Vorgarten und schnitt mit einer großen Schere hervorstehende Zweiglein von einer Hecke ab. Als sie mich erblickte, trat sie an den Zaun.

»Sie sind doch dieser Professor«, sagte sie und machte ein erfreutes Gesicht, »mein Mann und ich waren an der Infoveranstaltung in Domins und haben Sie gehört. Das war sehr gut, was Sie da gesagt haben! Es geht denen nur um Profit, nicht um die Umwelt.«

Mir war es peinlich und ich lächelte unverbindlich. Das fehlte mir gerade noch, dass diese Frau mich in eine Diskussion über Immobilienpreise verwickelte. Ich nickte ihr zu und ging schnell weiter.

»Warten Sie«, rief sie, »ich möchte Ihnen noch unsere Vereinsunterlagen mitgeben. Vielleicht möchten Sie zu einer unserer Veranstaltungen kommen.« Sie ging ins Haus und kam mit einer Broschüre zurück. »Die Vereinigung ist in der ganzen Schweiz tätig, es sind namhafte Wissenschaftler dabei.« Stolz reichte sie mir ein kleines Büchlein, auf dem eine Alphütte mit Schweizer Fahne abgebildet war. Unter einer strahlenden Sonne stand das Logo des Vereins: »VGH – Vereinigung für Gesundheit und Heimat«.

Ich bedankte mich und steckte die Broschüre ein. Wahrscheinlich hätte sie noch gerne länger geschwatzt, aber ich hatte Besseres im Sinn.

# KAPITEL 29

Ich hatte für Luisa eine Packung Basler Läckerli und einen Band von »Hägar der Schreckliche« gekauft. Mit wissenschaftlichen Artikeln wollte ich sie nicht malträtieren. Noch nicht. Den Aufsatz über die Rolle der Frau bei den Wikingern würde ich ihr vielleicht später einmal geben.

Der Hof lag etwa 15 Minuten vom Dorfzentrum entfernt. Ich erkannte ihn sofort an den Sonnenkollektoren auf dem Scheunendach. Das Wohngebäude war zweigeschossig, der untere Teil gemauert, das Obergeschoss noch in braunem, wettergegerbtem Holz.

Luisa stand im Garten und pflückte Johannisbeeren. Sie trug blaue Arbeitshosen und ein rot-weiß kariertes Kopftuch. Als sie mich erblickte, lächelte sie. »Fridolin, schön, dass du wieder hier bist!«

»Hallo, ja, das finde ich auch«, sagte ich und versuchte, meine Aufregung zu verbergen.

Ein etwa zehnjähriger Junge fuhr mit einem Rollbrett vor der Garageneinfahrt enge Kurven. Auf den Treppenstufen, die zur Haustür führten, lag ein Berner Sennenhund, der knurrte, als er Bolli sah.

»Ruhig, Snert«, rief Luisa, »du kennst doch Bolli bereits, mach nicht jedes Mal wieder ein Theater!«

Ich grinste. »Du hast es also noch nicht ganz aufgegeben, die Tiere nach den Figuren von ›Hägar der Schreckliche‹ zu benennen.« Snert war Hägars fauler und schmutziger Hund.

»Diesen Namen hat Renzo ausgesucht. Er ist auch ein Hägar-Fan oder, besser gesagt, er war es, nun ist er zu groß für solche Kindereien.«

Ich zeigte auf den Jungen, der nun mit Bolli spielte. »Ist das Renzo?«

»Nein, Renzo ist der Ältere, das ist Emil, er geht in die vierte Klasse.« Sie schmunzelte. »Bei meinen Kindern wagte ich es nicht, ihnen Wikingernamen zu geben.«

»Ich will nicht stören, aber ich dachte, ich könnte mal sehen, wo dein Hof liegt.«

»Komm herein, eine kleine Pause tut mir gut.« Sie führte mich in die Küche, die groß und hell war. Spüle, Herd und Schränke waren ganz modern, nur der Esstisch aus dunklem Eichenholz mit Schiefereinlage wirkte antik.

»Die Küche haben wir im Frühling renoviert, vorher war hier alles sehr düster mit dunkler Holzverkleidung und einem Herd, der sich überhaupt nicht regulieren ließ.«

An den Fenstern hingen keine Vorhänge, sodass man direkt auf die Eberesche vor dem Haus blicken konnte.

»Magst du Kaffee oder lieber Tee?«

»Gerne Kaffee.«

Sie stellte zwei Tassen unter eine Kaffeemaschine und holte aus dem Schrank eine Dose mit Nussstengeli.

»Wie schaffst du es, diesen Hof ganz alleine zu bewirtschaften?«

»Ach, es geht schon. Ich betreibe ja keinen Ackerbau. Die Ziegen sind im Sommer auf der Alp, dann ist es hier ganz friedlich. Und Renzo hilft auch tüchtig mit.«

Ich musterte sie verstohlen. Unter ihren Augen lagen dunkle Schatten und um den Mund meinte ich heute, einen leicht verhärmten Zug wahrzunehmen.

»Wie lange bleibst du?«, fragte sie.

»Einige Tage, ich brauche etwas Erholung.«

»Ja, das sieht man, du wirkst etwas havariert.« Sie zeigte auf meine Stirn. »Was ist denn da passiert? Hattest du eine Schlägerei?«

Ich winkte ab. »Erzähl ich dir später.«

Aus der Tasche nahm ich die Baslerläckerli und das Büchlein von Hägar dem Schrecklichen. Dabei rutschten auch das Sichtmäppchen mit dem Ausdruck von Helgis Fotos und die Broschüre der Villenbesitzerin heraus. »Hier, ich habe dir was mitgebracht.«

Als sie Hägar sah, strahlte sie. »Super! Da habe ich endlich wieder etwas zu lesen. Und Emil wird sich auch darüber freuen.« Neugierig blickte sie auf die andere Broschüre. »Gehörst du diesem Eso-Klub an?«

»Nein, das hat mir die Frau gegeben, die unten in diesem grauen Betonklotz wohnt. Kennst du diese Organisation?«

»Ich habe in der Zeitung darüber gelesen. Die sind auch gegen die Windkraft, aber es ist ein dubioser Verein. Sie vermischen grüne Anliegen mit nationalistischem und esoterischem Geschwafel.«

Ich blätterte die Broschüre kurz durch. Es war eine Sammlung von Argumenten gegen Windkraft, alles schön bebildert und mit Grafiken untermauert. Das Vorwort eines Dr. Bartels – Präsident des Vereins – ließ mich aufmerken. Der Hauptgrund für die Klimaerwärmung liege in der Entfremdung von der Kultur unserer Vorfahren. Windkraftwerke würden die Schweizer Erde schänden, es gelte, wieder ein gesundes Verhältnis zum heimatlichen Boden herzustellen. Mindestens sieben Mal wurde »unsere Schweiz« beschworen. Da half es nichts, wenn im Impressum stand, die VGH sei ein Zusammenschluss von »politisch, weltanschaulich und religiös pluralistisch orientierten Bürgern dieses Landes«, die Stoßrichtung war klar: Hinter der Windkraftindustrie steckten multinationale Konzerne, die Kapital schlagen wollten aus der schönen Schweizer Natur. Und im Übrigen liege die Ursache des erhöhten Strombedarfs an der viel zu schnell gewachsenen Bevölkerung, an der ungebremsten Zuwanderung.

»Wenn man das liest, könnte man direkt zu einem Befürworter der Windkraft werden. Leider ist es so, dass rechtsnationale Bewegungen schon seit langer Zeit versuchen, Natur- und Heimatschutz für sich zu beanspruchen. Gehört der Verein Gegenwind auch dazu?«

»Offiziell nicht, die haben sich verstritten. Aber es gibt wahrscheinlich Leute, die beide unterstützen. Diese Villenbesitzer fürchten sehr um den Wert ihrer Immobilien und Frau Baltensperger, die Frau vom Betonklotz, hat eine Gesundheitspraxis, in der sie Leute mit Handauflegen behandelt. Letzten Sommer hat sie eine Heil-Wanderung zum Wasserfall hinten in der Schlucht organisiert. Sie behauptet, dass dort ein Kultplatz der Kelten gewesen sei. Ich glaube, die tickt nicht ganz richtig. Aber stell dir vor, da sind tatsächlich etwa 15 Leute hochgewandert, haben irgendwelche Mantras gemurmelt und Wasser in Fläschchen abgefüllt.«

»Vermutlich hat sie dafür saftig kassiert und sich diesen Roboter-Rasenmäher gekauft, der auf ihrem sterilen Schweizer Rasen herumtuckert«, sagte ich lachend.

Nun stürmte Emil herein, gefolgt von Bolli, der neugierig in der Küche herumschnüffelte. »Mami, wir haben Hunger!«

Sie strich ihm über den Kopf. »Es gibt gleich Abendessen, wasch dir schon mal die Hände!«

Aber Emil hatte die Broschüre gesehen und blätterte neugierig darin herum. Dann griff er zum Mäppchen mit den Fotos.

»Sei vorsichtig«, ermahnte ihn Luisa, »der Professor braucht die Fotos noch.«

Mit großen Augen schaute mich der Junge an. »Sind Sie ein richtiger Professor? Wie der Helgi?«

»Ja, aber ich grabe keine alten Burgen aus.«

Emil schaute sich die Fotos an. »Interessant«, murmelte er. Dann ging er hinaus und kam mit einer Lupe zurück, um die Bilder noch genauer studieren zu können.

Ich trank den letzten Schluck Kaffee und blickte auf die Uhr. »Dann mach ich mich wieder auf den Rückweg, du hast sicher noch viel zu tun.«

»Wenn du Kartoffeln mit Käse magst, kannst du gerne hierbleiben.«

»Gschwellti mit Käse? Mein absolutes Lieblingsmenü!«

Luisa lächelte zufrieden und setzte einen großen Topf mit Wasser auf. Emil schaute sich noch immer fasziniert die Fotos an. »Was sind Sie für ein Professor?«, wollte er wissen. »Schreiben Sie Bücher über Schlangen und Frösche?«

»Nein, nein, ich schreibe ein Buch über die Wikinger«, erwiderte ich, »hast du schon von ihnen gehört?« Ich griff zum kleinen Band mit den Comics von Hägar. »Schau, das habe ich eigentlich für deine Mutter gebracht, aber vielleicht ist es besser geeignet für dich.«

Emil nahm das Büchlein kurz zur Hand, schien sich aber nicht weiter dafür zu interessieren. Er zeigte auf eines der Fotos. »Wo haben Sie diese Unke fotografiert?«, fragte er. »Wir mussten für die Schule kartieren, und die habe ich hier noch nie gesehen.«

Ich griff zur Lupe. Tatsächlich war auf einem Bild unter Gras und stacheligen Blumen verborgen ein uriges Tier zu erkennen. Es war gut getarnt, aber die zwei Augen und eine warzige Haut waren auszumachen, wenn auch verschwommen. Bisher hatte ich immer nur die seltsamen Blumen gesehen und gedacht, Helgi habe diese im Fokus gehabt.

»Die Fotos hat Helgi gemacht, ich weiß aber nicht, wo er diesen Frosch gesehen hat.«

Emil prustete los. »Das ist doch kein Frosch, das ist eine Grünkopfunke! Supercool und extrem selten.«

Luisa zwinkerte mir zu. »Emil interessiert sich für alles, was kreucht und fleucht. Er hat eine riesige Sammlung von Vogelfedern, Vogeleiern, Bestimmungsbücher von Vögeln, Pilzen, Amphibien, Schmetterlingen und Spinnen.«

»Wahrscheinlich hat er sie auf der Nurinahöhe entdeckt«, vermutete Emil, »dort hat es kleine Tümpel, die auch im Sommer nicht austrocknen, und Sternentau gibt es dort auch. Es ist ein geeignetes Biotop für Amphibien.«

Verdutzt glotzte ich ihn an. »Der feuchte, nackte Troll!«, rief ich aus und schlug mir an die Stirn. »Diese Unke ist der feuchte, nackte Troll!«

Emil warf mir einen misstrauischen Blick zu. »Trolle gibt es nur in Märchen. Das ist eine Grünkopfunke.«

»Du sagst, diese Unke sei extrem selten? Ist sie womöglich geschützt?«

»Keine Ahnung, aber ich kann nachsehen. Vermutlich ist sie mega-geschützt.« Er rannte hinaus und kam mit einem Laptop zurück.

Ich schaute Luisa an. »Das könnte des Rätsels Lösung sein«, triumphierte ich. »Wenn auf der Nurinahöhe eine geschützte Amphibie vorkommt, dann können sie es vergessen mit dem Windpark.«

Emil tippte auf der Tastatur herum. »Bingo«, rief er, »Rote Liste!«

Aufgeregt beugte ich mich über den Bildschirm. »Bist du ganz sicher, dass es eine Grünkopfunke ist?«

»Ja, der braune Rücken und der gelb und schwarz gemusterte Bauch sind typisch. Zuerst dachte ich, es sei eine Gelbbauchunke, aber schau hier, der Kopf: Über den Augen hat sie diese grünen Punkte, ein eindeutiges Erkennungsmerkmal. Das ist eine Grünkopfunke, hundertpro!« Er zeigte mir Bilder der Grünkopfunke im Internet und tatsächlich sah Helgis Unke genauso aus. Warum hatte ich Hornochse nicht früher darauf geachtet?

»Ich habe die Bilder hundertmal angesehen, aber immer nur diese stachlige Blume mit den Tautropfen gesehen.«

Emil schaut mich mitleidig an. »Das ist keine stachlige Blume, sondern der rundblättrige Sternentau, und diese Tropfen sind ein klebriges Sekret, es ist nämlich eine fleischfressende Pflanze.« Ich war baff. »Übrigens auch geschützt«, fügte er trocken hinzu.

So vielen Leuten hatte ich die Fotos gezeigt, aber da musste ein zehnjähriger, naseweiser Junge kommen, um das Rätsel auf einen Schlag zu lösen. Ich konnte es nicht fassen.

Wir vertieften uns in den Sachtext, der die Grünkopfunke, ihre Merkmale, ihren Lebensraum und die Gefährdung genau beschrieb. Es war hochkomplex. Ein Buch über Wikinger zu schreiben, war ein Kinderspiel dagegen.

Nach etwa einer halben Stunde tischte Luisa die Kartoffeln mit Käse und Butter auf.

»Kommt Renzo nicht zum Essen?«, fragte ich.

»Nein, er hat heute Probe in der Blasmusik Domins Er spielt Zugposaune.«

»Und ich spiele Saxofon«, erklärte Emil. Er stopfte sich die Kartoffeln in den Mund und strahlte uns an.

»Emil! Ich hätte dir diese Bilder schon lange zeigen sollen, es wäre mir viel erspart geblieben.« Ich war erleichtert und gleichzeitig empört. Warum hatte Helgi nicht einfach geschrieben, dass er eine streng geschützte Unke entdeckt hatte? Warum dieser bescheuerte Hinweis auf einen Troll? Herr Kramer hatte recht: Isländer waren einfach verrückt.

»Was wirst du nun unternehmen?«, fragte Luisa.

Ich werde Curdin fragen, welche Behörden wir informieren müssen. Die werden dann die nötigen Schritte einleiten. Das hoffe ich wenigstens.«

»Warum hat Helgi das nicht selber gemacht? Ich verstehe es nicht.«

Ich wollte Luisa nichts von den Zahlungen sagen. Nicht bevor ich mit Helgi darüber gesprochen hatte. »Vielleicht wusste er nicht, wie man in der Schweiz vorgehen muss.«

»Aber er hätte doch jemanden von der Bürgerinitiative fragen können.«

»Ich glaube, Helgi wollte die Leute hier im Tal schützen. Du siehst ja: Die Windlobby schreckt vor nichts zurück. Zuerst wollten sie Helgi kaltstellen und dann – als sie hörten, dass ich im Besitz von wichtigen Infos bin – hatten sie es auf mich abgesehen. Ich war ja so unvorsichtig, überall herumzuerzählen, dass Helgi mir ein Mail mit Fotos geschickt hat.«

Ich erzählte ihr vom Überfall in Basel. Entsetzt schaute sie mich an und Emil riss fasziniert die Augen auf.

»Das hätte ich nie gedacht, dass sie so weit gehen. Und jetzt? Glaubst du, dass die immer noch hinter dir her sind?«

»Sobald diese Information öffentlich wird, haben sie verloren. Dann hat es keinen Sinn mehr, mich zu verfolgen. Es ging ihnen nur darum, Helgi und mich auszuschalten. Aber wenn es in der Presse steht, werden sie aufgeben.« Ich dachte an Widmer und Krompholz und schmunzelte. »Ein kleiner, nackter Troll stoppt ein Milliardenprojekt! Die werden total durchdrehen.«

»Und die Anschläge auf dich und Helgi? Wirst du sie anzeigen?«

»Ich muss zuerst mit Helgi reden, ich weiß ja nicht, ob er den Täter erkannt hat. Sonst wird es schwierig mit den Beweisen. Aber die Tatsache, dass hier keine Windräder rauschen werden, reicht mir eigentlich völlig.«

Dass ich auch ein großzügiges Schmerzensgeld eingefordert hatte, sagte ich Luisa vorerst nicht.

Zufrieden lehnte ich mich zurück. Endlich! Endlich war es vorbei. Alles war nur an diesem kleinen, warzigen Urvieh gelegen.

## KAPITEL 30

Luisa musste noch in den Stall, um die Ziegen zu melken und die Hühner zu versorgen. Unterdessen zeigte mir Emil sein Zimmer. An der Wand hing ein großes Poster mit einer Pop-Gruppe. »Die Hoodymugels«, erklärte er, »coole Musik. Letztes Jahr spielten sie in Domins auf dem Dorfplatz.«

Stolz zeigte er mir seine Federnsammlung. »Hier, diese Feder stammt von einem Birkhuhn und diese zwei von einem Mäusebussard. Leider habe ich noch nie eine Adlerfeder gefunden. Die kann man teuer verkaufen.«

»Ich habe auch eine Federnsammlung in Basel. Hast du schon einmal die Feder eines Auerhahns gesehen?«

»Haben Sie eine?«

»Ja, ich habe sie vor vielen Jahren im Schwarzwald gefunden. Es ist aber keine Schwanzfeder, nur eine Armschwinge, etwa 15 Zentimeter lang.«

»Cool!« Er warf mir einen anerkennenden Blick zu. »Die müssen Sie das nächste Mal mitbringen.«

Luisa kam herein und schickte den protestierenden Emil ins Bett. Sie gab ihm das Büchlein von Hägar. »Nur noch eine halbe Stunde«, schärfte sie ihm ein, »und nur ausnahmsweise.«

Unterdessen war auch Renzo heimgekommen. Er stand am Herd in der Küche und briet sich die Kartoffeln. »Hallo«, sagte er, »hab's schon gehört, Helgi hat eine Grünkopfunke entdeckt. Das gibt Ärger!« Er schnappte sich einen Teller, türmte Kartoffeln und Käse drauf und verschwand in sein Zimmer.

Luisa hatte eine Flasche Wein geöffnet. »Nun müssen wir feiern. Komm!« Wir gingen ins Wohnzimmer und ich setzte mich auf ein wuchtiges dunkelrotes Sofa, das bei jeder Bewegung knarrte. Neugierig blickte ich mich um. Es sah nicht gerade aufgeräumt aus, wirkte aber gemütlich, vielleicht gerade deswegen. Auf einem langen Tisch stand eine Vase mit einem Strauß Herbstblumen. Daneben lagen Zeitschriften, Nähzeug, Schulhefte und eine angefangene Packung Kekse. Hinten an der Wand hing eine Kuckucksuhr, die allerdings stehen geblieben war. Ich musste lächeln, als ich das Büchergestell sah: Mehrere Sammelbände von Reader's Digest standen da und zwei Regale voller alter Silva-Bücher. Diese Bücher hatten auch meine Eltern gesammelt. Man konnte sie günstig kaufen und musste dann »Silva-Punkte« einsenden, um die dazugehörenden Bilder zu erhalten. Soviel ich weiß, erschienen die ersten Bücher noch während des Zweiten Weltkriegs. Die Inhalte reichten von Rosen über Länderkunde bis hin zu Vögeln, Märchen und Kochen. Ich erinnerte mich, wie ich die Punkte jeweils von den Glacé-Papieren ausgeschnitten und meine Mutter die Bilder sorgfältig eingeklebt hatte. Es war damals ein erfolgreicher Marketing-Trick: Konsum verbunden mit Bildung.

Luisa bemerkte meinen Blick. »Ich sollte schon längst mal hier aufräumen und Platz schaffen, das alles stammt noch von Flurins Eltern und Großeltern.« Sie seufzte. »Aber ich komme einfach nicht dazu.«

»Flurin war dein Mann?«

»Ja, er ist vor drei Jahren bei Waldarbeiten verunglückt.« Sie holte tief Luft. »Manchmal wird mir alles zu viel. Aber irgendwie geht es, mal besser, mal schlechter. Die Leute im Dorf haben mir sehr geholfen und zum Glück habe ich die zwei Jungs.«

Sie holte zwei Gläser aus einer Vitrine und setzte sich neben mich. »Es wäre wunderbar, wenn das Windkraftprojekt durch diese Unke tatsächlich gestoppt werden könnte«, sagte sie, »aber ich glaube noch nicht daran. Es gab ja eine Umweltverträglichkeitsprüfung, und es war nie von geschützten Tieren oder Pflanzen die Rede. Der Naturschutz hätte bestimmt interveniert. Vielleicht hat Helgi diese Fotos an einem ganz anderen Ort aufgenommen.«

Daran hatte ich in meiner Euphorie gar nicht gedacht, aber eigentlich war sein Mail-Text eindeutig gewesen. »Vielleicht war Helgi tatsächlich der Erste, der sie entdeckt hat, möglicherweise lebt sie erst seit Kurzem hier und hat auf der Nurinahöhe einen neuen Lebensraum gefunden«, mutmaßte ich.

Wir tranken Wein und redeten bis weit nach Mitternacht. Luisa erzählte mir von ihrer Kindheit, der Schulzeit und von ihrem Teenager-Traum, eine bekannte Schlagersängerin zu werden. »Ich schickte Tonbandkassetten ans Radio und ans Fernsehen, aber bekam nicht einmal eine Antwort.«

»Und heute? Singst du noch?«

»Ja, ich bin im Dominser Klosterchor.«

Entsetzt schaute ich sie an.

»Wir singen geistliche Musik, aber sonst sind wir nicht fromm, keine Angst!«

Bolli lag neben mir am Boden und schlug im Traum mit dem Schwanz auf den Boden.

Es war weit nach Mitternacht, als ich aufbrach.

»Danke, Luisa, diesen Tag werde ich nicht so schnell vergessen. Er war ganz besonders. Nicht nur wegen der Unke!«

Sie stand unter der Tür und blickte mir nach. Mir war leicht schwindlig vom Wein und ich spürte, dass etwas anders geworden war. Nach etwa 50 Metern blickte ich mich um. Noch immer war sie da.

Ich kehrte um. »Luisa«, sagte ich leise, »ich weiß nicht …« Aber da hatte sie mich schon umarmt und drückte ihre Lippen auf meinen Mund.

# KAPITEL 31

Ich zählte auf ruhige und glückliche Zeiten. Aber einmal mehr täuschte ich mich.

Am Donnerstagvormittag erhielt ich einen Anruf von Sonja. Helgi sei wieder ansprechbar und habe nach mir gefragt. Ich telefonierte sofort ins Spital und ließ mich mit ihm verbinden. Seine Stimme klang noch brüchig und er sprach langsam und undeutlich. Ich beschloss, ihn zu besuchen. Denn ich wollte Klarheit haben über seine Geschäfte mit Enercompetence.

Als ich sein Zimmer betrat, erschrak ich. Helgi saß in einem Rollstuhl am Fenster, sein rechter Arm war noch immer in Gips, aber sein Kopf war ohne Verbände. In seinem linken Arm steckten Schläuche, die mit Flaschen an einem Infusionsständer verbunden waren. Sein Gesicht war sehr bleich und eingefallen und seine Haare, die ich kurz und borstig in Erinnerung hatte, waren vollständig abrasiert. Als er mich sah, strahlte er. Sein linkes Augenlid war halb geschlossen und auch der linke Mundwinkel hing seltsam schräg im Gesicht. »Fridolin, alter Freund!«

Ich wagte nicht, seine Hand, die dünn und weiß aus dem Gips hervorstand, zu erfassen, aber ich berührte seine Schulter. »Helgi, endlich bist du wieder da!«

»Die wollen mich noch eine Woche hierbehalten und dann muss ich in die Rehabilitation.«

Ich konnte ihn nur schwer verstehen, irgendetwas mit seiner Aussprache war seltsam. Es klang verwaschen.

»Du kümmerst dich um Bolli. Danke!«

»Ja, unterdessen habe ich mich mit ihm angefreundet. Ein toller Hund!«

»Binaglia. Du warst dort. Sonja hat es mir gesagt.« Das Sprechen strengte ihn an.

»Ja, Helgi, ich war dort. Ich wollte den Troll finden.«

Er grinste, aber es sah unheimlich aus. Offensichtlich hatte er eine halbseitige Gesichtslähmung. Deshalb sprach er auch so undeutlich.

»Helgi, du bist ein verdammter Idiot. Warum hast du nicht geschrieben, dass es dort oben Grünkopfunken gibt? Warum dieses Theater mit dem Troll? Und warum kennst du dich überhaupt aus mit diesen Viechern? Du bist doch Archäologe.«

Das waren wohl zu viele Fragen auf einmal. Helgi lächelte nur mit seinem krummen Mund und nuschelte etwas Unverständliches.

»Ich möchte dich nicht ermüden, aber zwei Fragen sind mir sehr wichtig: Wer hat dich hinuntergestoßen? War das jemand von der Enercompetence?«

Er senkte den Blick. »Nein, niemand war da, ich bin von alleine runtergestürzt. Selber schuld, ich Vollidiot.«

Mit offenem Mund starrte ich ihn an. War das möglich? Hatte ich die ganze Zeit ein Phantom gejagt? War nix mit von der Windkraftlobby angeheuerten Killern? Hatte ich mich total verrannt? Ich konnte nicht in seiner Mimik lesen, denn sein Gesicht war seltsam verzerrt. Obwohl ich keinen Grund hatte, seinen Worten zu misstrauen, beschlich mich ein leiser Zweifel. Aber hier und jetzt war der falsche Zeitpunkt, ihm weiter auf den Zahn zu fühlen. Ich erzählte auch nichts vom

Überfall auf mich. Das alles musste warten. Denn die zweite Frage brannte mir noch stärker auf den Nägeln: »Und dann möchte ich noch wissen, warum du für die Enercompetence ein Gutachten gemacht hast. Du willst doch keinen Windpark im Val Dulain! Weshalb hast du trotzdem bestätigt, dass dort oben gebaut werden kann? Warum hast du dich von denen kaufen lassen? Wozu brauchst du dieses Geld?«

Sein linkes Auge blinzelte mich an. »Ich habe nur bestätigt, dass es aus archäologischer Sicht unbedenklich sei. Aber ich hatte den Troll schon vorher gesehen. Ich wusste, dass sie dort nie bauen können. Naturschutz!« Seine Aussprache wurde langsam deutlicher und seine Stimme klang nun stärker. Zwischen den Sätzen machte er aber lange Pausen.

»Seit wann wusstest du von dieser Unke?«

»Das war schon im Juni. Bolli hat sie entdeckt. Hätte sie beinahe gefressen, der blöde Hund! Aber ich verriet es niemandem, habe sie nur fotografiert. Ich wusste damals noch nicht, dass Enercompetence auf der Nurinahöhe bauen wollte. Sonst hätte ich natürlich sofort reagiert. Und dann haben sich die Ereignisse überschlagen. Als Frau Krompholz mich für das Gutachten anfragte, wusste ich, dass die Unke mein Trumpf in der Hinterhand war.«

Ich glotzte ihn an. »Du hast das Gutachten geschrieben, obwohl du genau wusstest, dass das Tierschutzgesetz den Bau verhindern wird?«

Nun grinste er breit und nickte. »Sie haben mich angefleht. Sie glaubten, dass dort oben wertvolle Feuersteingeräte und Keramikfragmente aus dem Spätpaläolithikum liegen. Die hatten höllisch Angst!«

»Und wer hat ihnen diesen Floh ins Ohr gesetzt? Warst du es?«

Er zuckte die Schultern. »Sie wollten mich bestechen, boten mir Geld an unter der Bedingung, dass das Gutachten zu ihren Gunsten ausfallen würde. Und ich tat ihnen den Gefallen.«

»Für 100.000 Franken!«

Er schaute mich flehend an. »Fridolin, das Geld brauche ich nicht. Aber dieses Tal ist so schön, ich will den jungen Leuten dort helfen. Das Geld ist für die Interessengemeinschaft Pro Val Dulain.«

Ein Stein fiel mir vom Herzen. Nein, kein Stein, ein riesiger Felsbrocken. Meine Menschenkenntnis hatte mich also nicht im Stich gelassen. Helgi war kein Verräter, nur ein ganz gerissener Fuchs. Er hatte ein völlig überflüssiges Gutachten erstellt und sich dafür bezahlen lassen. Dieser Gauner hatte die Enercompetence übers Ohr gehauen. Sauber war das nicht, aber mir kam es vor wie der Kampf von David gegen Goliath. Helgi hatte zur Steinschleuder gegriffen.

# KAPITEL 32

Am Samstagabend gab es im Hotel Piz Cuschletta eine große Feier. Alle waren da: Adriana, Curdin, Marcel, Luisa, Herbert, Sonja und ihre Eltern. Wir stießen an auf Helgis Genesung, auf die Grünkopfunke, auf das Val Dulain, auf die Zukunft, auf das Leben. Ich war müde, froh, erleichtert. Natürlich besprachen wir alles noch einmal.

»Ich verstehe nicht, warum Helgi nicht direkt die Naturschutzbehörde benachrichtigt hat. Warum hat er dir dieses blöde Troll-Mail geschickt?«, fragte Adriana.

Mir war das jetzt völlig klar. Helgi hatte die Entdeckung der Unke nicht selber melden wollen, denn er wollte vor Enercompetence als völlig unbeteiligt dastehen. Frau Krompholz durfte nicht wissen, dass er das Gutachten geschrieben hatte, obwohl völlig klar war, dass dort oben sowieso nie ein Windpark gebaut werden würde. Enercompetence hätte sonst vermutlich die Zahlung verweigert und mit ihren Rechtsanwälten Wege gefunden, ihn als Betrüger hinzustellen. Deshalb wollte er mich ins Spiel bringen. Fridolin Berger, ein alter Naturfreund aus Basel, der zufällig dort oben Pflanzen fotografierte, hatte den sensationellen Fund gemacht.

Warum hatte er mich gewählt? Warum nicht Curdin oder den Verein Gegenwind? Hatte er Angst gehabt, dass es Probleme geben könnte, dass im Tal selber heftige Konflikte ausbrechen würden? Denn es war ja völlig klar: Es gab viele, die wütend und enttäuscht waren. Das Aus für den Windpark bedeutete Verlust von Aufträgen, Verlust von Arbeitsmöglichkeiten, Verlust von Geld. Einige Leute hatten auf fette Aktiengewinne gehofft, andere auf Reichtum durch Landverkauf. Der Überbringer der schlechten Nachricht sollte also nicht ein Einheimischer sein, sondern ein Auswärtiger, ein Fremder: Fridolin Berger aus Basel.

War ich Helgi böse? Nein, ich glaube, er hatte einen raffinierten Plan ausgeheckt und alles mit mir besprechen wollen. Aber er war nicht mehr dazugekommen. Er war abgestürzt. Von alleine, so wie er es behauptete? Oder hatte doch jemand nachgeholfen? Wollte er jemanden schützen?

Von all diesen Überlegungen sagte ich aber an diesem Abend im Piz Cuschletta nichts. Helgi selber sollte später alles erzählen und erklären. Auch die 100.000 Franken erwähnte ich nicht. Das war seine Sache.

Am Sonntag beschloss ich, eine kleine Abschiedswanderung zur Nurinahöhe zu machen. Ich wollte mir dieses Naturjuwel ansehen und vielleicht würde ich sogar die Grünkopfunke entdecken.

Herbert von Muhleren wollte mich bis Grunatsch begleiten. Unterwegs plapperte er ununterbrochen von seinen Ahnenforschungen. Ich staunte über die Kondition des alten Herrn. Auch bei den Steigungen ebbte sein Redefluss kaum ab, während ich immer wieder stehen bleiben musste, um nach Luft zu schnappen. Ich hörte mir alles geduldig an und stellte ihm sogar in Aussicht, dass er einmal an unserem Historiker-Stammtisch teilnehmen könne, um über seine Forschungen zu berichten. Mein Kollege Lindenmeyer hatte zum Patriziat im Kanton Bern geforscht und konnte Herbert vielleicht einige Tipps geben.

Natürlich hatte ich Luisa gefragt, ob sie mich auf dieser Wanderung begleiten könne, aber sie musste zu einer Geburtstagsfeier ihrer Schwester fahren. Sie hatte mich jedoch zum Abendessen eingeladen.

Als wir bei den Ruinen ankamen, erzählte mir Herbert ausführlich von den Ausgrabungen, die er für den Längenberg plante. Sein Optimismus war unerschütterlich. »Helgi wird mir helfen! Das wird eine Sensation im Kanton Bern und diese Stümper vom Archäologischen Dienst werden staunen.«

Wir setzten uns auf einen flachen Stein und aßen die Sandwiches, die uns Adriana mitgegeben hatte. Bolli bekam ein großes Stück Schinken. Es war ein ruhiger und friedlicher Herbsttag und wir waren unterwegs keinem Menschen begegnet. Das Val Dulain hatte den großen Entwicklungsschritt zum Alpenrummelplatz noch nicht vollzogen, aber mir war klar, dass es Veränderungen geben würde. Hoffentlich gelang es der Interessengemeinschaft, einen sanften und verträglichen Tourismus zu fördern.

Dann machte Herbert sich auf den Rückweg. »Pass auf dich auf, das Böse lauert noch!«, sagte er und zog seine Dächlikappe tief in die Stirn. Ich blickte ihm nach, wie er zwischen den Lärchen verschwand. Ein eigenartiger Kauz.

Ich war froh, nun allein zu sein. So konnte ich die neuesten Entwicklungen noch einmal in Ruhe überdenken. Helgi behauptete, er sei von alleine gestürzt. Aber warum hatte man dann bei mir eingebrochen? Was hatten sie gesucht? Selbst wenn sie wussten, dass Helgi mir Fotos geschickt hatte, konnten sie zu diesem Zeitpunkt nichts von der Unke gewusst haben. Hatte Helgi eine dumme Bemerkung gemacht? Wenn er trank, wurde er ganz schön redselig. Es half nichts, ich musste warten, bis er sich einigermaßen erholt hatte, und dann alles mit ihm besprechen.

Nach einer Stunde kam ich auf der Nurinahöhe an. Unterwegs war ich keinem Menschen begegnet. Das Gelände war teilweise mit knorrigen, kleinen Föhren und Birken bewachsen, bestand aber vorwiegend aus feuchter Wiese mit Moos, Farn und Sträuchern. In einer Senke konnte ich kleine Tümpel erkennen, in denen sich der Himmel spiegelte. Ich kletterte hinunter und suchte nach der Unke. Aber abgesehen von einigen Libellen und Mücken war kein Tier zu sehen. Es war ganz ruhig. Die Landschaft war nicht lieblich, sondern wirkte wegen der schroffen Felswand auf der gegenüberliegenden Seite bedrohlich und abweisend. Mit dem Handy machte ich einige Fotos und wollte sie Luisa senden, aber es gab keinen Empfang.

Mit dem Fernglas suchte ich die Hänge und Felswände nach Wild ab, hatte aber diesmal kein Glück. Die zweite Phase der Hochjagd begann am Montag, heute war noch alles still, aber vielleicht spürten die Tiere die Gefahr und versteckten sich.

Ich zuckte zusammen, als es hinter mir raschelte. Unruhig blickte ich mich um und bemerkte hinter einer

Föhre einen Schatten. Ich nahm mein Fernglas und sah nun deutlich einen Mann, der ebenfalls ein Fernglas in der Hand hielt und zu mir schaute. Zuerst dachte ich, es sei Herbert, der sich anders entschieden hatte, aber dann sah ich, dass dieser Mann eine grüne Jacke trug. Vermutlich war es ein Jäger, der das Terrain erkunden wollte. Ich kümmerte mich nicht weiter um ihn, sondern suchte die Felswand nach Adlerhorsten ab.

Plötzlich näherten sich von hinten rasche Schritte. Ich drehte mich um und erstarrte vor Schreck. Der Mann rannte auf mich zu. Er hatte einen braunen Filzhut tief ins Gesicht gezogen. Bolli sprang ihm entgegen und wedelte mit dem Schwanz. Er kannte diesen Mann. War es Marcel? Aber nein, er hatte keinen Bart und war größer. Der Kerl war nun nur noch etwa zehn Meter von mir entfernt und da sah ich, dass er eine Pistole in der Hand hatte.

»Was zum Teufel soll das?«, rief ich und sprang auf.

»Bleiben Sie sitzen, Professor Berger!«, sagte eine tiefe, sonore Stimme. Ich erkannte sie. Ich hatte sie das erste Mal im Historischen Institut Bern gehört.

# KAPITEL 33

Brinkmeier! Professor Damian Leander Brinkmeier stand keuchend in grüner Jacke und mit braunem Filzhut vor mir. Die Pistole in seiner Hand blitzte im Sonnenlicht. Ich verstand gar nichts mehr. War das ein Spiel? Ein neues Touristenprogramm, das man buchen konnte? Wilder Westen in den Bergen?

»Herr Brinkmeier, was machen Sie denn hier?«, fragte ich und versuchte, sein Gesicht zu sehen. »Nehmen Sie die Pistole runter, das Ding könnte losgehen!«

»Keine Angst, ich will nur mit Ihnen reden.«

»Was soll das? Sind Sie verrückt geworden?«

»Ich kann Ihnen alles erklären.« Er kam näher, hatte aber die Pistole gesenkt. Als ich sein Gesicht sehen konnte, erschrak ich. Er schien um Jahre gealtert. Die Augen waren tief eingefallen und er hatte einen gehetzten Blick. Schweißperlen liefen ihm über die Stirn und seine Lippen waren hässlich verkniffen.

Was wollte er von mir? Hatte Frau Krompholz Brinkmeier geschickt? Warum? Was hatte er mit der Enercompetence zu tun? Hatte er Geld investiert und war nun sauer, weil keine saftige Rendite winkte? Hatte er verhindern wollen, dass die Öffentlichkeit von der Grünkopfunke erfuhr? Oder steckte Herbert dahinter? Wollte er beweisen, dass seine Dämonen recht hatten? In meinem Kopf ging alles drunter und drüber.

Nein, das machte alles keinen Sinn. Brinkmeier war ein anerkannter Professor mit einem Ruf nach Jena. Er passte nicht in dieses Tal, er war hier völlig falsch. Fassungslos starrte ich ihn an.

»Kollege Berger«, ergriff er das Wort, »wir können vernünftig miteinander reden. Sie müssen es verstehen. Ich wollte das nicht, es war einfach ein dummer Unfall.« In seinen Augen flackerte Panik. »Wir hatten eine Auseinandersetzung, aber dann haben wir uns geeinigt und sind den Weg runtergelaufen. Helgi ging vor mir und plötzlich bin ich gestolpert. Ich bin direkt auf ihn gefallen und habe ihn umgerissen. Ich konnte nichts dafür!« Sein Gesicht war rot angelaufen und er vermied es, mir in die Augen zu sehen. »Es war an einer verdammt steilen Stelle«, fuhr er hastig fort, »ich konnte ihn nicht mehr halten, er ist einfach vor meinen Augen verschwunden.«

Endlich fiel bei mir der Groschen. Er sprach von Helgis Absturz.

»Sie? Sie waren das? Sie haben Helgi runtergestoßen?«

Brinkmeier stampfte wütend auf. »Nein, es war ganz anders. Verdammt noch mal, hören Sie mir zu, es war ein Unfall!«

»Worüber haben Sie gestritten? Ging es um den Windpark?«

Brinkmeier starrte mich wütend an. »Was faseln Sie hier! Helgi wollte mich auffliegen lassen, das ist völlig klar.« Er fuchtelte wild mit der Pistole herum. Offensichtlich war er völlig durchgedreht. Ich musste versuchen, die Situation zu entschärfen. »Ich glaube Ihnen. Und auch Helgi wird bezeugen, dass es ein Unfall war. Beruhigen Sie sich! Sie müssen nichts befürchten.«

Er warf mir einen Blick voller Verachtung zu. »Sigurðsson wird gar nichts mehr bezeugen«, sagte er und die Kälte in seiner Stimme ließ mir das Blut in den Adern gefrieren.

»Wieso…? Was soll das heißen?«

»Veronika ist unterwegs zu ihm. Sie ist klug und wird ihn überzeugen. Und sonst hat sie andere Mittel, ihn zum Schweigen zu bringen.«

Entgeistert starrte ich ihn an. »Veronika Hunziker?«

»Ja, haben Sie denn tatsächlich geglaubt, dass sie mit diesem alten isländischen Dickwanst ein Verhältnis hatte? Nein, Veronika hat andere Ambitionen. Sie kommt mit mir nach Jena.«

Ich muss so verstört geschaut haben, dass er grinste.

»Veronika hat alles geplant. Sie hat Ihnen den Hund aufgeschwatzt, damit sie einen Grund hatte, immer wieder mit Ihnen zu telefonieren, und damit sie Ihr Vertrauen gewann. So waren wir immer über all Ihre Schritte informiert.«

Ich schluckte. Irgendetwas war total schiefgelaufen. »Hören Sie«, versuchte ich ihn zu beschwichtigen, »Ihr Privatleben interessiert niemanden. Legen Sie die Pistole weg und wir können alles in Ruhe besprechen.«

»Ihr Pech, dass Helgi Sie eingeweiht hat. Und sehr unklug von Ihnen, dass Sie es publik machen wollten. Das war ein großer Fehler, Berger. Es wäre besser gewesen, Sie hätten sich nicht eingemischt.« Er schien nun seine Fassung wiedergewonnen zu haben und wirkte selbstsicher und arrogant, ganz der erfolgsgewohnte Professor.

»Herr Brinkmeier, Sie sind doch ein intelligenter Mensch. Machen Sie sich nicht unglücklich! Unterdessen ist halb Binaglia informiert, unter anderem auch der Gemeindepräsident. Wir haben alle nötigen Beweise und werden sie an die Behörden weiterleiten.«

Sein Mund war zu einem Hohnlächeln verzerrt. »Sie bluffen. Veronika hat auf Helgis Laptop alle entsprechenden Daten gelöscht. Sie und Sigurðsson sind die Einzigen, die Bescheid wissen, und von Ihnen lasse ich mir meine Karriere nicht versauen. Nicht von zwei alten, abgehalfterten Professoren.«

Verdammt, was hatte dieser warzige Frosch mit Brinkmeiers Karriere zu tun? War er schizophren? Hatte er einen Verfolgungswahn? In einer Radiosendung hatte ich einmal gehört, dass man Menschen mit Paranoia nicht widersprechen sollte. »Also gut. Ich versichere Ihnen, dass ich keine Meldung mache. Mir ist letztlich diese Unke völlig gleichgültig. Und die Fotos können wir alle löschen.«

»Fotos? Welche Fotos?«

»Von der Grünkopfunke. Die Grünkopfunke unter dem Sternentau.«

Irritiert riss er die Augen auf. »Was schwafeln Sie da? Grünkopfunke? Wollen Sie mich verarschen?«

»Hier oben hat Helgi sie entdeckt.« Ich zeigte auf die Tümpel. »Und deshalb werden keine Windkraftwerke gebaut. Aber ich verstehe nicht, warum Sie sich deswegen so aufregen. Enercompetence hat viele Projekte. Sie können Ihr Geld immer noch investieren und fette Gewinne absahnen.«

Nun senkte er die Pistole und blickte mich völlig verdattert an. »Sie wissen es also nicht?«, fragte er. »Er hat Ihnen nichts gesagt?«

»Was sollte er mir gesagt haben? Helgi hat mir nur ein Mail geschickt und geschrieben, er habe einen nackten, feuchten Troll entdeckt.«

»Warum behauptet Veronika dann, dass Helgi Ihnen alles verraten hat?«

»Ich habe keine Ahnung, wovon Sie reden. Wir haben in Hamburg über unsere Forschungen und über das Klima in Island gesprochen und sonst über gar nichts.«

Brinkmeier war käseweiß geworden und zitterte am ganzen Körper. Dann schrie er laut auf: »Verdammte Scheiße! Diese dumme Kuh hat behauptet, dass Sie mich mit Helgi zusammen ruinieren wollen.«

Bolli zuckte zusammen, kam zu mir und zog den Schwanz ein. Brinkmeier stierte mich aus blutunterlaufenen Augen an und dann begann er mit brüchiger Stimme zu erzählen: »Helgi hat meine Dissertation gelesen und dabei entdeckt, dass ich einige wenige Teile abgeschrieben habe, aus einer Publikation, die 2012 in Dänemark erschienen ist. Eine völlig unbedeutende Zeitschrift, die höchstens 100 Leser hat. Es handelt sich um einen eigentlich belanglosen Aufsatz eines völlig unbekannten Forschers, der schon längst verstorben ist. Kein Mensch interessiert sich heute noch für seine Arbeiten. Aber ausgerechnet dieser verkommene Isländer Sigurðsson musste herumschnüffeln.« Er brach in ein gackerndes Gelächter aus.

»Ein Plagiat«, flüsterte ich.

»Ja, verdammt! Und Helgi hat es mir unter die Nase gerieben. Können Sie sich vorstellen, was das für mich bedeutet? Aberkennung der Dissertation, Aberkennung aller akademischen Titel, nix mit Jena, nix mit

Karriere.« Sein Gesicht war jetzt kreideweiß und sein Mund zuckte eigentümlich. »Dazu der Hohn und die Schande!« Erneut zielte er mit der Pistole auf mich. »Und Sie, Berger, Sie sind jetzt auch ein Mitwisser. Tut mir leid.«

Das durfte doch einfach nicht wahr sein! Ich, Fridolin Berger, friedlicher und genügsamer Rentner, stand auf einer moorigen Hochebene und blickte in den Lauf einer Pistole. Meine Knie zitterten und ich hatte Angst. Vor allem aber war ich empört.

Das geht nicht, dachte ich, das ist nicht möglich. Gleich erwache ich aus einem Albtraum. Heute Abend hat mich Luisa eingeladen. Ich will mit ihr essen, mit ihr lachen, ihre Grübchen sehen, ihre Lippen und Hände spüren. Und ich will an ihrem Nacken schnuppern.

Fieberhaft überlegte ich, was ich tun könnte. In den Krimis würde es heißen: Er versuchte, Zeit zu gewinnen. Aber wie sollte ich das anstellen? Brinkmeier war völlig übergeschnappt. Ich glaubte nicht, dass es möglich war, mit ihm ein vernünftiges Wort zu wechseln. Trotzdem versuchte ich es: »Hören Sie, ich habe am Donnerstag mit Helgi gesprochen. Und er hat mir versichert, dass niemand ihn gestoßen hat. Er sei ganz allein da oben gewesen, ausgerutscht und gestürzt. Das heißt doch, dass er Ihnen nicht schaden will.«

Brinkmeier starrte mich misstrauisch an. »Helgi will mich nicht verraten? Sie lügen!«

»Rufen Sie ihn an! Überzeugen Sie sich. Und halten Sie die Hunziker zurück!«

Ein kleiner Hoffnungsschimmer zeigte sich auf seinem Gesicht. Doch dann fauchte er mich böse an: »Aber

Sie, Sie haben mir hinterhergeschnüffelt! Sie wollen das Dekanat informieren. Weil Sie nämlich nicht über Ihren Schatten springen können, pedantisch und verbohrt, wie Sie sind.«

Er war total fixiert auf die Idee, dass ich ihn ans Messer liefern wollte. Ganz langsam begann ich auf ihn einzureden: »Hören Sie zu, Brinkmeier, Sie liegen völlig falsch. Helgi hatte mir von einer Entdeckung geschrieben, aber es ging nicht um Ihre Dissertation, sondern um eine Grünkopfunke. Hier oben beabsichtigt man einen riesigen Windpark zu bauen, und er will das verhindern. Diese Unke steht auf der Roten Liste, und deshalb muss das Bauvorhaben gestoppt werden. Ich habe Helgis Nachricht lange nicht verstanden, weil sie so absurd formuliert war. Deshalb habe ich herumgefragt. Ihre Dissertation ist mir vollkommen schnuppe!«

Brinkmeier setzte sich auf den Boden und begann plötzlich zu flennen. »Meine Karriere, mein Ruf, alles geopfert wegen einer grünen Unke?«

»Nun beruhigen Sie sich! Ich stehe Ihrer Karriere sicher nicht im Wege. Wir alle haben doch irgendwo mal was abgeschrieben. Sie sind ein ausgezeichneter Wissenschaftler. Gehen Sie nach Jena. Ich bin emeritiert und mische mich überhaupt nicht mehr in Uni-Geschäfte ein, ich bin froh, meine Ruhe zu haben. Außer den Wikingern interessiert mich gar nichts mehr.«

Ich nahm mein Handy hervor und wollte die Nummer von Helgi wählen, aber es gab keine Verbindung. »Kein Empfang hier oben, wir müssen runtergehen und dann können Sie mit Helgi reden.«

Aus Brinkmeiers Gesicht war alle Farbe gewichen. »Zu spät«, murmelte er.

Mit Grauen sah ich, wie er den Lauf der Pistole auf sich selber richtete.

»Brinkmeier! Kommen Sie zur Vernunft!«

Plötzlich hörte ich eine Stimme: »Herr Berger! Haben Sie die Grünkopfunke entdeckt?« Es war eine Kinderstimme.

Brinkmeier sprang auf und fuchtelte mit der Pistole herum. Bolli war die ganze Zeit aufgeregt zwischen mir und Brinkmeier hin und her gesprungen. Jetzt begann er, bedrohlich zu knurren, und näherte sich Brinkmeier mit fletschenden Zähnen. Dieser gab ihm einen Tritt. In diesem Moment warf ich mich auf ihn. Wir fielen beide zu Boden, ein Schuss löste sich und es knallte ohrenbetäubend in meinen Ohren.

Vor Schreck war ich wie gelähmt. War ich getroffen worden? Und Brinkmeier? Lebte er noch? In diesem Moment hörte ich ihn schreien. Bolli hatte sich nämlich auf ihn gestürzt und ihn ins Bein gebissen. Schnell packte ich die Pistole und schleuderte sie weit weg. »Na endlich, du blöder Hund«, rief ich Bolli zu, »hättest ruhig vorher zupacken können!«

Brinkmeier saß jetzt schlotternd am Boden und Bolli sprang kläffend um ihn herum. Nun kam Emil angerannt. »Was ist passiert?«, keuchte er, »wer hat geschossen?«

»Emil, mach schnell! Wir müssen die Polizei anrufen, Helgi ist in Gefahr. Aber hier oben gibt es keinen Empfang.«

Wir rannten, gefolgt vom Hund, über die Wiese, vorbei an Birken und Föhren, und schließlich erreichten wir keuchend den Wald. Ich sah die Wurzel zu spät, stolperte und landete kopfvoran in einem dornigen Busch. Als ich mich hochrappeln wollte, fuhr ein heftiger Schmerz durch mein Bein. Fluchend kroch ich zu einer Föhre und lehnte mich an ihren Stamm.

»Emil, lauf bis Grunatsch und dann ruf die 117 an. Sag der Polizei, dass Helgi Sigurðsson in Gefahr ist. Sie sollen niemanden in sein Zimmer lassen. Er ist in Chur im Spital.« Ich reichte ihm mein Handy und Emil stürmte wie der Wind davon.

Bolli sprang ihm nach, kam aber nach einer Weile zurück. Er dachte wohl, dies sei ein aufregendes Spiel. Ich befühlte mein Bein und spürte, wie eine Knochenspitze herausragte. Meine Hose war blutdurchtränkt. Hinter mir hörte ich ein Rascheln. Ich Vollidiot! Die Pistole hätte ich nicht fortschleudern sollen. Nun lag ich hier als hilflose Beute für Brinkmeier, der offensichtlich wahnsinnig geworden war. Verzweifelt schloss ich die Augen und dachte an Luisa. Aber es näherten sich keine Schritte, und als ich vorsichtig den Kopf wendete, sah ich hinter einem Gebüsch ein Reh, das neugierig zu mir äugte. Ich kroch hinter einen Busch und zog Bolli zu mir. »Ganz ruhig«, flüsterte ich. »Wir müssen uns hier verstecken.«

Brinkmeier tauchte nicht auf. Verdrossen starrte ich auf mein Bein und wartete auf Hilfe. Die Sonne ging schon unter und ich begann erbärmlich zu frieren. Zitternd schmiegte ich mich an Bolli. Sein Hundekörper gab mir Wärme.

Endlich, nach einer gefühlten Ewigkeit, hörte ich Stimmen. »Hier bin ich!«, rief ich und Bolli begann zu bellen. Vier Männer und Emil stiegen den Wald empor. Ich erkannte Curdin und Marcel. »Irgendwo da oben ist vermutlich noch Brinkmeier, er ist gefährlich«, warnte ich sie.

»Keine Sorge, den haben wir erwischt. Er wollte hinten beim Steinbruch in sein Auto steigen. Wir mussten den Notarzt rufen, der Mann hatte einen Nervenzusammenbruch.«

»Und Helgi? Lebt er noch?«

Emil grinste. »Er lässt Sie grüßen. Ich habe mit ihm telefonieren dürfen.«

»Es ist alles in Ordnung, sein Zimmer wurde sofort abgeschlossen, niemand kann eindringen,« bekräftigte Curdin.

Ich atmete auf. Vielleicht war es ja auch falscher Alarm gewesen und Brinkmeier hatte etwas zusammenfantasiert. Ich konnte mir nicht vorstellen, dass die Hunziker wirklich so weit gegangen wäre.

Marcel wickelte mir ein Tuch ums Bein und zog es fest an. Es dauerte nicht lange, bis die Alpine Rettung eintraf. Glücklicherweise war kein Helikoptereinsatz nötig, sondern sie trugen mich auf einer Bahre bis zum nächsten Forstweg, wo der Rettungswagen wartete. Ich musste die Zähne zusammenbeißen, um nicht bei jeder Erschütterung zu wimmern. Im Regionalspital röntgte eine junge Ärztin mein Bein.

»Zweifacher Bruch«, stellte sie trocken fest, »wir werden einige Schrauben legen müssen.«

»Oh nein«, stöhnte ich, »ich bin heute Abend zum

Essen verabredet. Können Sie das nicht erst morgen schrauben?«

Sie konnte nicht.

# KAPITEL 34

Emil und Luisa besuchten mich am nächsten Tag. Emil überreichte mir ein Buch: »Amphibien und Reptilien der Schweiz: Herpetologie für Einsteiger«. Es hatte 336 Seiten, 280 Farbfotografien und über 100 Karten und Grafiken. Ich stöhnte. »Das ist ja noch dicker als mein Wikingerbuch. Gibt es über Amphibien wirklich so viel zu sagen?« Luisa brachte mir in einer kleinen Schüssel Vanillemousse mit Himbeeren. Es schmeckte nach Glück.

Am Nachmittag telefonierte ich mit Helgi. Er hatte schon von Brinkmeiers Attacke auf mich gehört. Helgi konnte noch immer nicht deutlich sprechen, aber sein Geist funktionierte bestens. Wir redeten lange und entwarfen eine Erklärung für die Polizei. Wir waren uns vollkommen einig. Vor allem aber lachten wir viel und fassten den Plan, gemeinsam einen Kriminalroman zu schreiben. Denn wir hatten ja bewiesen, dass wir über beträchtliche kriminalistische Energie und Fantasie verfügten.

Ein Major Rappold vom Polizeiposten Domins kam am nächsten Vormittag persönlich zu mir ins Spital. Er erzählte mir, dass Brinkmeier wieder in Bern sei, aber noch nicht vernehmungsfähig. »Er scheint ein Nervenproblem zu haben. Seine Frau meint, er habe ein Burnout.«

Ich nickte. »Das kann ich mir gut vorstellen. Er hatte großen Stress in letzter Zeit: Reorganisationen an der Universität, Berufung nach Jena, Umzugsplanung.«

»Wir haben eine Pistole gefunden, die Brinkmeier gehört. Und der Junge hat gesagt, er habe einen Schuss gehört. Was ist da oben passiert?«

»Wissen Sie, er war mit seinen Nerven wirklich am Ende. Ich glaube, er hat auch private Probleme. Er dachte an Selbstmord, hatte vor, sich da oben zu erschießen. Aber dann hat er zufällig mich getroffen und ich konnte ihn etwas beruhigen. Dummerweise hat sich ein Schuss gelöst, aber es ist ja nichts passiert.«

Rappold schaute mich misstrauisch an. »Und was hat die Unke mit all dem zu tun? Er erwähnte dauernd eine grüne Unke, die ihm alles eingebrockt habe.«

Ich schaute erstaunt. »Unke? Spricht er von einer Unke? Seltsam! Sein Gehirn scheint tatsächlich sehr mitgenommen zu sein.«

Rappold machte sich Notizen. »Und was soll diese Geschichte mit dem Professor in Chur, diesem

Sigurðsson? Warum haben Sie behauptet, er sei in Gefahr?«

Verschämt senkte ich die Augen. »Es ist mir sehr peinlich, ich wollte keinesfalls einen falschen Alarm auslösen, aber ich konnte nicht sicher sein, ob dieses Frauenzimmer nicht Ernst machen würde.« Und dann erklärte ich ihm ausführlich, wie sich alles zugetragen hatte. Helgi und ich hatten uns große Mühe gegeben, eine glaubwürdige Geschichte auszudenken.

»Es geht um eine Frauengeschichte«, begann ich meinen Bericht, »Professor Sigurðsson hatte ein Verhältnis mit Veronika Hunziker, einer Bibliothekarin vom Historischen Institut. Nur kurze Zeit. Aber diese Frau hat es nicht verkraftet, als er Schluss mit ihr machte, und begann, ihn zu stalken. Monatelang! Sie hat einen regelrechten Hass auf ihn entwickelt. Vom Geschäftsführenden Direktor des Instituts, also von Professor Brinkmeier, hat sie verlangt, dass er Sigurðsson rausschmeiße. Als er sich weigerte und seinerseits nun ihr mit Entlassung drohte, begann sie, auch ihn zu belästigen. Tag und Nacht telefonierte sie und Sie können sich denken, wie Brinkmeiers Frau reagierte. Das war Öl ins Feuer!«

Rappold senkte den Notizblock und kratzte sich hilflos am Kopf.

»Die Hunziker hat Brinkmeier gesagt, dass sie sich an Sigurðsson rächen wolle. Jetzt, wo er hilflos im Spitalbett liege, werde sie ihm die Infusionsschläuche durchschneiden. Und gestern, als Professor Brinkmeier sich die Pistole an die Schläfe hielt, hat er mir das noch mitteilen wollen. ›Berger, stoppen Sie dieses Weib!‹, hat er gerufen und dann hat sich der Schuss gelöst. Glücklicherweise ging er daneben.«

Ich machte eine Pause und sah ihn vielsagend an. »Bestimmt verstehen Sie, dass ich höchst alarmiert war. Solchen Frauen ist alles zuzutrauen.«

Rappold erhob sich. »Kommen Sie bitte zu uns auf den Polizeiposten, wenn Sie wiederhergestellt sind. Wir werden dann ein genaues Protokoll aufnehmen.« Er ging hinaus und ich hörte, wie er murmelte: »Drei Professoren und alle drei völlig durchgeknallt. Zum Glück haben wir in Chur keine Universität.«

Zwei Wochen später konnte ich in der Zeitung lesen, dass die Naturschutzbehörde Einsprache gegen den Windpark im Val Dulain eingereicht hatte. Auf dem vorgesehenen Gelände war völlig überraschend die streng geschützte Grünkopfunke entdeckt worden. Obwohl im Prüfungsverfahren für die Bewilligung des Baugesuches der Firma Enercompetence keine geschützten Pflanzen oder Tierarten nachgewiesen worden waren, konnte nun eindeutig belegt werden, dass diese Unke ihr Habitat auf der Nurinahöhe hatte und in den Tümpeln des Moores geeignete Laichgewässer vorfand.

Als weitere Sensation war auf dem Gelände der rundblättrige Sternentau gefunden worden, eine seltene Pflanze, die in der Schweiz auf der Roten Liste stand. Der Journalist stellte die Frage, weshalb diese geschützten Arten bei der Tauglichkeitsprüfung des Geländes nicht entdeckt worden waren, und machte den Behörden schwere Vorwürfe.

Im Großen Rat war sofort eine Motion eingereicht worden, die forderte, dass zukünftig bei Bauvorhaben die Machbarkeitsstudien und Prüfungsverfahren besser koordiniert und kontrolliert werden müssen.

»Einige Büros arbeiten unseriös und ich habe den Verdacht, dass die Windkraftlobby ihre Finger im Spiel hatte. Getürkte Gutachten und Bestechung sind offenbar in dieser Branche gang und gäbe«, wurde Pascal Marugg von den Grünen zitiert.

Der Biologe, Tierfilmer und bekannte Fernsehmoderator Andreas Matter sprach von einer Sensation: »Bisher ging man davon aus, dass die Grünkopfunke in Höhenlagen bis maximal 1.200 Meter vorkommt. Offenbar hat sie sich an neue ökologische Bedingungen angepasst und ist in größere Höhen gewandert. Bereits hat ein Ökotourismus von interessierten Amphibienforschern eingesetzt und es bestehen Überlegungen, das Gebiet im Frühling abzusperren, um das Laichgeschehen nicht zu stören.«

Mehrere Bilder zeigten das kleine, warzige Tier und in einem Kasten waren biologische Hintergrundinformationen zusammengestellt.

In einer Sonderspalte wurde Dr. Pirmin Widmer, Präsident der Swiss WindPower SWP, interviewt. Er bedauerte, dass im Kanton Graubünden nun nach wie vor kein Windpark gebaut werden könne. Aber selbstverständlich habe der Schutz von wertvollen Landschaften und seltenen Tieren absolute Priorität. Bei der Nurinahöhe handle es sich allerdings nicht um ein Biotop von nationaler Bedeutung, und deshalb sei der Entscheid letztlich nicht nachvollziehbar. Man müsse eine Güterabwägung vornehmen: langfristiges Überleben aller oder kurzfristiges Überleben einiger völlig unbekannter Tiere. Selektion habe schon immer stattgefunden. Er sei absolut zuversichtlich, dass andere geeignete Standorte in Kürze erschlossen werden könnten und dass dann auch der Kanton Graubünden seinen Beitrag zur Energiewende leisten werde.

Sehr befriedigt legte ich die Zeitung zur Seite.

Es erstaunte mich nicht, dass ich zwei Tage später einen fünfseitigen Brief des Anwaltsbüros Weibel & Nyfenegger erhielt. Die Firma Enercompetence drohte mir und Professor Helgi Sigurðsson mit einer Klage wegen Verdachts auf arglistige Täuschung, betrügerische Machenschaften und Vermögensschädigung. Sie setzte uns eine Frist von 30 Tagen für die Rückzahlung der Schadenssumme. Bei Nichtanerkennung der Forderung werde Enercompetence ein Strafverfahren gegen Herrn Professor Sigurðsson und mich einreichen.

Als Begründung gaben sie an: »Wer in der Absicht, sich oder einen andern unrechtmäßig zu bereichern, jemanden durch Vorspiegelung oder Unterdrückung von Tatsachen arglistig irreführt oder ihn in einem Irrtum arglistig bestärkt und so den Irrenden zu einem Verhalten bestimmt, wodurch dieser sich selbst oder einen andern am Vermögen schädigt, wird mit Freiheitsstrafe bis zu fünf Jahren oder Geldstrafe bestraft.« Trocken fügten sie bei: »So steht es im Artikel 146 des Strafgesetzbuches.« Das tönte sehr bedrohlich. Ich musste schmunzeln. Glücklicherweise hatte ich mich gewappnet.

Seit vielen Jahren war ich Vorstandsmitglied der Paul-und-Erika-Schubert-Stiftung, einer Stiftung zur Förderung wissenschaftlicher Projekte. Die Präsidentin, Dr. Caroline Gyger, war eine hervorragende Juristin. Mit ihr war ich gut befreundet und bei einem Mittagessen hatte ich ihr mein Abenteuer ausführlich dargelegt. Es war mir zwar ein wenig peinlich gewesen, aber ich hatte Caroline immer als Verfechterin unkonventioneller und kreativer Lösungen erlebt und rechnete mit ihrem Juristenspürsinn. Sie hatte sich meine Geschichte angehört und große Augen gemacht. »Fridolin, ich erkenne dich nicht wieder! Was ist nur in dich gefahren?«

Ich hatte mit den Schultern gezuckt und gesagt, dass mir das alles selber wie ein Schelmenroman, in den ich zufällig und völlig unschuldig geraten sei, vorkomme.

Caroline hatte zuerst schweigend ihr Schnitzel fertig gegessen und ich hatte sehen können, wie es in ihr arbeitete. Plötzlich war sie in schallendes Gelächter ausgebrochen.

»Fantastisch! Diese Geschichte musst du unbedingt aufschreiben.« Sie hatte mich beraten und mir zugesichert, uns allenfalls kompetente Fachjuristen zu vermitteln. »Vermutlich wird es nicht nötig sein, sie werden die Öffentlichkeit scheuen. Welche Firma will schon in der Zeitung erscheinen und als korrupt und völlig dilettantisch angeprangert werden? Damit würden sie ihr eigenes Grab schaufeln. Sei unbesorgt! Sie werden bellen, aber nicht beißen.«

Ich war also gut vorbereitet, griff zum Telefon, wählte die Nummer von Enercompetence und ließ mich mit

Frau Krompholz verbinden. Als sie meinen Namen hörte, legte sie sofort los: »Herr Professor Berger, was wollen Sie denn noch von uns? Haben Sie nicht schon genug Unheil angerichtet?«

Ich versuchte, ihr ganz sachlich meinen Standpunkt darzulegen, aber sie ließ mich gar nicht zu Wort kommen. »Sie stecken mit Sigurðsson unter einer Decke! Von Anfang an wussten Sie beide, dass der Windpark nicht gebaut werden kann. Trotzdem haben Sie Geld kassiert, es ist einfach unerhört. Ich bin sehr enttäuscht von Ihnen.«

»Ich kann Ihre Empörung nicht ganz nachvollziehen. Herr Sigurðsson hat mit Enercompetence einen Vertrag geschlossen und ist seinen Verpflichtungen vollumfänglich nachgekommen. Er hat ein Gutachten erstellt, das die Nurinahöhe als uninteressant für archäologische Grabungen erklärt.«

»Und gleichzeitig hat er einen lächerlichen Frosch fotografiert.«

»Keinen Frosch, eine Grünkopfunke.«

»Ach, hören Sie doch auf! Herr Sigurðsson hat mit falschen Karten gespielt. Er hat behauptet, dass dort oben Siedlungsreste aus der Spätbronzezeit seien. Irgendwelche Keramikscherben würden das eindeutig beweisen.« Sie stieß ein höhnisches Lachen aus.

»Liebe Frau Krompholz, Sie selber haben Kontakt mit ihm aufgenommen und ihn um dieses Gutachten gebeten Er sollte bestätigen, dass es dort oben kein archäologisches Fundmaterial gibt.«

»Er hat uns vorsätzlich belogen!«

»Oh nein, er konnte nicht ausschließen, dass auch auf der Nurinahöhe Spuren von Siedlungen zu finden sind.

Deshalb hat er dies in Ihrem Auftrag überprüft, streng nach wissenschaftlichen Kriterien. Und dafür haben Sie ihm insgesamt 150.000 Franken Honorar bezahlt. Es ist alles rechtmäßig.«

»Ausgemacht waren 100.000 Franken. Sie haben mich erpresst und weitere 50.000 verlangt. Und damit nicht genug: Sie waren noch so unverschämt, Schmerzensgeld wegen der Affäre Dario Frey zu verlangen. Ha! Wegen einer kleinen Schramme an der Stirn.« Sie lachte hysterisch. »Aber ich habe bereits unsere Rechtsanwälte eingeschaltet. Sie werden uns alles zurückzahlen, bis auf den letzten Rappen.«

»Oh, das wird ein interessanter Rechtsstreit, ich bin sicher, dass sich auch die Presse dafür interessiert. Eine solche Geschichte hört man nicht alle Tage.«

Einen Moment war es still, dann fauchte sie: »Presse, Presse, dauernd drohen Sie mit der Presse! Aber auch wir haben unsere Kontakte. Und ich kann Ihnen versichern, dass die Öffentlichkeit auf unserer Seite steht, wenn sie erfährt, dass nicht nur dieser Isländer, sondern auch ein gieriger Professor aus Basel die hohle Hand gemacht hat.« Dann fuhr sie mit kühler Stimme fort: »Im Übrigen haben wir die Firma Omnigreen beauftragt, das Gelände nach diesem Grünkopf abzusuchen. Wir haben allen Grund zur Annahme, dass das Foto gar nicht von der Nurinahöhe stammt.«

»Aber ich bitte Sie, das Amt für Natur und Umwelt hat den Fund bereits bestätigt.«

»Glauben Sie tatsächlich, wir geben unser Projekt wegen eines mickrigen Froschs auf? Es geht schließlich um Millionen!« Endlich hatte sie Klartext geredet.

Es ging nicht um die Zukunft der Kinder und um eine bessere Welt, nein, es ging nur um satten Gewinn. Wir hatten ganz recht gehabt, ein wenig von dem Geld abzuzwacken. »Omnigreen wird im Frühling das Gelände neu inspizieren und ich kann Ihnen versichern, dass weit und breit kein verdammter Frosch zu finden sein wird.«

Ich stellte mir Frau Krompholz vor, wie sie im feuchten Moos herumstocherte und jedes Tier, das halbwegs wie ein Frosch aussah, eigenhändig mit einem Dolch aufspießte. Ich konnte mir ein Lachen nicht verkneifen und hörte, wie sie tief Luft holte.

»Ich verkehre nur noch über unsere Rechtsanwälte mit Ihnen!«, schnaubte sie und legte auf.

# KAPITEL 35

Helgi und ich saßen dick eingepackt am Rhein und dieser Spinner hatte tatsächlich eine Angelrute mitgenommen. »Du darfst hier nicht fischen ohne Bewilligung!«

»Ich bin Ausländer und kenne eure Gesetze nicht. Außerdem wird sowieso keiner anbeißen. Die Basler

Chemie hat auch den letzten klitzekleinen Fisch verjagt.«

»Da bin ich nicht sicher. Wahrscheinlich zappelt schon bald ein sehr seltener, streng geschützter Fisch an deiner Angel. Aber bevor du das melden kannst, werden Männer in dunklen Anzügen dich packen und auf dem Grund des Rheins versenken.«

Helgi hatte sich gut erholt. Nach zwei Monaten Reha-Aufenthalt in Hasliberg war er wieder an die Uni zurückgekehrt und hatte dort noch das Semester beenden können. Glücklicherweise hatten die Kopfverletzungen keine bleibenden Schäden hinterlassen. Die Sprachstörung war vollkommen abgeklungen. Nur von der Gesichtslähmung war ein Rest geblieben: Der linke Mundwinkel hing herunter, was ihm aber ein eher verwegenes Aussehen gab. In zwei Wochen würde er nach Island zurückkehren und sich seinen Forschungen zu Geistern und Fabelwesen widmen.

»Im Sommer komme ich wieder«, verkündete er, »ich will unbedingt dabei sein, wenn der archäologische Themenweg im Val Dulain eingeweiht wird.«

»Ja, und die Eröffnung des Heimatmuseums darfst du auch nicht verpassen.«

»Hältst du eine Rede?«, fragte er mich.

»Curdin hat mich angefragt, aber ich habe noch nicht zugesagt. Es gibt einen jungen Historiker aus Domins, der sich sehr engagiert. Wir alten Säcke sollten uns zurückhalten.«

»Aber das Geld für das Museum stammt von dir.«

»Nicht direkt, eigentlich von Enercompetence, allerdings wird das nirgends vermerkt sein.«

Helgi grinste mich an. »50.000 hast du denen abgeknöpft. Du bist ganz schön gerissen, das hätte ich dir gar nicht zugetraut.«

Ich grinste zurück. »Habe ich bei dir abgeschaut. Wir Historiker lernen aus der Geschichte.«

Während die Februarkälte in uns kroch und wir langsam blaue Lippen bekamen, erinnerten wir uns an den ereignisreichen Herbst.

»Hast du tatsächlich geglaubt, ich hätte ein Verhältnis mit der Hunziker?«

»Warum nicht? Sie ist eine attraktive Frau. Allerdings wurde ich misstrauisch, als sie mich in dieses Teehaus schleppte und behauptete, dass du öfters mit ihr dort gewesen seist. Helgi als Teetrinker – das passte einfach nicht. Andererseits kannte sie das Passwort zu deinem Laptop, was ich dann doch als Zeichen für eine nähere Beziehung deutete.«

»Ach, diese Passwörter! Ich habe so viele, dass ich vollkommen den Überblick verloren habe. Deshalb hatte ich es auf einen dieser farbigen kleinen Zettel geschrieben und auf den Laptop geklebt.« Er kicherte. »Entspricht nicht ganz den IT-Sicherheitsbestimmungen, hat aber bisher hervorragend funktioniert. Die Hunziker hat einfach Schwein gehabt.«

»Weißt du, wo sie heute lebt?«

»Jedenfalls nicht in Jena. Sonja hat gesagt, dass sie fristlos gekündigt habe und nach Biel gezogen sei.«

»Glaubst du wirklich, dass sie dir im Spital die Schläuche abdrehen wollte?«

»Nein, das kann ich mir nicht vorstellen. Vielleicht hat sie gehofft, dass ich nie mehr aus dem Koma erwache oder dass ich einen bleibenden Dachschaden habe. Sie war überzeugt davon, dass ich Brinkmeier ans Messer liefern wollte. Und dieser war für sie das Ticket zum sozialen Aufstieg. Ein smarter, erfolgreicher Professor!«

»Später hat sie sich bei Sonja beklagt und behauptet, es laufe eine große Verschwörung gegen sie. Der Brinkmeier habe ihr falsche Versprechungen gemacht, aber sie habe schon im Frühling mit ihm Schluss gemacht. Sie habe selbstverständlich von Anfang an gewusst, dass dieser karrieregeile Typ sich nie von seiner Frau trennen werde.«

Helgi zog seine Angel ein und wir gingen zurück in die Wohnung. Während wir uns bei einem Rumpunsch aufwärmten, setzten wir das Gespräch fort.

»Hast du von Brinkmeier etwas gehört?«

»Nein, nach seiner Kur in einer Burn-out-Klinik ist er nach Jena gezogen. Mit Frau und Kindern. Er hat sich nie bei mir gemeldet und ich selber habe keine Veranlassung, Kontakt mit ihm aufzunehmen. Zu meinem Abschied hat er ebenfalls nicht geschrieben. Vermutlich hat er immer noch Angst, ich könnte etwas ausplaudern.«

»Er muss damit rechnen, dass sein Plagiat irgendwann auffliegt. Ein Student oder ein Kollege könnte es zufällig entdecken.«

»Das ist sehr unwahrscheinlich. Kein Mensch liest die Abhandlungen von Jørgensen. Sie sind langweilig und völlig überholt.«

»Trotzdem muss es schrecklich sein, dauernd mit dem schwebenden Damoklesschwert über dem Kopf zu leben.«

»Dabei hatte ich gar nie vor, ihn auffliegen zu lassen. Es war mir scheißegal, ob er abgeschrieben hatte. Brinkmeier ist ein ausgezeichneter Wissenschaftler, aber auch ein eitler Geck. Als er einen Apéro spendierte zu seiner Berufung nach Jena, trank ich ein klein wenig zu viel und wurde wohl etwas übermütig. Ich gratulierte ihm und erwähnte dabei beiläufig, dass ich kürzlich seine Dissertation gelesen habe und sehr erfreut sei, dass er so gut aus den Schriften des Oluf Jørgensen abgeschrieben habe. Ich Idiot! Ich wollte ihn einfach ein wenig ärgern, habe ihm aber offenbar wahnsinnig Angst eingejagt. Am nächsten Tag reiste ich ins Val Dulain, um den Abschluss der Grabung zu beaufsichtigen. Ich ahnte ja nicht, was ich bei Brinkmeier ausgelöst hatte. Am Sonntag machte ich eine Wanderung, und als ich oben auf der Alp saß, tauchte er plötzlich auf. Er wollte wissen, was ich in dieser ›speziellen Angelegenheit‹ unternehmen wolle. Zuerst verstand ich überhaupt nicht, was er meinte, aber dann begann er sich zu rechtfertigen. Er habe damals unter großem Zeitdruck gestanden und ganz einfach die Quellenangabe vergessen. Ich versuchte, ihn zu beschwichtigen, aber er wurde immer aufgeregter und beschwor mich, Stillschweigen zu bewahren. Auf dem Rückweg ging ich vor ihm, und plötzlich spürte ich einen Schlag von hinten.«

»Er hat behauptet, er sei gestolpert und auf dich gefallen.«

»Dieser Saukerl hat mich von hinten angefallen!«

»Vielleicht hätten wir ihn doch bei der Polizei anzeigen sollen. Er ist skrupellos und hätte dich dort unten verrecken lassen.«

Helgi winkte ab. »Lass gut sein. Ich glaube, wir haben richtig entschieden. Es hätte lange Prozesse mit Aussage gegen Aussage gegeben.«

»Jedenfalls hätte er sofort die Rettung alarmieren sollen. Aber er hat behauptet, dass er kein Handy dabeihatte und gesehen habe, wie ein Alphirt zu dir hinuntergeklettert sei. Kurz darauf habe er den Helikopter der Rettungsflugwacht gesehen.«

Helgi grinste. »Als er hörte, dass ich im Koma lag, dachte er wohl, er sei aus dem Schneider. Aber dann tauchte unversehens ein harmlos aussehender Professor aus Basel auf und machte seltsame Andeutungen.«

»Du hast das alles in Gang gesetzt mit deinem bescheuerten Troll-Mail.«

Helgi zuckte bedauernd die Schultern. »Hat er eigentlich zugegeben, dass er bei dir eingebrochen ist?«

»Nein, natürlich nicht. Entweder war er selber hier oder er hat die Hunziker geschickt.«

»Hätte es nicht auch jemand von der Enercompetence sein können?«

»Nein, zu dieser Zeit wussten die noch gar nicht, dass es mich gibt. Aber Brinkmeier wollte meinen Computer knacken und nachsehen, ob du mich über sein Plagiat informiert hattest. Er wollte sich Gewissheit verschaffen.«

»Und der Anschlag mit dem Auto: Bist du sicher, dass nicht die Krompholz dahintersteckte?«

»Ja, ich glaube ihr, dass sie keine Ahnung hatte. So etwas würde auch gar nicht in ihre Geschäftspolitik passen. Enercompetence löst Probleme nicht auf so rabiate

Art. Sie hetzen keine Killer auf ihre Gegner, sondern Juristen.«

»Dieser Mitarbeiter hat also ganz auf eigene Faust gehandelt?«

»Zuerst hat er alles abgestritten, aber Herbert und ich haben einfach geblufft und behauptet, ein Zeuge habe die Nummer seines Autos notiert. Er ist sofort eingeknickt, hat aber hoch und heilig geschworen, dass er mich nicht überfahren wollte. Er habe zu viel getrunken und die Kontrolle über das Auto verloren. Dario Frey wollte bei Enercompetence Karriere machen. Er ist so ein Typ Anpasser und Schleimer. Frau Krompholz und Herr Widmer haben vermutlich nach der Infoveranstaltung in Domins über mich gelästert, und da hat er eine Wut auf mich entwickelt. Für ihn war ich der ganz Böse, ein Verhinderer, ein alter Knacker, der sich gegen die moderne Welt und die Heilsversprechen der Windenergie stellt.«

»Es kann doch kein Zufall sein, dass er ausgerechnet in deiner Straße auftauchte.«

»Reiner Zufall! Das behauptete er steif und fest. Ein Freund von ihm wohne in der Nähe, sie hätten getrunken und dann habe er sich im Quartier verirrt, als er die Ausfahrt suchte. Er habe weder mich noch Herbert erkannt, sondern einfach die Kontrolle über das Auto verloren, als er voller Schreck festgestellt habe, dass er sich in einer Einbahnstraße befinde.«

»Schlecht gelogen!«

»Ja, ich bin ziemlich sicher, dass er mir aufgelauert hat. Vielleicht wollte er mir tatsächlich nur einen Schrecken einjagen, aber dann ist alles aus dem Ruder gelaufen. Beweisen kann ich es natürlich nicht.«

»Warum hast du ihn nicht angezeigt?«

»Ach, was soll's, der arme Kerl ist gestraft genug. Fristloser Rausschmiss, Ende der Karriere.«

Helgi nahm einen Schluck von seinem Punsch und lehnte sich zufrieden in seine Sofaecke zurück. »Letztlich hat diese dumme Sache uns sogar genützt«, fuhr ich fort, »Frau Krompholz war sichtlich erschüttert und ich konnte ihr klarmachen, dass es das Beste sei, über die ganze Angelegenheit den Mantel des Schweigens auszubreiten. Das war ganz in ihrem Sinne. Enercompetence hat jetzt nämlich einen riesigen Windpark im Kanton Tessin projektiert und da will man jegliche Negativschlagzeilen vermeiden.«

»Hat sie nicht damit gedroht, die Nurinahöhe noch einmal überprüfen zu lassen?«

»Das war nur leeres Geschwätz. Sie weiß genau, dass das Gelände für sie verloren ist. Aber weil das Unternehmen so viel Wert auf ein gutes Image legt, will es trotzdem einen Beitrag an erneuerbarer Energie im Val Dulain leisten. Das Hotel Piz Cuschletta in Binaglia bekommt nächstes Jahr ein neues Dach mit Solarzellen. Enercompetence hat sich freundlicherweise bereiterklärt, 20.000 Franken beizusteuern.«

Helgi brach in schallendes Gelächter aus. »Du durchtriebener Hund!«

»Schmerzens- oder besser gesagt Schweigegeld«, versicherte ich. »Die Krompholz hat übrigens auch ihre Juristen zurückgepfiffen. Allerdings nur unter der Voraussetzung, dass wir uns nie wieder bei Enercompetence blicken lassen.«

Helgi klopfte mir auf die Schulter. »Gut gemacht, Fridolin. Frieden dem Val Dulain, Frieden der Grünkopfunke! Das muss gefeiert werden.«

Wir saßen gemütlich beim Apéro, als es an der Tür klingelte. Herbert von Muhleren kam mit Bolli herein, den er, abwechselnd mit mir, während Helgis Reha-Aufenthalt gehütet hatte. Der Hund sprang an Helgi und mir hoch und begrüßte uns stürmisch. Er hatte auch vieles durchmachen müssen: ständige Ortswechsel zwischen Bern, Basel, Binaglia und jetzt auch noch Niederscherli. Er schien aber alles gut überstanden zu haben und stürzte sich auf den Fressnapf. Ich hatte Fisch für ihn gekauft, damit er sich wieder an die isländische Kost gewöhnen konnte. Helgi und er würden schon bald zurückreisen.

Es war eine seltsame Runde, die um meinen Schreibtisch, den ich zum Esstisch umfunktioniert hatte, saß und meinen Rindseintopf verspeiste. Ich schaute die zwei Freunde an: der eine dick, mit borstigem Haar und hängendem Mundwinkel, der andere mit roter Nase, ständig zwinkerndem Auge und einem gehörigen Dachschaden. Vom vielen Wein wurde ich etwas sentimental.

»Stellt euch vor«, sagte ich, »wenn ich mich nicht dazu hätte überreden lassen, zu dieser Historiker-Tagung nach Hamburg zu fahren, hätte ich euch nie kennengelernt, wäre nie im Val Dulain gewandert. Ich hätte mein ruhiges, friedliches Leben als pensionierter Professor geführt, würde Musik hören, spazieren, die Vögel auf dem alten Kirschbaum beobachten und der dritte Band von ›Die Wikinger – Krieger, Händler und Entdecker‹ wäre bereits erschienen.«

»Das ist wirklich dumm gelaufen«, meinte Herbert, »aber manchmal kommt es eben anders, als man denkt. Dinge können sich ändern.«

Helgi blinzelte mir lächelnd zu. »Immerhin hast du wegen dieser ganzen Geschichte Luisa kennengelernt. Was habt ihr für Pläne? Wirst du nach Binaglia ziehen?«

Ich schüttelte den Kopf. »Nein, ich behalte meine Wohnung in Basel.«

Einen kurzen Moment herrschte betretenes Schweigen und die beiden schauten mich besorgt an.

»Aber ich habe jetzt ein Generalabonnement«, fügte ich bei, »die vielen Bahnfahrten nach Binaglia würden mich sonst ruinieren.«

Helgi atmete erleichtert auf.

Es wurde ein langer Abend. Helgi sang mit dröhnender Stimme alte isländische Volkslieder und Herbert erklärte uns ausführlich seinen Stammbaum, den er eigenhändig aufgezeichnet hatte. Wir waren wohl alle etwas überdreht. Nur Bolli schlief seelenruhig unter dem Tisch.

# NACHTRAG

Es gibt kein Tal namens Val Dulain. Ich habe mich bei seiner Beschreibung zwar an wirklich existierenden Tälern orientiert, aber alle Details sind frei erfunden. Das Val Dulain steht stellvertretend für alle Bergtäler, die bedroht sind durch überbordenden Eventtourismus und maßlose technische Erschließung. Die Alpen als »Orte guten Lebens« (Werner Bätzing) sind es wert, als Lebensraum nachhaltig und umweltfreundlich bewirtschaftet zu werden.

Auch die Grünkopfunke gibt es nicht. Sie steht beispielhaft für Tiere und Pflanzen, die vom Aussterben bedroht sind.

Carla Mori
**Heavy – Tödliche Erden**
Kriminalroman
345 Seiten
13,5 x 21 cm,
Premium-Klappenbroschur
ISBN 978-3-8392-0138-1
**€ 16,00 [D] / € 16,50 [A]**

Kampf um »Seltene Erden«: In Köln stirbt ein Forscher, der einer geologischen Sensation auf der Spur war. Kommissarin Hannah Franckh übernimmt die Ermittlungen. Dabei deckt sie nach und nach Hintergründe von geopolitischer Bedeutung auf und erkennt, dass im weltweiten Kampf um Ressourcensicherung und Mobilität jedes Mittel recht ist – bis hin zum Mord. Sie gerät zwischen die Fronten skrupelloser internationaler Interessenvertreter aus Politik und Wirtschaft und muss um ihr eigenes Leben kämpfen. Am Ende ist klar: Ein wesentliches Fundament der Energiewende ist brüchig. Und gefährlich.

GMEINER SPANNUNG

**WWW.GMEINER-VERLAG.DE**
*Wir machen's spannend*